W0340705

La plus douce des victoires

Du même auteur
aux Éditions J'ai lu

TRAHISON À MAYFAIR
N° 8356

UN AMOUR TRAHI
N° 8483

TRAÎTRESSE TENTATION
N° 8756

KRISTINA

COOK

La plus douce des victoires

ROMAN

Traduit de l'américain
par Corrèze Maïca

J'ai lu

Titre original
TO LOVE A SCOUNDREL

Éditeur original
Zebra Books, published by Kensington Publishing Corp., New York

© Kristina Cook Hort, 2007

Pour la traduction française
© Éditions J'ai lu, 2008

À Danny, tout simplement.
À Charlotte Featherstone, pour son amitié.
Et à Mary Posner, agent extraordinaire,
pour son soutien constant.

Oxfordshire, 1793

— Par la grâce de Dieu, puisse son âme et les âmes de tous les défunts reposer en paix. Amen.

Frederick ferma les yeux comme si cela pouvait l'empêcher d'entendre le bruit mat des poignées de terre qu'on jetait sur le cercueil. Puis il sentit la main de sa sœur Maria presser la sienne, et il ravala ses larmes. Il ne voulait pas pleurer. Il aurait bientôt dix ans – il était pratiquement un homme.

Et un homme ne pleurait pas, même si le chagrin lui broyait le cœur. Il rouvrit les yeux et regarda ses cinq sœurs, toutes plus grandes et plus âgées que lui, qui sanglotaient en silence. Soudain son père, jusque-là droit comme un I devant le trou béant de la tombe, laissa échapper une plainte déchirante et tomba à genoux, les bras tendus vers l'étroit cercueil d'acajou. Frederick n'avait jamais rien entendu d'aussi affreux. Ses sœurs se précipitèrent près de leur père, le suppliant de se relever.

Tante Esther leur fit signe de reculer. Toute vêtue de noir, elle s'avança majestueusement, et s'adressa à son frère d'un ton autoritaire que Frederick ne lui connaissait pas.

— C'était mon fils, Esther ! répliqua lord Worthington dans un sanglot.

Frederick se recroquevilla sur lui-même, horrifié. Son père pleurait ? C'était... impossible, inconcevable...

— Je n'avais que lui depuis que Fiona m'a été enlevée, gémit lord Worthington.

— Tais-toi, voyons, tu dis des sottises ! Nous avons tous un immense chagrin d'avoir perdu Charles. Nous l'aimions tant... Mais tu as un autre fils, qui sera ton héritier, ainsi que cinq filles adorables.

Frederick recula brusquement lorsque son père se tourna vers la foule endeuillée pour pointer sur lui un doigt accusateur.

— Il l'a tuée ! articula-t-il, le regard fou. C'est lui qui a tué ma Fiona. Durant toutes ces années, j'ai enduré sa présence. Mais maintenant que Charles est parti...

Il secoua violemment la tête.

— Je ne veux plus le voir ! Qu'on m'en débarrasse !

Sous le choc, Frederick crut un instant qu'il allait s'évanouir devant tout le monde. Ses sœurs s'approchèrent aussitôt pour former un cercle protecteur autour de lui, et un spasme lui tordit l'estomac. Il vomit. Maria lui essuya la bouche avec son mouchoir. Au prix d'un effort suprême, il parvint à retenir les larmes de honte qui lui brûlaient les yeux.

— Ne fais pas attention, Frederick, chuchota Maria. Papa a du chagrin, il délire... Va nous attendre dans la voiture.

Mais l'enfant demeura cloué sur place, incapable de faire le moindre mouvement. Une étrange odeur métallique flottait dans l'air : l'odeur de la mort, de la peine, du néant.

Le vent froid porta jusqu'à lui la voix de tante Esther, vibrante d'indignation.

— Reprends-toi, mon cher frère ! Ce garçon n'y est pour rien. Le pauvre petit n'a jamais connu sa mère, et voilà qu'il vient aussi de perdre son frère. Tu n'as pas le droit de l'accuser de quoi que ce soit.

— Tu ne comprends donc pas ? s'écria lord Worthington. Fiona tenait absolument à me donner un deuxième héritier… En cas de malheur, disait-elle. Moi, je ne voulais pas. Charles était un fils absolument parfait, je n'avais que faire d'un autre enfant. Elle a donné naissance à cinq filles, mais elle tenait encore à engendrer un garçon… À l'accouchement, j'avais ordonné à la sage-femme…

Sa voix se brisa dans un sanglot.

— Je lui avais dit de sauver Fiona, pas le bébé, reprit-il, vibrant de haine. Et lui… il a l'audace de lui ressembler, de me rappeler tous les jours celle que j'ai perdue ! Envoyez-le chez mes beaux-parents, en Irlande… Je ne veux plus jamais le revoir.

Sur ces paroles définitives, il s'effondra aux pieds de sa sœur, le corps secoué de sanglots. Tante Esther était tellement stupéfaite qu'il lui fallut un moment pour se ressaisir et faire signe aux valets d'emmener leur maître jusqu'à la voiture.

Frederick comprenait, à présent, la raison de cette froideur que son père lui témoignait depuis aussi loin qu'il s'en souvienne, son absence totale d'intérêt, cette façon qu'il avait d'éviter de le regarder… « Il me déteste », songea-t-il.

S'arrachant à l'étreinte de Maria, il s'enfuit loin de la foule, courant aussi vite que ses jambes vacillantes le lui permettaient. Il pénétra dans le bois qui jouxtait le cimetière. Les branches des arbres lui fouettaient le visage et griffaient ses vêtements, mais il n'en avait cure. Il sentit un filet de sang chaud et poisseux couler sur sa joue. Puis le ciel où de gros nuages gris s'étaient accumulés déversa soudain des trombes d'eau. Frederick continua sa course folle, indifférent à la pluie comme à la douleur qui lui déchirait les poumons.

Le souffle finit cependant par lui manquer, et ses jambes se dérobèrent sous lui. Il s'effondra non loin de la route, épuisé, désespéré, rêvant de s'enfoncer dans le sol boueux et d'y disparaître à jamais. C'est alors que, horrifié, il se rendit compte qu'il pleurait. Pendant un quart d'heure, roulé en boule, son corps fut agité de sanglots. Heureusement, personne ne pouvait le voir ni l'entendre...

Au bout d'une éternité, il trouva le courage de se relever. Hébété, crotté et trempé, les vêtements en loques, il prit le chemin du retour. Mais dans son cœur, il savait que rien ne serait plus jamais comme avant.

Les jours insouciants de son enfance étaient à jamais révolus. Il était désormais le seul héritier du baron Worthington. Mais, aux yeux de son père, il demeurait un être dépourvu de toute valeur.

1

Covington Hall, Essex, 1806

— L'épouser ? Mon Dieu, papa, vous ne parlez pas sérieusement ? s'exclama lady Eleanor Ashton.

— Mais si, ma chérie, répliqua son père en se levant de son imposant bureau d'acajou. Lord Worthington et moi avons tout arrangé. Tu seras mariée pour Noël. Le jeune Frederick a déjà accepté. Allons, mon enfant, je pensais que tu serais contente !

— Contente ? répéta Eleanor, les mains crispées sur sa jupe.

Comment le destin osait-il lui jouer un tour aussi cruel ?

— Papa, vous ignorez que c'est un débauché ? Ce genre d'homme ne s'épouse pas !

— Pourtant, à en croire ta mère, toutes les jeunes filles se pâment devant lui. Elle aussi pensait que la nouvelle te ferait plaisir.

Son père avait-il perdu l'esprit ? Aucune jeune fille convenable ne pouvait se pâmer devant Frederick Stoneham ! D'ailleurs, depuis six mois qu'il était à Londres, on ne l'avait pas vu une seule fois dans les salons de la bonne société. Eleanor avait passé toute la saison dans la capitale sans jamais le rencontrer.

En revanche, ses écarts de conduite et ses innombrables conquêtes faisaient jaser. Il avait pour le moins une réputation exécrable. Qui diable avait pu abuser sa mère ainsi ? Était-il possible qu'elle ait confondu avec quelqu'un d'autre, ou, pire encore… qu'elle ait lu son journal ?

Les paumes soudain moites, Eleanor jeta un regard vers la porte, comme si sa mère, qui se trouvait dans son salon préféré, au bout du couloir, allait faire son entrée. Lady Mandeville avait-elle trouvé le mince volume qu'elle avait pris soin de dissimuler sous son matelas ? Dans ce cas, elle savait tout. « Oh ! Non ! » pensa-t-elle, mortifiée. C'était son secret, personne n'avait le droit de le connaître.

— Papa, ce mariage est absolument impossible, déclara-t-elle, retrouvant sa voix. M. Stoneham est un fieffé égoïste. De plus, je ne vois pas pourquoi il accepterait une telle union. Ce n'est pas le genre à se soumettre à la volonté de son père.

— Là, ma chérie, permets-moi de te contredire. Lord Worthington affirme avoir l'accord inconditionnel de son fils. Eleanor, je ne te comprends pas. Tu as toujours clamé que tu ne voulais pas te marier par amour. Aurais-tu changé d'avis ?

— Non. Bien sûr que non.

Elle porta la main à sa tempe, sentant la migraine pointer. Si son père savait ! Il avait choisi le seul homme qui l'ait jamais humiliée !

— Dans ce cas, je ne vois pas pourquoi tu hésites. C'est un excellent parti. Lord Worthington possède un vaste et très prospère domaine dans l'Oxfordshire, et ses propriétés ici, dans l'Essex, sont florissantes. Je suis certain que ce mariage permettra au jeune Frederick de se ranger. En outre, je te rappelle que cette union fera de toi une baronne, un jour.

Eleanor secoua la tête. Même si Frederick Stoneham avait été l'héritier d'un duc, cela n'aurait rien changé. Mais lui, pourquoi acceptait-il une telle union ? Il était beaucoup trop jeune pour se marier, et Eleanor savait exactement ce qu'il pensait d'elle. Jamais elle n'avait oublié les mots dévastateurs qu'il avait eus pour la décrire à ses amis, quatre ans auparavant. « Une vraie jument », avait-il déclaré en riant.

Bien sûr, elle avait su dès le début qu'une telle passion était déraisonnable, et surtout sans espoir. Elle n'avait voulu confier un secret aussi honteux à personne, pas même à son frère, Henry. Il aurait pensé qu'elle avait perdu la tête ! Après tout, il la tenait pour quelqu'un d'intelligent et de pragmatique. Rien à voir avec ces écervelées qui s'abandonnent à de stupides rêveries romantiques.

Du reste, c'était *elle* qui avait demandé à son père de lui chercher un mari. Comment aurait-elle pu imaginer qu'il fasse un si mauvais choix ? Elle s'était attendue qu'il jette son dévolu sur un aristocrate cultivé, un homme de lettres, peut-être, comme lui-même. Et au moins un futur comte… Pourquoi diable avait-il préféré cet irresponsable dont les mœurs dissolues étaient devenues presque légendaires ? Il n'avait, de surcroît, même pas droit au titre de lord et ne deviendrait que baron !

Eleanor poussa un profond soupir. Frederick n'avait pas que des défauts, certes. À vrai dire, sa principale qualité était d'être doté d'une beauté diabolique. Grand et athlétique, il avait des yeux brun clair pailletés d'or, des lèvres pleines et sensuelles, et un teint hâlé qui aurait pu laisser croire qu'il menait une vie saine au grand air et non qu'il se consumait en débauches. Voilà sans doute pourquoi elle avait eu beau se raisonner, elle avait désespérément désiré Frederick Stoneham.

Mais elle ne voulait pas d'un séducteur qui ne l'épousait que pour sa dot.

Accablée, elle se leva avec effort. Les larmes l'aveuglaient.

— Je vous prie de m'excuser, papa, murmura-t-elle avant de sortir en hâte.

La voix de son père lui parvint alors qu'elle franchissait la porte :

— Je dirai donc à lord Worthington que tu es d'accord ! Dès demain, avant que je parte pour le Kent.

« Dites-lui ce que vous voulez, répondit-elle à part soi, tout en gravissant le grand escalier de marbre blanc qui menait à sa chambre. De toute façon, je n'accepterai jamais. Pas tant qu'il me restera un souffle de vie ! »

— Vous voulez vous marier ! s'exclama Molly en rejetant ses longues boucles blondes par-dessus son épaule nue. Qu'est-ce qui vous prend, Frederick ? Je ne vous plais plus ? ajouta-t-elle avec une moue boudeuse.

Il se pencha pour l'attirer contre lui. Sa peau était tiède et douce, et elle embaumait la rose.

— Si, tu me plais énormément, mon cœur ! Du reste, je devrais peut-être te le prouver sur-le-champ, ajouta-t-il en effleurant de la langue la veine bleutée où battait le pouls de sa maîtresse.

Elle le repoussa.

— Dans ce cas, pourquoi vous marier ? Et pourquoi maintenant ? Vous êtes beaucoup trop jeune. C'est contre nature.

Frederick soupira.

— Elle est fortunée. Tu n'apprécierais pas que je te couvre de cadeaux ? Et puis, je pourrai passer plus de temps avec toi, une fois libéré de toutes ces matrones qui cherchent à caser leurs filles.

— Comme si les mères respectables voulaient de vous pour gendre ! Et je vous signale que vous serez obligé de passer du temps avec votre épouse, jeta-t-elle avec humeur.

— Ne t'inquiète pas pour ça, mon trésor. C'est un mariage arrangé, avec une femme totalement dépourvue de charme. Elle ne m'aime pas et n'attend pas grand-chose de moi, je t'assure.

Molly secoua langoureusement ses boucles soyeuses.

— À votre place, je n'en serais pas si certain ! Vous disiez la même chose de cette catin du Shropshire.

Il fronça les sourcils, soudain contrarié par l'attitude de Molly. Il ne lui devait rien, après tout ! Elle avait beau être ravissante, elle lui coûtait très cher et commençait à se montrer un peu trop possessive.

Pendant plus de deux semaines, il avait vécu des heures délicieuses avec cette « catin » du Shropshire, comme elle l'appelait. C'était une veuve sans expérience, qui avait près de deux fois son âge, mais qu'il avait eu pourtant du mal à quitter tant elle lui donnait de plaisir. Il soupira. Il y avait renoncé parce qu'entretenir unc maîtresse à la fois lui semblait amplement suffisant, surtout s'il projetait de se marier.

Dieu merci, sa future épouse était insignifiante ! Elle ne devait pas avoir plus de seize ans la dernière fois qu'il l'avait vue – une jeune fille plus grande que la moyenne, avec un visage long et un regard ombrageux. Une grande perche, totalement dénuée de délicatesse et de charme.

Cela dit, en dépit de son allure garçonnière, elle lui avait plu – ou, plus précisément, sa liberté et son franc-parler lui avaient plu. En fait, lorsqu'il l'avait rencontrée, elle gambadait avec deux chiens dans un parc, tirant sur le bâton que les grands lévriers gardaient dans leurs gueules. Cette scène l'avait amusé, car elle était digne d'une sauvageonne irlandaise, et non de la fille d'un lord anglais.

En la connaissant mieux, il avait constaté qu'une telle conduite n'avait pour elle rien d'extraordinaire. Une fois, il l'avait invitée à faire une promenade à cheval avec lui, et ils avaient galopé à travers champs dans la chaude brise d'été. Elle avait ri aux éclats, se rappelait-il. Oui, finalement, il avait beaucoup apprécié sa compagnie.

Mais il aimait les belles femmes, et elle était si peu attrayante qu'il ne se souvenait même pas de la couleur de ses yeux. « Je la découvrirai bientôt », se dit-il, car il se rendait dans l'Essex dès le lendemain pour conclure le contrat de fiançailles avec lord Mandeville, le père de sa promise.

A priori, il n'y avait aucune raison pour que l'affaire ne soit pas rondement menée. Il ne voulait pas rester chez son père plus longtemps qu'il n'était nécessaire, c'est-à-dire un jour ou deux, tout au plus. Le voir était toujours une épreuve.

— Il faut que j'y aille, marmonna-t-il.

Il sortit du lit et s'approcha de la chaise où était posé son pantalon.

— Déjà ? se lamenta Molly.

Elle se redressa pour lui offrir sa gorge délicieuse.

Résistant à la tentation, il enfila son pantalon.

— Allons, tu survivras bien une semaine sans moi ! Je parie que tu n'auras aucun mal à trouver quelqu'un d'autre pour réchauffer ton lit durant mon absence.

— C'est donc ce que vous pensez de moi, Frederick ? Que j'accueille d'autres hommes dans une maison dont vous réglez le loyer ?

Il haussa les épaules et passa sa chemise. En fait, cela lui était indifférent. Il n'éprouvait aucun sentiment pour cette femme. Il appréciait son corps, et entendait bien en profiter encore, voilà tout.

Il avait prévu que son mariage ne lui ferait pas plaisir, et avait trouvé le moyen de la consoler : un bracelet de rubis et de diamants acheté le matin même dans Bond Street, où il était allé chercher une bague de fiançailles pour sa promise.

La bague était soigneusement rangée dans son sac de voyage, mais il avait glissé le bracelet dans la poche de sa veste avant de gagner la maison de ville de Jermyn Street dans laquelle il avait installé Molly.

D'un mouvement preste du poignet, il lança le bracelet sur le lit.

— Tiens, voilà qui devrait te rendre le sourire !

Molly poussa un petit cri ravi. Comme elle s'emparait du bracelet, les rayons du couchant se reflétèrent sur les pierres qui scintillèrent de mille feux.

— Oh ! Frederick ! Il est superbe ! s'exclama-t-elle en passant le bijou à son poignet. Allons, venez, ajouta-t-elle en tapotant le matelas près d'elle. Vous ne pouvez pas partir si vite…

— Il le faut, Molly.

Son père ne l'attendait pas avant quinze jours, mais il voulait le prendre de court. De toute façon, le baron Worthington s'irritait toujours de la présence de son unique héritier. Frederick préférait donc arriver à l'improviste. Il prenait même un malin plaisir à l'idée de le déranger. « Au moins, se dit-il, il aura une bonne raison de m'en vouloir, cette fois. »

Il chaussa ses bottes, puis se tourna vers la jeune femme.

— Je ne serai pas longtemps absent, ne t'inquiète pas, promit-il avant de se diriger vers la porte.

— Au revoir, mon amour ! lança Molly, dans un élan digne d'une courtisane française.

C'était là une déclaration qu'il ne méritait pas, songea-t-il. Mais il comptait bien en tirer tout le bénéfice à son retour !

2

Eleanor coupa la tige d'un aster rouge vif et la posa délicatement dans le panier suspendu à son bras. Une hirondelle fendit l'air, et elle leva la tête pour la suivre des yeux. Elle demeura un instant ainsi, à savourer la caresse du soleil sur son visage.

Il faisait bon pour un début septembre, mais déjà la fraîcheur automnale était perceptible dans l'air. La quiétude de l'après-midi n'était troublée que par le bourdonnement des insectes, le gazouillis des oiseaux et, de temps à autre, le bêlement d'un mouton dans le lointain.

Pourtant, Eleanor n'arrivait pas à profiter pleinement de cette paix. Jusqu'à présent, sa vie, bien que parfois monotone, l'avait rendue heureuse – si heureuse, même qu'elle ne pouvait se décider à l'abandonner. Elle venait de passer sa deuxième saison à Londres et n'avait accepté aucune proposition de mariage. Non pas qu'elle en ait reçu des quantités, mais tout de même…

Qu'attendait-elle ? Elle ne cherchait pas le grand amour – du moins, ne le croyait-elle pas. Elle avait souvent remarqué que dans un couple, si l'un des deux était amoureux de l'autre, il souffrait. Ses propres parents en étaient un exemple parfait. Malgré les efforts de son père, leur mariage était loin d'être une réussite, et cela essentiellement à cause des infidélités de sa mère.

Voilà pourquoi, après ces deux saisons infructueuses, elle avait trouvé raisonnable de laisser lord Mandeville lui choisir un mari. Comment aurait-elle pu soupçonner qu'il penserait à Frederick, le seul homme qu'elle était résolue à éviter pour ne pas risquer de souffrir les affres de la passion ? Les célibataires ne manquaient pas, et elle lui avait brossé le portrait du mari idéal à ses yeux. Pourquoi le destin avait-il jugé bon de se montrer aussi ironique ?

Le martèlement des sabots d'un cheval, sur la route, la tira de ses pensées. Peut-être irait-elle voir Salina aujourd'hui. Il fallait presque une heure de marche pour atteindre Marbleton, mais un peu d'exercice lui ferait du bien.

Elle cueillit une autre fleur et la glissa dans son panier. À la réflexion, elle prendrait la voiture. Elle était décidément trop anxieuse pour se promener. Certes, Frederick ne devait pas arriver avant deux semaines, mais elle aurait bien besoin des conseils et de l'affection de son amie pour apaiser ses nerfs à vif et trouver en elle la force d'aller contre les vœux de son père.

Même si lord Mandeville n'était pas homme à obliger sa fille à se marier, son refus ne lui ferait pas plaisir. De toute évidence, il avait cru bien faire, sa femme lui ayant assuré que Frederick Stoneham était le célibataire le plus recherché du pays. Le connaissant, il s'était empressé de conclure un accord avec le baron pour ne pas laisser échapper pareille occasion. Quelle histoire insensée !

Et puis, avouer à son père qu'elle était attirée par un homme qui s'était moqué d'elle était très humiliant, même si persifler était une habitude chez l'homme en question. Son seul espoir était qu'il ait mal vieilli, qu'il ait grossi, perdu ses cheveux et son charme légendaire. C'était fort improbable, hélas, et elle craignait de succomber à nouveau au premier regard !

Il fallait donc qu'elle insiste sur le caractère de Frederick. Quels parents voudraient d'un mari aussi peu recommandable pour leur fille ? Oui, elle parlerait à son père dès son retour du Kent. Lorsqu'il lui avait annoncé la nouvelle, elle avait été tellement prise de court qu'aucun argument efficace ne lui était venu à l'esprit. Mais elle saurait en trouver, et quantité même, avant l'arrivée de Frederick !

Elle tira sauvagement sur la tige d'un chrysanthème jaune qu'elle jeta dans son panier comme si, ce faisant, elle se débarrassait une fois pour toutes de ce problème.

— Pourquoi infliger à cette fleur un traitement aussi cruel ? demanda une voix masculine.

Eleanor sursauta et en lâcha son panier de surprise.

— Seigneur, monsieur, vous m'avez fait peur ! s'écria-t-elle en se penchant pour le ramasser.

— Pardonnez-moi, ce n'était pas mon but, répliqua la voix grave, avec une pointe d'accent irlandais.

L'homme s'était penché en même temps qu'elle et leurs mains se frôlèrent sur l'anse du panier. Eleanor leva enfin les yeux...

... et se redressa, incrédule. Lui ? Ici ?

Non, c'était impossible ! On ne l'attendait pas avant deux semaines. Et pourtant, il se tenait devant elle, celui qui avait hanté ses rêves. Et il était encore plus beau que dans son souvenir.

Amusé par le trouble de la jeune fille, Frederick Stoneham la salua en s'inclinant exagérément.

— Permettez-moi de me présenter. Je m'appelle...

— Je sais qui vous êtes, l'interrompit Eleanor d'un ton sec.

Il fronça les sourcils, perplexe.

— Vraiment ? Alors, ma réputation m'aura précédé… Dans ce cas, pourriez-vous me dire où je puis trouver lord Mandeville ? Nous devons parler d'une affaire.

Eleanor avait la gorge si serrée qu'elle dut déglutir à plusieurs reprises avant de répondre :

— Lord Mandeville s'est absenté. Il s'est rendu dans le Kent et ne reviendra pas avant une semaine. Au revoir, monsieur Stoneham, ajouta-t-elle, ne songeant à présent qu'à s'enfuir au plus vite.

— Pourrais-je au moins connaître votre nom, mademoiselle ?

— Mon nom ? répéta Eleanor, abasourdie.

Il ne se souvenait même pas d'elle ? Involontairement, elle porta les doigts à ses lèvres, se rappelant le baiser qu'il lui avait donné jadis, et qui l'avait marquée à jamais.

— Votre nom, oui. Je crois savoir que lord Mandeville n'a qu'une fille et, clairement, ce n'est pas vous.

Il plissa légèrement les yeux pour la détailler de la tête aux pieds, s'arrêtant brièvement sur son décolleté.

— Cela dit, il y a un air de ressemblance, admit-il en la dévisageant avec intensité. Vous êtes une cousine, peut-être ?

Eleanor frissonna, mal à l'aise sous ce regard appuyé. Elle s'attarda sur les lèvres pleines de Frederick, les joues ombrées d'une barbe naissante, les cheveux sombres que le vent avait ébouriffés. Il émanait de sa personne une force brute, presque sauvage.

D'instinct, elle recula et jeta un coup d'œil autour d'elle. Ils étaient seuls, pas le moindre chaperon dans les parages. Elle devait avoir le cerveau engourdi, car c'est seulement alors que les paroles de Frederick prirent tout leur sens. *Il ne l'avait pas reconnue…* Avait-elle à ce point changé ? Ou était-elle si facile à oublier ?

Mortifiée, elle se redressa fièrement.

— Vous faites erreur, monsieur, répliqua-t-elle d'une voix vibrante de colère. Je suis lady Eleanor Ashton, et je vous prie de passer votre chemin.

Frederick en demeura bouche bée. Non ! Ce ne pouvait être… La jeune fille dont il avait gardé le souvenir était grande et dépourvue de grâce. Alors que la femme qui se tenait devant lui avait tout de la beauté classique. Drapée dans une toge blanche, on l'aurait prise pour une déesse. Ou pour Hélène de Troyes réincarnée…

Elle était grande, c'est vrai, cela n'avait pas changé, songea-t-il. Lui-même mesurait plus d'un mètre quatre-vingts, pourtant, elle lui arrivait à l'épaule, mais elle n'avait décidément rien de disgracieux. Elle avait un cou de cygne, et sa silhouette était parfaite s'il se fiait aux rondeurs généreuses de son décolleté. Il en frémit de désir. Il aimait les corps voluptueux et non la minceur à la mode. Cette jeune fille correspondait exactement à ses goûts !

Elle avait en outre de grands yeux indigo bordés de cils épais. Jamais il n'avait vu des prunelles de cette couleur. Seul un idiot aurait pu les oublier…

Sa peau était sans doute trop hâlée, si l'on s'en tenait aux critères de beauté de la haute société, mais son teint était éclatant. Elle avait un ovale parfait, un petit nez droit et des lèvres sensuelles. Quant à ses cheveux de jais, ils invitaient à la caresse.

Bon sang, elle n'était pas du tout comme dans ses souvenirs !

— Ce n'est pas possible, murmura-t-il, abasourdi.

— Ce n'est pas possible que je sois la fille de mon père ? railla-t-elle. Vous devriez le lui dire, il sera sans doute le premier surpris !

Elle ramassa son panier, le glissa à son bras.

— Pardonnez-moi, mais vous avez beaucoup changé.

Bien sûr ! se dit-elle. Elle n'était plus l'adolescente crédule à qui il était si facile de demander un baiser pour gagner un pari.

— Sans doute, répliqua-t-elle d'un ton coupant. Cela fait quatre ans, et j'étais fort jeune à l'époque.

Quatre ans ? Le temps nécessaire à une adolescente pour se métamorphoser en femme…

— Puis-je me permettre de vous demander votre âge, lady Eleanor ?

— J'ai vingt ans. Et vous ?

Quelle impertinente ! se dit-il avant de répondre :

— Vingt-trois.

— Mais c'est beaucoup trop jeune pour vous marier, monsieur ! Vous venez de terminer vos études, je suppose ?

— Il y a déjà deux ans.

— Et vous ne souhaitez pas voyager de par le monde ? Jeter votre gourme ? Pourquoi voudriez-vous fonder un foyer ? Ce n'est pas raisonnable pour un gentleman de votre âge. Naturellement, j'utilise le terme « gentleman » très librement, en ce qui vous concerne…

— Je ne vous contredirai pas ; je n'ai jamais clamé en être un.

— Nous sommes au moins d'accord sur un point. Maintenant, partez, je vous prie. Vous n'étiez pas attendu avant deux semaines, et cette visite est tout à fait déplacée.

Elle avait rougi, ce qui ajoutait à son charme.

Frederick retint un juron. Il avait commis une erreur. Une terrible erreur. Il ne pouvait épouser cette femme. C'était de toute évidence un modèle de grâce et de distinction, tandis que lui était…

— Bien, je vais prendre congé, dit-il avec amertume. Je parlerai à votre père…

— C'est inutile, coupa-t-elle. Je ne veux pas de vous, et je le lui dirai moi-même.

— Permettez-moi de vous rassurer, lady Eleanor. Je ne veux pas de vous non plus.

Ce fut au tour de la jeune fille de demeurer bouche bée.

Frederick n'était pas mécontent de sa repartie. C'était cruel de la part d'Eleanor de lui faire remarquer à quel point il était indigne d'elle, et il refusait de se laisser traiter comme un vulgaire romanichel. Peut-être était-il temps que quelqu'un remette lady Eleanor Ashton à sa place – et peut-être était-il le plus apte à s'en charger.

— Que diable fais-tu là ?

Frederick se tourna vers son père.

— Toujours aussi chaleureux, mon cher père ! Pour moi aussi, c'est un plaisir de vous voir. Je suis venu à propos de mon mariage, figurez-vous.

— On ne t'attendait pas avant deux semaines. Mandeville n'est pas encore rentré de voyage.

— Oui, je sais. Je viens de Covington Hall. J'ai eu l'occasion de renouer le dialogue avec ma promise, et c'était fort instructif. Dès que Mandeville reviendra, vous lui direz que je renonce à ce mariage. J'ai changé d'avis.

Son père s'empourpra de colère.

— Tu l'épouseras ! Il n'est pas question que je revienne sur un accord passé avec un homme comme Mandeville pour satisfaire un de tes caprices. Tu as déjà une sacrée chance qu'il ait accepté cette union.

Frederick se dirigea vers le buffet à l'angle de la pièce et s'empara de la bouteille de cognac. Il en versa une généreuse rasade dans un verre, qu'il vida d'un trait.

Son père plissa les yeux, ouvertement contrarié.

— Tu veux donc tenter de détruire ce que j'ai fait pour toi ? Comme si je n'avais pas assez d'ennuis, après ce qui est arrivé à Maria.

— Maria ? répéta Frederick en pâlissant.

— Tu n'as tout de même pas oublié ta sœur Maria ? Ta vie de débauche ne t'a pas obscurci le cerveau à ce...

— Qu'est-il arrivé à Maria ? coupa Frederick, perdant toute patience.

— Son vaurien de mari l'a abandonnée. Il est parti avec sa maîtresse, Dieu sait où, la laissant seule, enceinte et sans un sou. Elle est arrivée ici il y a à peine une semaine, et dans un bien triste état. Et voilà que tu prétends ne pas honorer ton engagement vis-à-vis de la fille de Mandeville. Dis-moi, lady Eleanor n'est pas assez vulgaire à ton goût ?

Frederick tressaillit à peine sous l'insulte. Eckford avait abandonné Maria ? Quelle ordure !

— Je le tuerai ! articula-t-il, fou de rage.

— Eckford ? Il faudrait d'abord lui mettre la main dessus ! Il paraît qu'il se cache du côté de Plymouth.

— Je trouverai cette crapule, et je lui flanquerai une balle dans la tête, déclara Frederick en serrant les poings. Où est Maria ?

— À l'étage. On lui a administré un sédatif.

Frederick salua son père d'un bref signe de tête et tourna les talons.

— Où vas-tu ainsi ? appela son père. Reviens tout de suite, je n'en ai pas fini avec toi !

Ignorant l'ordre paternel, Frederick continua de marcher vers la porte.

— Je vais voir ma sœur, lança-t-il par-dessus son épaule.

— Pas avant que tu m'aies dit pourquoi tu ne veux pas de lady Eleanor Ashton. Si tu l'as vue, tu sais donc qu'elle est parfaite. Tu devrais être reconnaissant à Mandeville d'avoir bien voulu t'accepter comme gendre.

Frederick s'arrêta un instant pour se tourner vers son père.

— Veuillez m'excuser mais, l'urgence, en ce moment, c'est ma sœur, non un projet de mariage.

— Si tu avais été à Mayfair durant les six derniers mois, parmi les gens de ton rang, au lieu de te vautrer avec ta putain dans Duke Street, tu serais peut-être...

— En réalité, elle habite Jermyn Street, corrigea Frederick. Même si c'est aussi misérable que Duke Street, je vous le concède.

— Est-ce pour passer ton temps à boire, à jouer aux cartes et à te battre en duel que tu es rentré d'Irlande ? rétorqua son père. D'ailleurs, là-bas, tu n'as rien fait de bon non plus. À quoi t'ont servi tes quatre années à Cambridge, si c'est pour continuer à t'exprimer comme ces péquenots ?

— Ces péquenots ? J'ignore de quoi vous voulez parler, répliqua Frederick avec un haussement d'épaules.

Son père ne supportait pas l'accent irlandais, et il venait de l'accentuer à dessein. Une fois de plus, lord Worthington mordit à l'hameçon.

— Allons donc. Je pensais qu'on t'élèverait en gentleman, non comme quelque barbare crasseux incapable de parler un anglais correct.

— Voilà qui me réconforte, père. Est-ce que vous vous rendez compte que ma mère – votre épouse – vient de l'une de ces familles de « barbares crasseux » ?

Son père s'approcha de lui, l'air menaçant.

— Comment oses-tu insulter ainsi ta mère ? s'écria-t-il, le visage cramoisi.

— Ce sont vos mots, père, pas les miens, répliqua Frederick calmement.

Ignorant sa réponse, lord Worthington poursuivit d'une voix étranglée :

— Fiona était un ange sur terre, et c'est à cause de toi…

Sa voix se brisa et son visage prit une pâleur de cendre.

— Continuez, je vous en prie, railla Frederick. C'est à cause de moi qu'elle est morte. C'était ce que vous vouliez dire, n'est-ce pas ?

Malgré son ton désinvolte, il avait la gorge nouée. Il étouffait…

— Non, murmura son père. Je voulais seulement dire que…

— Ne me prenez pas pour un idiot ! Je sais exactement ce que vous pensez. À présent, veuillez m'excuser, le sauvage irlandais que je suis aimerait aller voir sa sœur.

Frederick s'inclina poliment, ravi d'avoir réussi à pousser son père dans ses retranchements. Il n'aimait rien tant que d'avoir le dernier mot, surtout avec lui.

Il veillerait à ce que Maria se remette du choc qu'elle venait de subir, puis il retrouverait la crapule qu'elle avait pour mari. Une fois qu'il lui aurait réglé son compte, il rentrerait à Londres et reprendrait le cours de sa vie dissolue auprès de sa maîtresse.

C'était là sa place, après tout. Loin de son père, et loin de lady Eleanor Ashton, ce parangon de vertu au corps de déesse.

3

— Quelle arrogance ! marmonna Eleanor en relevant ses jupes pour enjamber une branche en travers du sentier.

Elle était si furieuse qu'elle avait finalement décidé d'aller à Marbleton à pied, espérant que cela l'aiderait à se calmer. Bien entendu, cela n'avait servi à rien. Elle avait parcouru un bon kilomètre et demi, et elle était toujours aussi énervée.

Pendant toutes ces années, Frederick avait hanté ses rêves, alors que lui l'avait tout bonnement oubliée ! Il ne l'avait pas reconnue, à part, avait-il dit, un « air de ressemblance ». Ah, il y avait presque de quoi rire !

Comme si cela ne suffisait pas, il avait eu le toupet de la détailler de la tête aux pieds avant de déclarer qu'il ne voulait pas d'elle. Pourquoi avait-il accepté cette union, alors ? Pour avoir le plaisir de la rejeter de nouveau ? Était-il aussi cruel, aussi dénué de cœur que sa réputation le laissait supposer ?

Eleanor fulminait. Aurait-il fait une proposition avec l'intention de ne pas l'honorer, pour le simple plaisir de l'humilier ? Dieu merci, elle avait eu la présence d'esprit de le rejeter la première !

Avec un soupir contrarié, elle franchit la clôture de bois et pénétra dans le parc de Marbleton. Elle s'arrêta un instant pour admirer le paysage, s'efforçant de chasser les pensées amères qui tournaient dans sa tête. Les collines qui moutonnaient à l'horizon ne manquaient jamais de lui procurer un sentiment de paix inégalé. Elle avait des souvenirs bien trop doux de Marbleton et de ses habitants pour laisser Frederick Stoneham les lui gâcher.

De nombreuses années auparavant, Marbleton avait appartenu à sir Gregory Bradstreet, un baronnet aux moyens limités, mais doté d'un cœur d'or, marié à une femme également bonne et généreuse. Ils avaient quatre enfants, dont le plus jeune était du même âge qu'Eleanor et Henry, son frère jumeau.

Eleanor avait passé tant de bons moments, ici, dans ce parc, à courir et à jouer avec les enfants Bradstreet ! Grâce à l'attention bienveillante de la châtelaine, Henry retrouvait enfin le sourire. Ce qui n'était pas le cas chez eux, à Covington Hall, où il tremblait devant leur mère, qui ne cessait de critiquer son manque de vigueur.

Mais juste avant leur dixième anniversaire, sir Gregory avait subi de lourds déboires financiers qui l'avaient obligé à vendre son domaine. Après leur départ, Eleanor avait pleuré des journées entières, non parce qu'elle avait perdu des compagnons de jeu, mais pour Henry, qui n'avait plus personne pour l'aider à oublier les sarcasmes de leur mère.

Si elle fermait les yeux, elle entendait presque les rires joyeux des enfants jouant dans le parc. Elle revoyait aussi Henry assis sur la pelouse, les yeux pétillants de joie. Elle avait été tellement heureuse pour lui, à l'époque...

« Oh, mon cher Henry ! songea-t-elle. Si seulement tu étais ici ! » C'était maintenant qu'elle avait le plus besoin de lui, mais ils ne se voyaient quasiment plus depuis qu'il poursuivait ses études à Oxford. Il lui avait terriblement manqué quand il était parti à Eton, mais du moins rentrait-il à la maison pour les vacances scolaires.

Bien sûr, ils correspondaient régulièrement. Pas une semaine ne s'écoulait sans qu'elle reçoive une lettre dans laquelle il lui racontait ses études, son quotidien. Mais ce n'était pas pareil. Elle avait tant partagé avec lui : ses espoirs, ses rêves, les poèmes qu'elle écrivait et dont, elle le savait, il ne se moquerait pas. Elle ne se sentait pas aussi libre avec sa mère, ni même avec Selina, qui était pourtant sa meilleure amie.

Non, en vérité, personne ne la connaissait comme son frère, et il était peu probable qu'elle retrouve jamais une telle complicité avec quelqu'un d'autre. Eleanor soupira, sourit en regardant passer des oies qui se dandinaient en poussant des cris stridents, puis se remit en marche pour rejoindre la grande demeure où Selina et son mari, lord Henley, résidaient désormais.

En arrivant à la grande haie de chèvrefeuille près du vieux chêne, elle s'immobilisa. L'herbe était si douce à cet endroit, et l'air embaumait. Enfants, c'était là qu'ils se réunissaient pour goûter. Après quoi, ils enlevaient leurs souliers et dansaient sur la pelouse, l'estomac plein et le cœur léger. Comme elle regrettait ces temps insouciants ! Ils jouissaient d'une telle liberté, alors...

Et si elle osait ? se dit-elle soudain. Il faisait si beau, la pelouse était si tentante... Quel mal y avait-il à cela, après tout ? Après avoir jeté des regards furtifs autour d'elle, elle s'accroupit et dénoua les lacets de ses bottines.

Quelques secondes plus tard, elle posait ses pieds gainés de bas fins sur l'herbe tendre. Elle ôta son chapeau, qu'elle jeta sur les racines recouvertes de mousse du chêne. Puis elle courut vers la haie, coupa une fleur de chèvrefeuille et la piqua dans ses cheveux.

Respirant à pleins poumons le parfum familier, elle se mit à tournoyer, les bras écartés, en fredonnant un air joyeux. Elle avait de nouveau dix ans, et oubliait tous ses soucis – le contrat de fiançailles, la mésentente de ses parents et la mélancolie de son frère.

Tout à coup, à la périphérie de son champ de vision, elle aperçut une tache grise se détachant dans la verdure. Elle fit volte-face, alarmée, et étouffa un cri.

Nonchalamment appuyé contre le tronc du chêne, Frederick Stoneham la contemplait d'un air amusé.

— Je vous en prie, lady Eleanor, ne vous arrêtez pas pour moi ! J'apprécie beaucoup le spectacle. Veuillez me pardonner de vous avoir fait peur deux fois de suite dans la même journée. Ce n'était pas intentionnel.

Cramoisie, le souffle court, Eleanor répliqua néanmoins vertement :

— Je croyais être seule, monsieur Stoneham ! Vous auriez au moins pu signaler votre présence.

— Et me priver d'un spectacle aussi charmant ? Jamais de la vie !

— C'est ce qu'aurait fait un gentleman.

— J'ai déjà reconnu ne pas en être un.

— Ça, je n'en doute pas. Que faites-vous dans le parc de lord Henley ? À part rôder comme une panthère et épier les gens, je veux dire ?

— Désolé de vous décevoir, la vérité est beaucoup plus prosaïque. J'ai rendez-vous avec lord Henley, tout simplement, et il fait si beau que j'ai décidé de marcher. Cela dit, j'aime bien l'idée de ressembler à une panthère.

— Ce n'était pas un compliment.

— Non, bien sûr, pas de votre part. Pourtant, je le prends comme tel. Vous, vous ressemblez à une prêtresse des temps anciens en train de danser pour son dieu. Bien qu'à mon avis, à cette époque, les prêtresses ne se contentaient pas de se débarrasser de leurs chapeaux et de leurs souliers.

La jeune fille rougit de plus belle, et Frederick fut pris d'une irrépressible envie de la prendre dans ses bras et de l'embrasser. Un geste déplacé qu'elle ne lui permettrait jamais, bien sûr – elle n'obéissait pas aux mêmes règles que les femmes qu'il fréquentait d'ordinaire. Pourtant, elle s'était laissé faire, autrefois. Et avec un certain enthousiasme, si sa mémoire était bonne !

Il la dévisagea. Il avait encore du mal à croire que c'était la même fille. C'était une femme, désormais, et pas le genre avec qui il pouvait badiner.

— Puis-je vous accompagner chez lord Henley ? s'enquit-il. Je suppose que vous vous y rendiez ?

— En effet, répondit-elle en ramassant ses bottines.

Comme elle s'adossait au tronc du chêne pour les enfiler, il ne put s'empêcher de glisser un coup d'œil à ses chevilles dont il admira la finesse.

— J'étais venue rendre visite à lady Henley, repritelle en lissant sa jupe, sa tâche achevée.

— Lady Henley ? Henley s'est marié ?

— Oui. Il a épousé mon amie Selina Snowden.

Selina ? La blondinette qui était toujours dans l'ombre d'Eleanor ?

— Je l'ignorais, murmura-t-il.

— La cérémonie a eu lieu au printemps. Je vous en prie, passez devant, je connais le chemin.

Elle désigna d'un geste la grande demeure, dont on apercevait la pierre blonde par-dessus les arbres.

— Non, après vous, répliqua-t-il avec un geste cérémonieux.

Leurs regards se rencontrèrent, et Eleanor ne cilla pas.

— Très bien. Dans ce cas, au revoir, monsieur Stoneham.

Elle passa fièrement devant lui, laissant dans son sillage un délicat parfum de chèvrefeuille et de verveine citronnée. Son chapeau de paille, orné d'un ruban de soie vert pâle assorti à sa robe, gisait sur l'herbe aux pieds de Frederick.

Il se baissa pour le ramasser, et son pouls s'emballa comme il respirait cette même odeur fraîche et affolante. Bon sang de bois, que lui arrivait-il ? Jamais encore il n'avait été attiré par ce genre de fille – une jeune fille de bonne famille, à coup sûr, et innocente, par-dessus le marché ! Pourtant il demeurait là, immobile, à sourire comme un jouvenceau, les yeux rivés sur Eleanor.

Peut-être voyait-il en elle un défi. Rien de plus, il en était sûr.

— Lady Eleanor ! cria-t-il. Vous n'auriez pas oublié quelque chose ?

Elle se figea, et il vit ses épaules se soulever dans un soupir excédé avant qu'elle ne se tourne vers lui.

Elle se méfiait de lui, cela sautait aux yeux. Et à raison.

Il agita le chapeau, le long ruban de soie voletant dans les airs. Viendrait-elle s'emparer du fruit interdit ?

Peine perdue. Elle ne bougea pas. Elle préférait paraître en cheveux chez les Henley plutôt que s'approcher de lui ? Il avait l'air d'un idiot, avec cette capeline à la main…

Il la rejoignit en quelques enjambées.

— Voici, fit-il d'un ton bourru en lui tendant son couvre-chef. Je ne peux vous laisser compromettre votre teint pour le seul plaisir de me contrarier.

Sur ce, il attrapa la fleur de chèvrefeuille qu'elle avait dans les cheveux et la coinça dans sa boutonnière. Eleanor le fixait du regard, comme hypnotisée. Une mèche d'un noir d'ébène s'était échappée de sa coiffure. Il tendit la main, et la glissa derrière son oreille.

Puis, comme elle le regardait toujours en silence, il posa le chapeau fermement sur sa tête, lui effleurant le cou au passage. Elle frémit.

— Ne me touchez pas, monsieur, articula-t-elle enfin dans un souffle.

— Non ? Alors je devrais peut-être vous embrasser. Histoire de me rafraîchir la mémoire. Cela fait tellement longtemps, n'est-ce pas ?

— Ne vous y risquez pas ! s'écria-t-elle, les yeux agrandis d'effroi.

— Ne vous inquiétez pas, mon cœur, je peux vous embrasser sans vous toucher, si vous préférez. Regardez, mes mains resteront sagement à mes côtés.

Il s'inclina sur elle et lui frôla la bouche de la sienne. Incapable de s'en tenir là, il appuya plus fermement, l'incitant à entrouvrir les lèvres pour lui. Elle gémit à peine, pourtant, il l'entendit par-dessus le vacarme de son propre cœur qui battait la chamade.

Il l'embrassa doucement, tendrement, les poings serrés pour ne pas la toucher. Ce baiser était très chaste, pourtant, le feu du désir lui embrasa le sang, le pressant de la serrer contre lui, de la soumettre à sa volonté.

Il s'obligea à s'écarter, recula d'un pas et l'observa avec curiosité tandis qu'elle battait des paupières, le regard vague et embrumé. Puis sa main vola dans les airs et s'abattit sur sa joue.

— Comment osez-vous m'embrasser sans ma permission ? siffla-t-elle.

Elle tremblait de la tête aux pieds.

Tout en frottant sa joue endolorie, Frederick afficha un petit sourire narquois.

— Bientôt, madame, vous me supplierez de vous embrasser ainsi.

— Pas tant que je vivrai.

Elle secoua si vigoureusement la tête qu'il crut que son chapeau allait tomber.

— Cent livres que vous me supplierez de vous embrasser avant la fin de l'année. Vous pariez ?

— Oh ! s'exclama-t-elle, furieuse. Vous êtes bel et bien un gredin. Je ne voulais pas le croire mais tout ce qu'on dit sur vous est vrai, n'est-ce pas ?

— Comment le saurais-je ? J'ignore ce qu'on raconte à mon sujet. Mais je suis prêt à vous écouter. Et à confirmer ou pas les ragots qui courent sur mon compte.

— Très bien, fit-elle en croisant les bras, les yeux rivés aux siens. On dit que vous déshonorez les jeunes filles innocentes.

— Tranquillisez-vous, c'est un mensonge. Je ne prends pas les innocentes à la légère. Jamais. Quoi d'autre ?

— Que vous entretenez une demi-douzaine de maîtresses.

— Je n'en ai qu'une seule pour l'instant, à moins que vous ne comptiez un intermède récent, mais malheureusement très bref, avec une veuve du Shropshire. Vous m'imaginez entretenant tout un harem ? Non. Une maîtresse suffit, même pour un homme doté d'un… euh… appétit comme le mien. D'autres questions ?

Elle plissa les yeux imperceptiblement tandis que ses joues s'empourpraient.

— Vous vous seriez battu deux fois en duel ces six derniers mois, provoqué par des maris furieux que vous ayez badiné avec leur épouse.

— Cette information est vraie, mais en partie seulement. Je me suis en effet battu deux fois en duel et…

— Et vous avez blessé un innocent dont vous aviez séduit la femme ! l'interrompit-elle.

— J'ai blessé cet imbécile à la main, pour l'empêcher de me tuer sans raison.

— Donc, vous niez avoir séduit deux femmes mariées ?

Il hocha la tête.

— Il n'y en a eu qu'une seule et, à l'époque, j'ignorais qu'elle était mariée, vu qu'elle m'avait assuré ne pas l'être. C'est tout ?

— Ça ne vous suffit pas ? Vous avez de la chance de ne pas vous être fait tuer !

— Que vous vous inquiétiez ainsi de ma réputation me touche. Mais en quoi le fait que je me fasse tuer vous concerne-t-il ?

— Au cas où vous l'auriez oublié, nos pères ont signé un contrat de fiançailles en nos noms. Ils veulent que nous soyons unis pour Noël.

— Ah, oui ! Ça. Mais vous m'avez dit tout à l'heure ne pas vouloir de moi, et j'ai abondé dans votre sens. Vous voyez donc que vous n'avez pas à vous tracasser.

— Certes, un homme comme vous ne supporterait pas de s'associer à une femme comme moi, n'est-ce pas ?

Savait-elle à quel point elle était proche de la vérité ? Ce qu'il ne supporterait pas, c'était de la souiller. Il avait beau ne pas être un gentleman, il possédait encore quelques scrupules.

— Au revoir, monsieur Stoneham, dit-elle abruptement, interrompant le fil de ses pensées.

Et tandis qu'elle s'éloignait, il songea que, peut-être, il aurait été plus avisé de ne pas tirer dans la main de cet abruti…

4

— Eleanor, comment est-ce possible ? s'exclama Selina en posant si brusquement sa tasse dans sa soucoupe que le thé se répandit sur la nappe. Pourquoi ton père t'imposerait-il une telle union ?

Eleanor baissa les yeux, incapable de croiser le regard si plein de compassion de son amie.

— J'ose à peine l'admettre, répondit-elle, mais je pense qu'il a sincèrement cru me faire plaisir.

— Plaisir ? répéta Selina, éberluée. Mais qui voudrait épouser Frederick Stoneham ?

— Apparemment ma mère lui aurait dit que toutes les jeunes filles se pâment devant lui. Il en a déduit que c'était… l'oiseau rare.

Elle faillit s'étrangler en prononçant ce mot. Dire que cet homme l'avait embrassée quelques minutes auparavant ! En riait-il à présent avec lord Henley ? Racontait-il combien il était facile de la soumettre à sa volonté ?

— Personne de notre connaissance ne s'est jamais pâmé devant lui, observa Selina. D'ailleurs, on ne le voit plus dans les salons depuis des années. Pourquoi ta mère aurait-elle suggéré une chose pareille ?

— Je l'ignore. L'idée qu'elle puisse, d'une façon ou d'une autre, *savoir* me rend folle.

— Mais de quelle façon l'aurait-elle appris ? En as-tu parlé à quelqu'un d'autre ? Henry, peut-être ?

— Bien sûr que non, répliqua Eleanor en secouant la tête. Et même si c'était le cas, Henry n'en aurait jamais parlé à notre mère.

— C'est vrai, murmura Selina en se mordant la lèvre inférieure comme si elle se retenait de pleurer. Oh ! Eleanor ! Je souhaitais tellement que tu sois heureuse en mariage, comme Henley et moi.

— J'ai l'intention de dire à papa que je refuse d'honorer ce contrat. De toute façon, Frederick ne veut pas de moi.

— Comment ose-t-il ? fulmina Selina. Alors qu'il n'est même pas digne de cirer tes souliers.

— Je ne comprends pas pourquoi il a accepté ces fiançailles…

Eleanor se tut soudain et tendit l'oreille. Des voix masculines résonnaient dans le hall. Elles se rapprochaient.

— Que fait-il ici ? chuchota-elle en se penchant vers son amie.

— Tu n'imagines pas ma surprise lorsque Henley m'a appris que M. Stoneham était un ami. Un *ami*, Eleanor, tu te rends compte ?

— Henley a presque dix ans de plus. Comment auraient-ils pu se connaître ?

— En fait, Henley était très lié au frère aîné de M. Stoneham. Il chassait avec Charles Stoneham le jour où celui-ci a été tué, et j'ai bien peur que Henley ne se sente plus ou moins responsable de ce drame. Quand bien même c'était un accident, bien sûr, s'empressa-t-elle d'ajouter. Henley dit qu'avant de mourir, Charles l'a supplié de veiller sur son frère cadet. Mon mari a tenu parole. Cela n'a pas été facile, bien entendu, vu le caractère de Frederick.

— Sans doute, murmura Eleanor.

Les deux hommes passèrent en bavardant devant la porte fermée du salon, sûrement pour gagner le bureau du vicomte. Eleanor rencontra le regard interrogateur de son amie, et se détourna vivement.

Selina plissa les yeux.

— Tu me caches quelque chose, Eleanor, je le sens !

Décidément son amie la connaissait beaucoup trop bien. Presque aussi bien que Henry. Bien sûr, Eleanor n'avait jamais osé raconter à son frère que Frederick l'avait embrassée de crainte qu'il ne provoque ce dernier en duel. Il ne devait surtout pas l'apprendre, et elle savait que Selina ne trahirait jamais son secret.

— Eleanor ? insista Salina. Tu es dans la lune. Tu ferais aussi bien de me dire ce qui se passe. Je ne supporte pas de ne pas savoir !

Eleanor poussa un soupir résigné. Autant avouer la vérité à Selina, celle-ci finirait de toute façon par lui arracher des aveux.

— Eh bien, tout à l'heure... dans le parc... il... il m'a embrassée.

— Tu plaisantes, j'espère ?

— Je crains que non. Je ne comprends pas pourquoi il a fait cela, vu qu'il me trouve aussi attirante qu'un cheval, il n'empêche qu'il l'a fait. Oh, c'était un petit baiser plutôt chaste, mais un baiser tout de même !

— Dis-moi que tu ne lui as pas permis une telle privauté ?

— Bien sûr que non ! Enfin, une fois que j'ai eu recouvré mes esprits.

Selina étudia son amie sans masquer sa curiosité.

— Raconte, reprit-elle en baissant la voix. Il est toujours aussi beau ?

— Selina ! s'écria Eleanor, feignant d'être choquée. Ne viens-tu pas de me reprocher de l'avoir embrassé ?

— Allons, Eleanor, je suis la première à admettre que Frederick Stoneham est le genre d'homme à faire tourner les têtes. Mais ce n'est certainement pas le genre d'homme qu'une jeune fille de bonne famille épouse. Peu importe ! Réponds à ma question ! Je le verrai bientôt, de toute façon.

— Eh bien... il est encore plus beau qu'avant. Et il le sait, je parie.

— Il a toujours des cheveux de jais ?

— Oui, et bien plus longs que la mode ne l'exige Mais il ne les porte plus attachés sur la nuque. Il a la peau hâlée, de larges épaules, et quelque chose d'inquiétant émane de lui. Plus encore qu'autrefois.

— Mon Dieu ! C'est encore pire que je l'imaginais, murmura Selina en tendant la main pour serrer celles, tremblantes, de son amie. Même après tout ce temps, après tout ce que tu as entendu dire à son sujet... tu as toujours le béguin pour lui, n'est-ce pas ?

— Mais non, voyons ! Ne dis pas de bêtises ! Je n'ai pas pensé à lui une seule fois au cours de ces dernières années, assura Eleanor, étonnée que ce mensonge lui vienne aussi aisément.

— Pourtant, tu l'as embrassé, insista Selina.

— Pas volontairement, crois-moi.

— Tu ne peux pas prétendre que c'était un accident. Ou dois-je supposer que tu es tombée sur ses lèvres par inadvertance ?

Eleanor poussa un soupir excédé. Elle regrettait d'avoir parlé de ce baiser à son amie.

— Écoute, commença-t-elle, je ne sais que te dire sinon qu'il m'a prise au dépourvu. C'était presque comme si...

Elle balaya la pièce du regard, cherchant à décrire l'impossible.

— Comme s'il m'avait hypnotisée. J'étais paralysée. Vois-tu, j'avais enlevé mon chapeau et mes bottines, et....

— Quoi ? s'écria Selina en lui lâchant les mains. Tu t'étais déchaussée ? Mais pourquoi ?

Eleanor eut un geste d'impuissance.

— Je ne peux pas t'en parler, c'est trop gênant.

Selina porta la main à sa gorge.

— Il faut absolument te trouver quelqu'un le plus rapidement possible. Quelqu'un de respectable et de gentil, qui te fera oublier Frederick Stoneham.

Eleanor hocha la tête.

— Mais qui ? J'ai déjà fait deux saisons.

— Oui, et tu n'aurais peut-être pas dû te montrer aussi difficile, la réprimanda Selina. Après tout, n'importe quel gentleman vaut mieux que Frederick Stoneham.

Eleanor ne pouvait la contredire sur ce point.

— Je ne peux pas rester sans rien faire pendant que ce vaurien joue avec ton cœur, enchaîna Selina. Ne t'inquiète pas, je trouverai quelque chose.

Eleanor ne pouvait que prier pour qu'elle trouve vite.

— Le Devonshire ? Que diable irait-il faire là-bas ? demanda Henley.

Il versa une rasade de cognac dans un verre de cristal qu'il tendit à Frederick.

— J'ai peur qu'il ne cherche à s'embarquer à Plymouth. Bien sûr, rien ne prouve qu'il soit là-bas. Et, pour le moment, Maria n'est pas en état de m'aider de manière efficace.

Frederick but une longue gorgée de cognac avant de reprendre :

— Je ne sais d'ailleurs pas d'où elle tient ce renseignement, mais elle prétend que sa source est fiable.

Henley hocha la tête.

— Cela vaut la peine de vérifier. Mon plus jeune frère, George, habite dans le Devonshire. Il a un très beau domaine sur la côte, au sud de Plymouth. Il ne verra aucune objection à nous aider.

— Nous ?

— Évidemment. Je t'accompagne, mon vieux !

— Je ne peux pas accepter, Henley. Tu viens de te marier ! Avec la charmante Selina Snowden, qui plus est…

Henley haussa un sourcil.

— Tu connais ma femme ?

— Et depuis bien avant qu'elle ne s'attache les cheveux ! De magnifiques cheveux blonds, si mes souvenirs sont bons, précisa Frederick avec un sourire entendu.

— En effet, répliqua Henly d'un ton froid, mordant à l'hameçon.

Frederick ne voulait pas impliquer Henley dans une affaire aussi sordide. Il s'occuperait lui-même d'Eckford. Mieux valait donc ramener la conversation à d'amicales plaisanteries.

— À propos, insista-t-il, je suis impatient de la revoir. Elle est là ?

Le visage de Henley s'illumina soudain.

— J'avoue que j'ai marché un instant, Stoneham, s'écria-t-il en riant. Mais, oui, tu vas revoir mon épouse, et nous irons tous ensemble dans le Devonshire. Je te préviens, je ne tolérerai aucune objection de ta part.

Frederick secoua la tête.

— Quelles que soient les promesses que tu aies faites à mon frère, tu ne me dois rien.

Henley était un homme bien, et Frederick ne méritait pas d'être défendu par une si belle âme.

— Charles était un excellent ami, c'est vrai, mais il est mort voilà plus de dix ans, et tu as pris sa suite dans mon affection, répliqua Henley.

— Pas au point, cependant, que tu m'invites à ton mariage.

Henley eut le bon goût de paraître mal à l'aise.

— Je suis désolé, mon vieux. Mais avec toutes les rumeurs qui courent sur ton compte depuis des mois, j'ai décidé qu'il valait mieux…

— Ne t'inquiète pas, Henley. J'ai l'habitude.

— Euh, eh bien… Écoute, je n'ai pas toujours tenu la promesse faite à Charles, mais, cette fois-ci, j'entends bien être à tes côtés.

Frederick se dandina d'un pied sur l'autre, embarrassé. Il aurait aimé dissuader Henley de l'aider, mais il ne pouvait s'empêcher de lui être reconnaissant de sa ténacité.

— Bien ! déclara son ami en lui donnant une claque dans le dos. Si nous allions saluer ma femme, à présent ?

— Volontiers, répondit-il. J'apprécie sincèrement ton soutien, Henley, mais j'aimerais autant ne pas t'impliquer dans cette triste affaire.

— Je n'en démordrai pas, mon vieux. Allez, viens avec moi. Je parie que Selina se ronge les ongles d'impatience à l'idée de te recevoir.

Frederick, pour sa part, n'était pas aussi certain que la vicomtesse serait si contente de le revoir. Il acquiesça pourtant, et suivit Henley dans l'étroit couloir, se demandant vaguement si Eleanor était toujours en compagnie de la maîtresse de maison. Si tel était le cas, il aurait sûrement droit à un accueil glacial.

Henley s'arrêta devant une porte de chêne.

— Nous y voici, dit-il en tournant la poignée de cuivre. Ma chérie, j'en ai terminé avec notre invité et… Oh ! Bonjour, lady Eleanor ! Quelle bonne surprise ! ajouta-t-il en s'inclinant.

Frederick franchit le seuil à son tour. Eleanor, debout devant un fauteuil recouvert de damas prune, lui jeta un regard noir.

— Henley chéri, tu nous as fait une peur bleue ! s'écria Selina en se précipitant vers son mari.

— Tu te souviens de Frederick Stoneham, n'est-ce pas ? Le fils du baron Worthington.

Selina tourna vers lui un regard curieux.

— Oh ! fit-elle, tressaillant visiblement, avant de se reprendre. Bonjour, monsieur Stoneham.

Frederick arqua un sourcil, puis s'inclina dans un profond salut.

— Lady Henley, quel plaisir de vous revoir après toutes ces années ! Vous êtes encore plus jolie que dans mon souvenir.

Selina ne put retenir un rire cristallin.

— Vous me flattez, monsieur Stoneham. Mais où étiez-vous passé ? Vous nous avez manqué.

— J'étais en Irlande, madame. Dans le domaine familial, dans le Connemara. Mais je suis rentré à Londres il y a six mois.

Son regard fut irrésistiblement attiré vers Eleanor, qui demeurait silencieuse dans son coin. À l'évidence, il avait outragé sa sensibilité virginale en l'embrassant. Que c'était charmant !

— Lady Eleanor, ajouta-t-il en s'inclinant dans la direction de la jeune fille.

— Monsieur Stoneham, répliqua-t-elle sèchement.

— Vous vous connaissez ? s'étonna Henley.

— En effet, répondit Frederick.

— J'en suis fort aise. Stoneham, nous avons bien de la chance d'être en compagnie des deux plus jolies femmes de la région !

Henley se balançait sur les talons, les mains dans les poches, un sourire jovial aux lèvres.

— C'est indiscutable, acquiesça Frederick. En fait, cet après-midi même, dans ton parc…

— Vous n'êtes revenu que depuis six mois, coupa Eleanor, le regard menaçant, et déjà votre réputation est quasi légendaire. Comment avez-vous pu atteindre résultat pareil en si peu de temps ?

— Je suis naturellement doué pour le scandale, je suppose.

Eleanor lui décocha un sourire condescendant.

— Comme vous devez être fier de posséder un tel talent.

— Oui. C'est étonnant ce à quoi l'on peut parvenir quand on concentre ses efforts.

Il nota, non sans satisfaction, qu'elle avait rougi. De colère, sans aucun doute.

— J'ai été étonnée d'apprendre que vous connaissiez si bien lord Henley.

— Il m'arrive parfois de fréquenter des gens respectables. Je ne voudrais pas être trop prévisible.

— Non, en effet. Cela explique pourquoi vous avez accepté si imprudemment un arrangement que vous n'aviez pas l'intention d'honorer.

— En fait, je voulais le respecter, jusqu'à ce matin.

— De quoi diable parlez-vous ? intervint Henley en les regardant tour à tour.

— De rien d'important, assura Frederick. Il vaut sans doute mieux abandonner le sujet, Henley, si tu veux bien me pardonner.

Ce dernier se racla la gorge, déconcerté.

— Oui… euh… Bien.

Durant le silence gêné qui s'ensuivit, Eleanor alla s'asseoir sur le divan.

— Stoneham, si nous annoncions la nouvelle à ma femme ? demanda finalement Henry.

Comme Frederick ne répondait pas, il poursuivit :

— Selina chérie, fais préparer nos bagages, nous accompagnons M. Stoneham chez George, dans le Devonshire. Nous partirons dans deux jours.

— Dans le Devonshire ? Mais Henley, nous venons à peine de rentrer de Londres et j'espérais…

— Nous avons affaire dans cette région, M. Stoneham et moi. Nous n'y resterons pas plus d'un mois, je suppose. Oh ! Mais j'ai une idée ! ajouta-t-il soudain. Pourquoi lady Eleanor ne viendrait-elle pas avec nous ? Elle te tiendrait compagnie, Selina, et vos deux présences égayeraient un peu l'atmosphère, George peut être si barbant, parfois. Dites oui, lady Eleanor, ou ma femme va périr d'ennui pendant que Stoneham et moi serons occupés.

Eleanor secoua la tête, horrifiée. Voyager avec le diable en personne ? *Jamais.*

— Merci de votre invitation, lord Henley, mais je ne peux pas.

— Réfléchissez, je vous en prie ! insista lord Henley. Je ne supporterai pas de laisser ma femme ici, cependant, je ne veux pas l'abandonner là-bas avec George pour seule compagnie.

— Voyons, mon chéri, protesta Selina en tirant sur la manche de son mari. George n'est pas si ennuyeux.

— Tu trouves ? fit lord Henley en fronçant les sourcils.

— Assurément, répondit Selina en se tournant vers Eleanor. George Whitby est un homme aimable et raisonnable. Très sportif, et bel homme, de surcroît. Je pense que tu l'apprécierais beaucoup, Eleanor. Tu *devrais* nous accompagner.

Eleanor ouvrit de grands yeux. Selina avait-elle perdu l'esprit ?

Cette dernière jeta un coup d'œil furtif à Frederick, qui était occupé à admirer un kaléidoscope de cuivre posé sur la bibliothèque. Puis elle se pencha vers son amie.

— C'est peut-être la solution idéale à ton problème, Eleanor ! chuchota-t-elle. Comment n'y ai-je pas pensé plus tôt ? Nous serions belles-sœurs.

Belles-sœurs ? Eleanor mit un moment à comprendre l'allusion. Puis elle retint une exclamation. Bien sûr ! Ce ne serait pas le mariage avantageux qu'elle escomptait – Georges n'était qu'un fils cadet –, mais ce serait toujours mieux que d'épouser Frederick Stoneham. Et que ce serait plaisant d'être la belle-sœur de Selina !

Évidemment, M. Whitby aurait son mot à dire… Mais cela valait la peine d'essayer. De toute façon, elle était piégée. S'il ne faisait aucun doute que sa mère l'autoriserait à accompagner les Henley, son père serait sans doute furieux qu'elle ait laissé cette dernière seule, mais aux grands maux, les grands remèdes.

Eleanor se sentit soudain pleine d'espoir. Si M. Whitby était aussi charmant que le prétendait Selina, elle ferait de son mieux pour gagner son affection. Si elle y parvenait, elle supplierait son père d'approuver cette union. Et s'il refusait de donner son consentement, eh bien, elle s'en passerait et irait se marier en Écosse…

— Eh bien, d'accord, déclara-t-elle. Merci, lord Henley, je serai ravie de vous accompagner.

Il ne restait plus qu'à espérer que sa décision se révélerait la bonne.

5

— Mais qu'est-ce qui m'a pris d'accepter de venir, murmura Eleanor en s'installant dans la voiture près de Selina. Je dois être folle, ajouta-t-elle en regardant le deuxième attelage qui transportait les bagages et les domestiques s'ébranler.

— Allons, Eleanor, je t'assure que ce sera agréable, fit Selina en tripotant nerveusement le ruban qui fermait sa veste de satin prune. Je suis certaine que George te plaira. Et lui ne peut que succomber à ton charme.

Eleanor lissa sa jupe d'une main tremblante.

— Cela semble si froid, si calculé.

— Pas du tout ! Comme je te l'ai dit, M. Whitby est un homme raisonnable. C'est justement pour cela que Henley le trouve parfois ennuyeux. Il n'est pas enclin à la fantaisie, et encore moins au romantisme. Ce n'est pas dans sa nature, tu comprends. Il te jugera sur des critères pratiques : ta dot, ta réputation, tes relations familiales. Ses raisons ne sont pas moins froides ou calculatrices que les tiennes.

— Sans doute, admit Eleanor.

Mais il n'empêche qu'elle se sentait un peu coupable de chercher à prendre M. Whitby dans ses filets.

— Si cela peut te rassurer, reprit Selina, je lui dirai tout de suite pourquoi j'ai voulu vous faire rencontrer. Je lui expliquerai que tu veux éviter un mariage arrangé inacceptable, et que j'ai pensé que vous pourriez vous entendre tous les deux.

— Non, tu le mettrais mal à l'aise. Il se sentira piégé.

À écouter Selina, elle paraissait vraiment désespérée. Elle avait l'impression d'être un cheval qu'on cherche à sauver de l'abattoir…

Si seulement elle pouvait remonter le temps, et accepter la proposition de mariage que lui avait faite lord Eldrige, la saison dernière ! Elle avait décliné son offre uniquement parce qu'elle avait eu le sentiment qu'ils ne seraient jamais heureux ensemble. Rétrospectivement, que lui importait qu'il ait été presque chauve, avec des petits yeux de fouine et des mains moites ?

Elle soupira. Quoi qu'il en soit, ce ne serait pas une bonne idée d'être aussi directe avec M. Whitby. Elle aurait l'air de lui forcer la main.

— Nous devrions laisser les événements suivre leur cours naturel, suggéra-t-elle, et voir ce qu'il advient.

Selina inclina la tête de côté, pesant le pour et le contre.

— Très bien, dit-elle enfin. Mais seulement si tu me promets de ne pas t'inquiéter.

Eleanor tapota la main gantée de son amie.

— Nous sommes donc d'accord, Selina. Pardonne-moi, mais tout cela est si déstabilisant. Si seulement Henry était là pour me conseiller !

— Tu ne crois pas qu'il vaut mieux laisser les affaires de cœur aux femmes ?

— Sans doute, acquiesça-t-elle.

En vérité, son frère et elle avaient rarement abordé le sujet de l'amour romantique, sinon sans un certain dédain. Tous deux avaient vu à quel point leur père en avait souffert, et n'avaient pas grande estime pour ce sentiment. Si seulement son propre cœur ne l'avait pas trahie tant d'années auparavant, lorsqu'elle avait rencontré Frederick Stoneham !

Selina se tourna soudain vers la fenêtre, et Eleanor suivit son regard. Henley discutait dans l'allée avec son régisseur. Frederick se tenait à quelque pas derrière lui, vêtu d'un long manteau de voyage noir et coiffé d'un chapeau haut de forme. Il avait fière allure, bien sûr, et Eleanor ne pouvait que redouter le voyage qui les attendait, et qui s'annonçait interminable, la pluie tombée toute la nuit ayant détrempé les routes.

Au moins, une fois à destination, elle espérait que Frederick passerait le plus clair de son temps avec lord Henley et qu'elle ne le croiserait que de loin en loin. Mais en attendant, elle devait faire contre mauvaise fortune bon cœur, et se préparer à endurer de longues heures en sa compagnie, et dans une proximité qu'elle appréhendait !

Elle se demanda tout à coup quelle était la nature de l'affaire qui l'appelait dans le Devonshire, et en quoi elle concernait lord Henley ? Les deux hommes n'avaient rien dit de leur projet. Selina était-elle au courant ? Avait-elle seulement questionné son mari à ce propos ?

Elle ferma les yeux et prit une profonde inspiration. Jamais elle n'aurait dû quitter Covington Hall. À l'heure qu'il était, elle aurait pu se promener tranquillement dans le jardin ou se pelotonner dans un fauteuil pour lire de la poésie.

— Les voilà, annonça Selina.

Arrachée à ses pensées, Eleanor tressaillit comme la portière s'ouvrait. L'odeur de terre mouillée s'engouffra dans le véhicule, se mêlant aux effluves de cuir des banquettes. Un instant plus tard, lord Henley prenait place en face de Selina. Eleanor retint son souffle quand Frederick apparut dans l'embrasure de la portière. Il la salua d'un bref signe de tête, puis s'assit à la place vacante en face d'elle.

La jeune fille garda les yeux rivés sur les genoux de Frederick, là où son pantalon beige foncé disparaissait dans ses hautes bottes. Mortifiée, elle sentit le rouge lui monter aux joues.

— Bien, nous sommes tous là ! déclara Henley d'un ton enjoué. Puis-je donner le signal du départ ?

Comme personne ne s'y opposait, il racla le plafond de la voiture avec sa canne.

— En avant ! ordonna-t-il.

La voiture s'ébranla et prit rapidement de la vitesse. Eleanor regardait ostensiblement par la fenêtre, où bientôt les collines disparurent dans la brume. Près d'un quart d'heure s'écoula dans un silence béni.

Incapable de supporter plus longtemps le poids du regard de Frederick sur elle, Eleanor tourna la tête. Leurs regards se heurtèrent. Durant quelques secondes, ils se dévisagèrent en silence. Nul doute qu'il la comparait encore une fois à une jument…

— Vous êtes ravissante, aujourd'hui, lady Eleanor, dit-il enfin.

— C'est un compliment équestre ? répliqua Eleanor avec humeur.

Selina réprima un gloussement derrière sa main gantée.

— Pardon ? demanda Frederick en fronçant les sourcils.

Se croyait-il obligé de faire des compliments dont il ne pensait pas un mot ? Autrefois, Eleanor avait eu la faiblesse de croire en ses belles paroles. Jamais plus elle ne se montrerait aussi imprudente.

— Quel temps épouvantable pour voyager, observa-t-elle, ignorant à la fois son compliment et sa question.

— N'est-ce pas ? fit Henley. Je crains que notre voyage ne soit un peu difficile. Enfin, au moins suis-je en agréable compagnie, ajouta-t-il avec un clin d'œil en direction de Selina.

Eleanor se força à sourire.

— Tout le monde ne partage peut-être pas votre enthousiasme, murmura-t-elle.

— Je suis vraiment navré de vous imposer cette épreuve, lady Eleanor, dit Frederick avec un sourire ironique. Mais peut-être trouverez-vous la compagnie de M. Whitby plus supportable que la mienne une fois que nous serons dans le Devon.

— Si nous y arrivons jamais, marmonna Eleanor comme la voiture passait dans une ornière et penchait à gauche.

— Espérons, déclara Henley en lissant ses favoris, que George a prévu quelques distractions pour vous mesdames, car Stoneham et moi devrons passer beaucoup de temps à Plymouth.

À ces mots, le visage de Frederick s'assombrit visiblement, et il serra les poings.

— Puis-je me permettre de vous demander quelle affaire vous conduit si loin, lord Henley ? demanda Eleanor, incapable de refréner sa curiosité. J'espère que ce n'est rien de déplaisant.

— Personnellement, je prendrai un grand plaisir à éliminer ce salaud quand je lui mettrai la main dessus, gronda Frederick.

Henley lui jeta un regard d'avertissement, mais il l'ignora.

— Nous partons à la recherche de mon satané beau-frère, ajouta-t-il. Il a été vu pour la dernière fois à Plymouth. Et lorsque je le trouverai…

— Nous parviendrons peut-être à le raisonner, l'interrompit Henley.

— Pas après ce qu'il a fait à ma sœur.

Eleanor se pencha vers lui, intriguée.

— Qu'a-t-il fait exactement à votre sœur ?

— Allons, Stoneham, il n'est pas convenable de parler de cela devant des dames !

— Il l'a abandonnée, répliqua Frederick, sans tenir compte des protestations de son ami. Il est parti avec sa maîtresse et l'a laissée sans ressources alors qu'elle attend un enfant. Il a emporté tous les objets de valeur, y compris ses bijoux. Et je ne dis rien des dettes qu'il a contractées.

— Mais c'est épouvantable ! s'exclama Selina. La pauvre petite !

— Pardonnez ma curiosité, monsieur Stoneham, dit Eleanor d'une voix radoucie. Je n'avais aucune idée...

— Non, mieux vaut que vous soyez au courant, répliqua-t-il en se laissant aller contre le dossier capitonné pour soulager ses muscles contractés. Si vous entendez parler de lui quand nous serons dans le Devonshire, il faudra m'en informer sans attendre. Il s'appelle Robert Eckford. Il voyage probablement sous un nom d'emprunt, et j'imagine qu'il fait passer sa maîtresse pour sa femme légitime.

Une ombre passa sur le visage d'Eleanor.

— Je crois avoir rencontré ce monsieur, dit-elle. C'est celui qui a épousé votre sœur Maria ?

— En effet. Que savez-vous sur lui ?

— Nous nous sommes rencontrés une fois lors d'une partie de campagne dans le Kent. Je l'ai trouvé d'autant plus antipathique que Mrs Eckford m'a paru charmante. J'ai du reste été étonnée qu'elle... eh bien...

Elle ne termina pas sa phrase, embarrassée.

— Continuez, je vous en prie, la pressa Frederick. J'aimerais avoir votre avis sans détour sur la question.

Eleanor hésita un instant, puis se jeta à l'eau :

— Eh bien, elle semblait très éprise de son mari, au point de ne remarquer qu'il avait l'air de... hum, de rechercher l'attention des autres femmes. Assez ouvertement, d'ailleurs.

— Maria a toujours été aveugle quand il s'agit des défauts de son mari.

— Ont-ils des enfants ? s'enquit Selina. En plus de celui qu'elle attend ?

— Oui, deux petites filles, dont s'occupent ma sœur aînée et son mari. Maria n'a pas les moyens de les élever, et elle n'est pas non plus en état de le faire. Elle s'est mise sous la protection de mon père. Pour ce qu'elle vaut, ajouta-t-il d'un air sombre.

Après tout, lord Worthington avait donné la main de Maria à Eckford. Si Frederick avait eu son mot à dire, il n'aurait jamais autorisé une telle union. Bon sang, s'il avait été un peu plus âgé, à l'époque, il aurait même tout fait pour l'empêcher ! Mais il n'était qu'un adolescent, impuissant à changer le cours des choses. Et qui avait détesté Eckford au premier regard.

— J'espère que vous le retrouverez, et qu'il rendra ce qu'il a pris si indûment, déclara Eleanor. Mais vous n'avez tout de même pas l'intention de le tuer ?

— Donnez-moi une seule bonne raison de ne pas le faire.

— Eh bien, tout d'abord, c'est illégal, en Angleterre.

— Ne craignez rien, lady Eleanor, je ne vais pas l'abattre comme un chien. Je le provoquerai en duel, en bonne et due forme.

— En duel ? répéta Selina d'une voix stridente.

— Allons, voyons, Selina chérie, fit Henley en posant la main sur le poignet de sa femme. Stoneham, cela suffit, maintenant. Tu as bouleversé ces dames et je ne te permettrai pas de continuer. Nous devrions aborder un sujet plus convenable. Hum… voyons voir… Votre frère se plaît-il à Oxford, lady Eleanor ?

Eleanor hésita avant de répondre, et son regard rencontra celui de Frederick. Il perçut quelque chose dans ses yeux, quelque chose qui ressemblait à de la compréhension. Une lueur brève, mais réconfortante, qui disparut aussi rapidement qu'elle était apparue.

— Il s'y plaît énormément, lord Henley, assura-t-elle. J'en suis très heureuse pour lui, mais il me manque énormément.

Frederick accueillit avec soulagement ce changement de sujet. Il ne voulait plus penser à Eckford, cela le mettait en rage. Son voyage en Essex s'était révélé cauchemardesque, bien loin du petit tour tranquille qu'il avait imaginé en quittant Londres, quelques jours auparavant.

En fait, en ce moment même, il aurait dû être sur le chemin du retour, pour retrouver le lit chaud de Molly, son corps doux et sensuel. Il s'agita sur son siège, se sentant déjà à l'étroit dans le véhicule. Plutôt que de prêter l'oreille à la conversation, il observa les deux femmes assises en face de lui.

Elles étaient on ne peut plus différentes ! Selina était petite et fade, et Eleanor grande et expressive. Toutes deux portaient de volumineuses tenues de voyage qui ne laissaient pas voir un millimètre de peau. Leurs cheveux étaient coiffés de manière compliquée, sans une mèche qui dépassait. Elles étaient si raffinées, si maîtresses d'elles-mêmes. Et sûrement collct monté, songea-t-il, peu charitable.

Il n'appartenait pas à leur monde, et Henley avait eu tort de leur demander de les accompagner dans le Devonshire. Au mieux, elles seraient un tracas, au pire une distraction. Il ne lui restait plus qu'à prier pour retrouver Eckford rapidement afin de pouvoir rentrer à Londres.

Frederick se rapprocha de la paroi afin d'étendre les jambes sans déranger Eleanor. Il frotta ses tempes douloureuses, puis ferma les yeux, et se laissa bercer par les mouvements rythmés de la voiture.

Un cahot violent secoua le véhicule, et il se redressa en sursaut. Depuis combien de temps dormait-il ?

Dans un dernier soubresaut, la voiture s'immobilisa, inclinée sur le côté. Vaguement conscient des cris étouffés des autres passagers, Frederick s'accrocha à la banquette pour ne pas perdre l'équilibre.

— Que se passe-t-il ? s'exclama-t-il avant de passer prudemment la tête par la portière.

Ils semblaient être bloqués dans une profonde ornière.

— Personne n'est blessé ? s'enquit Henley en se tournant vers ses compagnons de voyage. Il semblerait que nous ayons perdu une roue.

— Mon Dieu, je me suis fait mal à la nuque, gémit Selina.

Henley et Eleanor se précipitèrent pour voir de quoi il retournait tandis que Frederick sortait parler avec le cocher. Ils avaient bien perdu une roue, en effet – elle était restée coincée dans la boue à une douzaine de pas de la voiture. Il fallait la remplacer avant de pouvoir reprendre la route.

— Bon sang, milord, déclara le cocher, j'ai fait ce que j'ai pu, mais y avait pas moyen de l'éviter !

— Savez-vous à combien de kilomètres se trouve le village le plus proche ? demanda Frederick.

— Ma foi, pas si loin ! On doit être à environ quatre kilomètres du relais de Dalton. Je comptais m'y arrêter pour changer de chevaux.

— Très bien. Tenez…

Frederick tira une bourse de sa poche, en sortit quelques pièces qu'il tendit au cocher.

— Allez-y, et emmenez un des valets. Celui-ci, ajouta-t-il en désignant un grand jeune homme en livrée qui se tenait au pied de la voiture. Voyez si vous pouvez louer une charrette pour ramener les pièces nécessaires à la réparation. Et demandez à un médecin de vous accompagner. Il semble que lady Henly soit blessée.

— C'est pas grave, au moins ?

— Non, je ne crois pas. Mais il vaut mieux la faire examiner.

— Bien, milord, dit le cocher en hochant la tête.

Puis il tira le pistolet coincé dans la ceinture de son pantalon.

— Prenez ça, milord, ajouta-t-il. Je voudrais pas que des voleurs vous prennent les chevaux. Et le petit gars, là-bas, il a l'air de s'être fait mal, lui aussi.

Il désigna le second valet, assis au bord du fossé, qui se frottait la tête d'un air hébété.

— Je n'en ai pas besoin, dit Frederick, qui écarta les pans de son manteau pour révéler son propre pistolet. Soyez certain que personne ne touchera aux chevaux.

Le cocher lui adressa un regard acéré.

— Je suppose que vous savez aussi comment vous en servir, milord. Un homme se promène pas avec une aussi belle arme juste pour faire le beau.

Frederick retint un sourire. Son pistolet à crosse d'ivoire lui avait coûté une petite fortune, en effet. Mais surtout, il était d'une précision étonnante.

— Je m'en vais, alors, reprit le cocher en remettant son arme dans sa ceinture. Je pense qu'on sera pas de retour avant plusieurs heures.

Un instant plus tard, les deux hommes s'éloignaient sur la route.

— Stoneham ! appela Henley depuis la portière de la voiture, qui pendait maintenant de travers sur ses gonds. Le cocher est-il parti chercher de l'aide ?

— À l'instant, répondit Frederick en le rejoignant.

Il poussa un profond soupir. La matinée promettait d'être longue…

6

Eleanor souleva prudemment sa jupe, et traversa la route boueuse pour gagner le pré qui la bordait. Elle était engourdie à force de rester assise, et avait grand besoin de marcher et de respirer un peu d'air frais.

Dès que le cocher était parti chercher de l'aide, Frederick s'était volatilisé, la laissant seule avec Selina et Henley. Elle avait commencé à se sentir de trop, car Henley chuchotait à l'oreille de sa femme et lui massait doucement la nuque pour la soulager.

Elle aussi avait mal au cou, du reste. Elle pencha la tête d'un côté puis de l'autre, et grimaça comme une vive douleur lui traversait l'épaule. Elle soupira et se dirigea vers un bosquet, espérant que la marche la détendrait.

Heureusement, le soleil avait fini par refaire son apparition et séchait les hautes herbes autour d'elle. Elle n'avait pas prévu qu'elle se promènerait dans la campagne et, tout à coup, sa robe de voyage lui semblait beaucoup trop lourde et étriquée.

Le seul avantage, c'était qu'elle n'était plus obligée d'être assise en face de…

Frederick ! Elle s'arrêta net en l'apercevant à quelques pas. Il avait étalé son manteau sous un arbre. Adossé au tronc, les jambes nonchalamment croisées, il lisait un livre à couverture de cuir. Son chapeau et ses gants gisaient près de lui, comme s'il les avait jetés négligemment.

Eleanor retint son souffle de crainte qu'il ne l'ait entendue. Était-il vraiment en train de lire ? Le célèbre Frederick Stoneham ? Cela lui semblait inimaginable.

Elle recula de deux pas afin de s'esquiver avant qu'il ne la découvre, et marcha involontairement sur une branche, qui se brisa sous son pied. Frederick releva vivement la tête, et lâcha son livre pour porter la main à l'intérieur de sa veste. C'est alors qu'il reconnut Eleanor. Une lueur espiègle s'alluma dans ses yeux d'ambre.

— Ainsi, vous me cherchiez ? fit-il. Voilà qui me flatte.

Se levant d'un mouvement souple, il s'inclina devant elle en un salut moqueur, la main sur le cœur.

— Quel arrogant vous faites ! Je ne vous cherchais pas le moins du monde, répliqua-t-elle.

Mais en dépit de ses efforts, elle ne put s'empêcher de sourire. Debout sous cet arbre, dépourvu de ses atours de gentleman, il ressemblait davantage à un jeune garçon qu'à un adulte de vingt-trois ans – au jeune garçon qui lui avait volé son cœur, quatre ans auparavant. Et l'avait piétinée sans scrupules, se rappela-t-elle en cessant de sourire.

— J'ignorais où vous étiez, reprit-elle. Je voulais juste me dégourdir les jambes, et tenter de soulager la douleur que je ressens dans la nuque.

— Je croyais que vous n'étiez pas blessée, fit Frederick en fronçant les sourcils. Ce n'est pas le cas ?

— Je… je ne sais pas trop. C'est peut-être une simple raideur.

— Une raideur ? Je sais combien ça peut être inconfortable. Très douloureux, remarqua-t-il avec un sourire lascif.

— À la *nuque*, lui rappela sèchement Eleanor, les joues en feu.

— Bien sûr. À quoi d'autre aurais-je pu faire référence ? Faites-moi voir…

En une fraction de seconde, il était près d'elle et lui palpait la nuque.

— Lâchez-moi, monsieur, lui ordonna-t-elle en s'écartant, le souffle court.

Il obéit et la gratifia d'un regard pénétrant.

— Vous n'êtes décidément pas drôle, ma chère.

— Je n'ai jamais prétendu l'être, répliqua-t-elle en baissant les yeux.

Elle aperçut alors dans l'herbe le livre qu'il avait lâché.

— Que lisiez-vous ? s'enquit-elle pour faire diversion.

— Rien d'important, assura-t-il en ramassant l'ouvrage en hâte.

— Puis-je au moins connaître le titre ? insista-t-elle, poussée par la curiosité. Vous sembliez si absorbé par votre lecture, à mon arrivée.

Ce fut au tour d'Eleanor de s'amuser du malaise de son compagnon.

— Ce n'est qu'un recueil de… hum… de poésie.

— Vraiment ? Quel poète ? Je suis moi-même férue de poésie.

— Oh ! Eh bien, ce sont… hum, deux auteurs irlandais. Brian Merriman et Oliver Goldsmith.

— Goldsmith ? Vous aimez donc les vers champêtres ?

— Oui, je le reconnais. Vous connaissez Goldsmith ?

Eleanor hocha la tête et commença à citer de mémoire :

Doux Auburne ! Le plus beau village de la plaine
Où la santé et l'abondance acclament le soupirant qui travaille

Où le printemps souriant rend sa toute première visite
Tandis qu'embaument encore les fleurs tardives de l'été finissant.

— J'aime beaucoup les poètes irlandais, à vrai dire, ajouta-t-elle. Puis-je le voir ?

Elle tendit la main vers le volume qu'il serrait contre lui. Il hésita visiblement, puis posa le livre dans sa paume tendue. Eleanor le feuilleta, puis écarquilla les yeux.

— Mais il est entièrement en gaélique ! s'exclama-t-elle.

Il acquiesça.

— Vous lisez le gaélique ?

— Oui. Ma mère était irlandaise.

— Cela... euh... cela vous ennuierait de m'en lire quelques vers ? risqua-t-elle. Cela me ferait très plaisir, ajouta-t-elle comme il ne répondait pas.

— Si vous insistez, murmura-t-il.

Il tourna quelques pages, s'éclaircit la voix, et commença à lire. Fascinée, Eleanor écoutait les mots inconnus sortir de sa bouche sans effort, sur un rythme parfaitement fluide.

— Quelle langue magnifique, souffla-t-elle lorsqu'il eut terminé. Qu'est-ce que cela signifie ?

Avec la même aisance, Frederick arqua un sourcil, puis entreprit de traduire les vers dans leur langue commune.

C'était une charmante et gracieuse jeune fille
Son maintien et sa présence dénotaient sa classe
La façon dont elle renversait la tête mettait en valeur ses anglaises
Et l'éclat de son teint rivalisait avec celui des perles ;
Elle avait la vitalité de la jeunesse et un sourire divin

Et toute son attitude invitait au baiser.
Je tremblai de désir, mon esprit chancelait
Je tombai éperdument amoureux, follement.
Il est certain, sans aucun doute, que c'était là le châtiment
Pour mes mauvaises actions et ma vie dissolue.
Oui, le ciel demandait vengeance, et mes transgressions
M'attiraient à présent une cruelle punition.

Eleanor demeura un instant sans voix.

— C'est impossible, parvint-elle enfin à articuler. Ce poème ne dit pas cela.

— Oh, si, je vous assure ! Mot pour mot.

— Hum ! Comme c'est curieux.

Sans doute devait-elle s'estimer heureuse que ce passage n'ait pas été carrément paillard, se dit-elle tandis que Frederick refermait le livre.

Il jeta un coup d'œil à la voiture par-dessus son épaule.

— Ce cocher met un temps infini à revenir, observa-t-il. J'aurais peut-être dû l'accompagner.

— Pourquoi ne l'avez-vous pas fait ?

— Henley est tellement fasciné par son épouse que j'ai jugé préférable de rester pour vous protéger en cas de besoin. Les routes peuvent être dangereuses, vous savez.

— Mais vous ne serviez à rien, dans ce pré ! Quelqu'un aurait pu dérober les chevaux à votre insu.

— C'est peu probable. Vous seriez étonnée de voir avec quelle précision on peut tirer à cette distance.

— Tirer ? Que voulez-vous...

Sa voix mourut lorsqu'elle aperçut l'éclat de l'acier entre les pans de la veste de Frederick. Soudain, elle se rappela son mouvement lorsqu'elle avait marché sur la branche... Il avait porté la main à son pistolet.

Elle pâlit.

— Vous n'avez pas l'intention de tuer votre beau-frère, n'est-ce pas ?

— Bien sûr que si, répondit-il tranquillement. J'ai apporté des pistolets de duel à cet effet, du reste. Vous parlez avec beaucoup d'affection de votre frère, ajouta-t-il. Vous ne pensez pas qu'il ferait la même chose si vous aviez été traitée de façon aussi ignoble que Maria ?

— Je l'ignore, répliqua-t-elle. Mais je l'imagine mal en train de tirer de sang-froid sur un homme.

— Vraiment ? Même si cet individu vous avait laissée dans le dénuement le plus complet ? S'il vous avait volé vos bijoux, abandonnée à la merci de créanciers moins recommandables les uns que les autres ? Si vous aviez le corps meurtri, alors même que vous portez son enfant ?

— Meurtri ? s'exclama Eleanor, horrifiée. Il a levé la main sur elle ?

— Maria refuse de le reconnaître, mais j'ai vu les bleus sur ses bras. Elle le protège, comme toujours. À présent, dites-moi, que ferait votre frère à ma place ?

— Je… je ne sais pas, avoua-t-elle. Mais Henry n'est pas violent…

— Parce que je le suis ?

— Vous vous êtes déjà battu en duel. Vous l'avez admis vous-même.

— Certes. Quoi qu'il en soit, j'ai bien l'intention de régler son compte à cette ordure. Vous êtes certaine de ne pas être blessée, enchaîna-t-il en se penchant sur elle, le regard scrutateur.

Eleanor recula d'un pas.

— Pourquoi me demandez-vous cela ?

— Vous tenez votre tête d'une façon bizarre, et vous avez les traits crispés.

— À vrai dire, je ne sentais rien au début, mais maintenant…

Elle ne termina pas sa phrase et leva la main pour masser le bas de son cou.

— Asseyez-vous, ordonna-t-il en s'emparant de sa main pour l'entraîner vers le manteau déployé sur l'herbe. Laissez-moi regarder ça.

— Non, je… Aïe !

Eleanor grimaça comme les doigts de Frederick se posaient sur le point douloureux, à la jointure du cou et de l'épaule.

— Oui, avoua-t-elle, c'est là… Est-ce enflé ?

— Vous avez un véritable nœud. Je ne vous fais pas mal ?

Il massait doucement les muscles tétanisés, et la sensation de ses doigts nus sur sa chair était vertigineuse.

— Un peu, balbutia Eleanor, le cœur battant à tout rompre.

Il fallait absolument qu'elle trouve le courage de mettre fin à ce délicieux massage. Et sans plus attendre.

— Monsieur Stoneham, ce n'est pas convenable de me toucher ainsi. Nous devrions regagner la voiture.

Il leva la tête pour regarder en direction de la route et, ce faisant, se pressa contre le dos d'Eleanor.

— Pourquoi ? demanda-t-il. Vous pensez que je vais profiter de votre blessure pour vous séduire ? Ici, sur le bord de la route ?

Elle tenta de s'écarter de lui, mais s'en trouva incapable.

— C'est votre passe-temps préféré, non ? murmura-t-elle. C'est du moins ce que j'ai entendu dire.

Il ne répondit pas, mais continua de la masser. Ses gestes étaient étonnamment doux et tendres, et la douleur refluait peu à peu, comme par magie. Combien de nuits avait-elle passées, les yeux grands ouverts, à rêver qu'il la touche ainsi ? s'interrogea-t-elle.

— Je dois y aller, fit-elle en tentant de se relever.

Il l'en empêcha en appuyant fermement sur ses épaules.

— Et continuer de souffrir ? riposta-t-il. Allons, dites-moi la vérité, mon massage vous fait du bien, non ?

— Sans doute... reconnut-elle, la gorge nouée. Mais il n'en demeure pas moins qu'il n'est pas convenable de s'attarder ici sans chaperon.

Il s'écarta, et se mit debout.

— Grand Dieu, vous êtes donc aussi collet monté ? Au cas où vous ne l'auriez pas remarqué, notre voiture est embourbée, vous avez un nœud de la taille d'un œuf au bas de la nuque, et nous sommes coincés ici pour une durée indéterminée. Et vous ne songez qu'aux convenances ?

Il croisa les bras sur la poitrine et lui jeta un regard courroucé. Un muscle tressaillit sur sa joue.

— Savez-vous ce que vous me rappelez, Eleanor ?

Elle se leva à son tour, légèrement vacillante.

— Vous allez certainement me le dire. Et je vous prie de cesser de m'appeler Eleanor comme si nous étions intimes. Vous savez que ce n'est pas convenable et vous le faites exprès pour me contrarier.

— Vous me faites penser à un cheval dont la bride est trop serrée.

Ah, la comparaison avec un cheval ! Cela faisait longtemps.

— Vraiment ? fit-elle d'un ton cinglant.

— Vraiment. En fait, je ne vous ai vue qu'une seule fois être un peu... débridée, si je puis dire.

— À quelle occasion, je vous prie ? demanda-t-elle en ôtant quelques brins d'herbe sur sa jupe.

— Sur la pelouse de Marbleton, lorsque vous dansiez sous un arbre sans bottines et sans chapeau. La transformation était tout bonnement saisissante.

— Je vous saurais gré de ne plus mentionner ce… cet épisode… C'est tout à fait gênant.

— Je ne vois pas pourquoi, répliqua-t-il avec un haussement d'épaules. Il n'y a pas de honte à faire quelque chose simplement parce qu'on en a envie. À prendre son plaisir là où il se trouve.

Eleanor se mit à aller et venir sous les arbres.

— C'est votre philosophie de la vie, n'est-ce pas ? Faire ce qui vous plaît sans se soucier des conséquences, de ce que les gens pensent ou de ceux que vous risquez de blesser.

— Vous êtes très belle lorsque vous êtes en colère, vous savez. Vos joues s'empourprent et vos yeux prennent la couleur de la mer en pleine tempête.

Eleanor s'immobilisa à moins de trois pas de Frederick, maintenant nonchalamment adossé à un arbre, le pied appuyé contre le tronc.

— Ah, oui ? rétorqua-t-elle, les poings serrés. Avez-vous d'autres boniments de ce genre à ma disposition ? Un peu plus originaux, peut-être ? Si je me souviens bien, on a dû comparer mes yeux à la couleur de la mer, oh ! une douzaine de fois durant la dernière saison.

— Ce n'est peut-être pas original, mais c'est vrai. Vous êtes parmi les plus belles femmes que j'aie jamais vues.

— Vos compliments n'indiffèrent, monsieur Stoneham. Ce n'est qu'un jeu pour vous, rien de plus. Un jeu dans lequel vous excellez, j'en conviens… Rien d'étonnant à ce que vous multipliez les conquêtes.

Il se frotta la joue d'un air goguenard.

— Vous doutez de ma sincérité ?

— Non seulement j'en doute, mais je sais que vos paroles sont mensongères ; un moyen pour atteindre un but.

— Vous avez sacrément de la chance que je ne fasse pas *tout* ce qui me plaît, sans me soucier des conséquences. Autrement, je vous montrerais à quel point je suis sincère. Ici même, près de la route.

Eleanor mit un instant à comprendre l'allusion.

— Vous n'oseriez pas ! s'exclama-t-elle, piquée au vif.

— Oh que si ! Bien sûr, votre frère serait alors obligé de me poursuivre un pistolet à la main.

— Suis-je censée être choquée par vos propos scandaleux, monsieur Stoneham ? Est-ce votre but ?

— Vous l'êtes ? Choquée, je veux dire ? Après tout, une…

— Pas le moins du monde, coupa Eleanor, bien décidée à feindre le désintérêt le plus absolu. En vérité, je vous trouve tellement prévisible que c'en est ennuyeux.

Il esquissa un sourire.

— Ainsi, vous me trouvez ennuyeux ?

— Pas vous, vos propos. En fait, par certains côtés, vous êtes plutôt amusant.

— Ah… vous me voyez rassuré.

C'était le moment de jouer son atout, et elle s'en réjouit à l'avance.

— En fait, je trouve assez pitoyable de n'avoir qu'un seul centre d'intérêt dans la vie, monsieur Stoneham. Ce doit être assez monotone de ne penser, lorsque vous êtes avec une femme, qu'à la façon de la mettre dans votre lit le plus rapidement possible, non ?

Il pâlit, et elle sut qu'elle avait fait mouche.

— Vous me plaignez ? répéta-t-il, incrédule.

Elle soutint son regard sans ciller.

— Vous n'avez pas répondu à ma question, observa-t-elle.

— Ce n'est pas une question digne d'une dame. Je devrais peut-être rapporter cette impertinence à votre père.

Il avait retrouvé le sourire, mais ce dernier semblait un peu crispé.

— Oh, mais vous n'en ferez rien ! répliqua-t-elle gaiement, certaine d'avoir le dessus dans cet échange.

— Et pourquoi cela ?

— Parce que mon impertinence vous plaît. Je le vois dans vos yeux.

À la grande surprise d'Eleanor, il rejeta la tête en arrière et éclata d'un rire tonitruant. Après quoi, il la scruta durant ce qui lui parut une éternité.

— À quoi jouez-vous, Eleanor Ashton ? Je commence à me demander si vous n'êtes pas une allumeuse.

— Certainement pas, répliqua-t-elle en secouant la tête. J'expose des faits, rien de plus. Je n'ai aucune raison de jouer les saintes-nitouches, surtout avec vous.

— Que signifie ce « surtout avec vous » ?

— Que badiner avec vous serait une perte de temps qui n'en vaut pas la peine.

— Sans doute avez-vous raison, admit Frederick.

Sans se prendre pour un expert en matière de femmes, il devait reconnaître qu'elle le déroutait complètement. Un instant elle était hautaine et condescendante, l'instant d'après elle semblait presque flirter avec lui.

Et voilà que maintenant, elle tentait de dissimuler ses mains tremblantes dans les plis de sa robe. Elle avait les joues rouges, les yeux étincelants, et levait le menton d'un air méprisant.

Nom d'un chien, elle tremblait de colère ! Que diable avait-il fait pour lui inspirer une telle antipathie ?

— Nous étions pourtant amis autrefois, vous et moi, dit-il doucement.

Eleanor se mordit la lèvre inférieure, se tourna un instant vers la route, puis le regarda de nouveau.

— C'était il y a une éternité, et nous n'étions que des enfants. Nous sommes adultes, à présent, et je ne trouve pas sage de… poursuivre une quelconque relation.

Il fit quelques pas vers elle pour lui prendre la main puis se ravisa.

— Qu'ai-je donc fait pour tomber si bas dans votre estime ? Après tout, vous m'avez informé que vous ne vouliez pas m'épouser, et je n'ai pas protesté. Appelez-moi comme vous le souhaitez, un vaurien ou un débauché, mais quelle différence cela fait-il pour vous si je suis le pire des libertins ? Je ne vous ai causé aucun tort, à part celui de rejeter une union que vous avez été la première à refuser.

— Pourquoi avez-vous accepté, pour commencer, demanda-t-elle d'une voix chevrotante, sentant son courage l'abandonner.

Comment lui dire qu'il avait gardé d'elle le souvenir d'une fille sympathique mais assez banale ? Une fille qu'il pourrait laisser à la campagne pendant qu'il continuerait à s'amuser en ville, enrichi par sa dot ?

Impossible de lui avouer des choses aussi blessantes, et peu importait qu'elle se montre cassante et qu'elle l'ait bien cherché. Il était las de se disputer avec elle, de la tension entre eux dès qu'ils étaient ensemble. Bon sang, il avait besoin de paix, de tranquillité ! Le temps passé en compagnie de son père l'avait épuisé, au point qu'il se sentait vide, stérile.

Méprisant sa propre faiblesse, il se rendit compte qu'une petite partie de lui-même – oh, infime ! – avait espéré que son père l'accueillerait avec des mots de bienvenue pour une fois. Quelle illusion ! Déception, rejet étaient ses compagnons de toujours.

Et soudain, une pensée lui traversa l'esprit. Eleanor avait sans doute eu l'impression d'être rejetée, elle aussi. L'orgueil féminin était fragile, et il l'avait blessée en déclarant qu'il ne voulait pas l'épouser. Il n'avait pas voulu l'offenser, bien sûr. Pas au début. Elle l'avait pris de haut, et il avait réagi, rien de plus. Si elle avait eu raison de le rejeter, son propre rejet lui semblait, en revanche, injustifié, voire cruel. Il résolut sur-le-champ de s'expliquer.

— Je ne peux pas vous dire pourquoi j'avais donné mon accord, Eleanor. Mais vous ne pensez tout de même pas que je suis revenu sur ma décision parce que vous m'aviez déçu ?

Elle se contenta de hausser un sourcil délicat, et Frederick comprit qu'il avait deviné juste. C'était exactement ce qu'elle avait cru ! Une vague de remords le submergea, et il tendit la main pour replacer une mèche brune derrière l'oreille de la jeune fille.

— Seigneur, c'est tout le contraire, souffla-t-il. Je pensais… je pensais que vous l'aviez compris.

Elle frissonna et s'écarta.

— Je… je ne comprends pas ce que vous voulez dire.

— Simplement que je n'appartiens pas à votre monde. Vous méritez bien mieux que moi. Dès que je vous ai vue, dans votre jardin, j'ai su que vous étiez beaucoup trop bien pour quelqu'un comme moi.

Elle écarquilla les yeux, mais ne dit pas un mot.

— Allons, enchaîna-t-il en plaisantant. Ne protestez pas *trop* vivement !

— Franchement, je ne sais pas quoi dire… murmura-t-elle.

— Dites simplement que c'est la vérité. Le portrait que vous avez brossé de moi est fidèle et je ne m'en excuse pas. J'aime les femmes, et je prends du plaisir à les conquérir. Je bois trop, je vis dangereusement. Ma réputation n'est que méritée.

Mon père pensait que, peut-être, me marier mettrait un frein à mes excès. Je pensais de mon côté qu'il s'agirait simplement de prendre femme et de continuer à vivre comme je l'avais toujours fait. Lorsque mon père m'a parlé de vous, je n'ai donc vu aucune raison de m'opposer à ce mariage. Ce n'est pas vous faire affront que de dire qu'après vous avoir revue, je me suis rendu compte que vous ne méritiez pas une telle existence.

Bon sang, il ne s'était jamais senti aussi vulnérable ! Ce n'était pas facile de lui avouer la vérité. Mais les larmes qui brillaient dans les yeux d'Eleanor lui confirmèrent qu'il avait eu raison de se montrer franc.

— De toute façon, poursuivit-il, chassez le naturel, il revient au galop. Dans le fond, je n'ai pas envie de changer. Je ne vous demande pas d'approuver ma façon de vivre, mais j'aimerais conclure une trêve avec vous. J'ai suffisamment de soucis avec Maria, et j'ai plus besoin d'amis que d'ennemis – là aussi, j'en ai plus que mon compte.

— D'accord pour une trêve, fit-elle d'une voix douce, quoique prudente.

À peine ces mots eurent-ils franchi ses lèvres que Frederick se sentit le cœur infiniment plus léger. Décidément, il ne la méritait pas. Elle était lumineuse, passionnée, pleine de vie et d'esprit. S'ils se mariaient, il éteindrait à coup sûr cette lumière en elle.

— Amis ? demanda-t-il.

— Amis, répondit-elle en prenant la main qu'il lui tendait.

Il la porta à ses lèvres, et sentit Eleanor frissonner en réponse. Bon sang, elle était vraiment adorable ! Quel dommage qu'elle soit si innocente, car il aurait diablement aimé la mettre dans son lit.

Il en avait assez de jouer au gentleman !

Sans lui lâcher la main, il plongea le regard dans le sien.

— En tant qu'amie, vous me pardonnerez toutes mes tentatives pour… comment l'avez-vous formulé, déjà ? C'était si délicat… Ah, oui ! Toutes mes tentatives pour vous mettre dans mon lit.

Elle lui arracha sa main avec un regard noir.

— Vous êtes incorrigible ! répliqua-t-elle d'un ton cassant avant de tourner les talons pour rejoindre la voiture.

— Chassez le naturel… lança-t-il.

Il l'entendit pousser une exclamation indignée et ne put s'empêcher de sourire.

7

Eleanor prit la main que lui tendait lord Henley, et descendit de la voiture en le remerciant d'un sourire las. Le voyage avait été long et pénible, et elle était contente d'arriver à destination.

Une fois dans l'allée de gravier, elle balaya Whitby Hall d'un regard appréciateur. La demeure était aussi belle que l'avait dit Selina, avec ses colonnes à la grecque et son parc luxuriant qui s'étendait jusqu'à la mer. Elle inspira à fond l'air marin tandis que des sternes tournaient paresseusement au-dessus de leurs têtes en s'interpellant.

Les domestiques étaient assemblés au pied du perron. L'élégant gentleman qui se tenait en haut des marches et ajustait sa cravate devait être M. Whitby, devina-t-elle. Elle l'étudia discrètement en attendant que Selina descende à son tour.

Quoique pas très grand, l'homme était large d'épaules, mince et d'allure sportive. Il ne portait pas de chapeau, et ses cheveux blonds brillaient au couchant. Son pantalon fauve et sa veste vert bouteille n'étaient pas à la dernière mode, mais bien coupés, dans une belle étoffe. Deux grands lévriers étaient couchés à ses côtés.

— Cher monsieur Whitby ! s'écria Selina en s'avançant dans l'allée.

Leur hôte descendit les marches avec un grand sourire.

— Ah ! Lady Henley ! dit-il en déposant un baiser sur la main de Selina. Quel plaisir de vous voir ! Je dois avouer que le mariage vous va bien. Vous êtes radieuse.

— Cesse de flirter avec ma femme, George, grommela Henley. Tu ne salues donc pas ton frère ?

— Mais si, mon vieux Henley, lança Whitby en étreignant chaleureusement son frère.

— Permets-moi de te présenter la meilleure amie de ma femme, lady Eleanor Ashton, reprit Henley. Lady Eleanor, voici mon frère, M. George Whitby.

Eleanor s'inclina brièvement.

— Enchanté, murmura M. Whitby en portant sa main à ses lèvres. C'est un plaisir de vous recevoir à Whitby Hall, lady Eleanor.

Près d'elle, Frederick se racla la gorge avec impatience.

— Puis-je aussi te présenter M. Frederick Stoneham ? poursuivit Henley.

M. Whitby lâcha la main d'Eleanor et serra celle de Frederick avec vigueur.

— Tous les amis de Henley sont mes amis. Bienvenue, monsieur Stoneham.

Frederick se contenta de grommeler une vague réponse.

— Entrons, voulez-vous ? proposa Whitby en désignant l'escalier. Vos domestiques sont arrivés un peu plus tôt avec vos malles, et ils ont déjà déballé vos effets dans vos chambres. Je vais vous présenter mon personnel, puis ces dames pourront se reposer un peu avant le dîner.

Quelques minutes plus tard, Eleanor gagnait sa chambre, une pièce confortable, aux meubles de bonne facture, mais à laquelle il manquait une touche féminine.

Pendant que la femme de chambre lui préparait un bain, elle s'assit sur le lit et poussa un profond soupir, puis, les paupières lourdes, se laissa aller contre les oreillers moelleux. Elle n'avait pratiquement pas dormi ces dernières nuits, les matelas des chambres d'auberge étant de piètre qualité. Au moins n'avait-elle plus aussi mal au cou depuis que Frederick l'avait massée. Le médecin ramené par le cocher avait assuré que Selina et elle n'avaient rien de sérieux. De petites contusions sans gravité. D'ailleurs, en dépit des routes cahoteuses, elles s'étaient toutes deux senties beaucoup mieux le lendemain.

Quoi qu'il en soit, elle était ravie d'être là. M. Whitby était tel que Selina l'avait décrit : beau, bien élevé, charmant. Pourquoi diable Henley le trouvait-il ennuyeux ? Il paraissait plein d'entrain, au contraire. Peut-être se révélerait-il la réponse idéale à ses soucis, après tout.

Lorsque Solange, sa femme de chambre, revint dans la pièce, Eleanor se redressa et se frotta les yeux. Puis elle jeta un coup œil à la robe qu'elle avait drapée sur une chaise, pour le dîner. La mousseline pourpre flattait le teint, mais la coupe était simple et le décolleté trop sage pour capter l'attention de M. Whitby. Ce soir, elle devait « montrer ses avantages », comme dirait sa mère.

Eleanor se leva donc, et ouvrit en grand les portes de sa garde-robe. Après avoir passé en revue les toilettes qui y étaient suspendues, elle secoua la tête, découragée. Elles étaient pratiquement toutes taillées sur le même modèle !

Puis son regard tomba sur la robe du soir en velours bleu-vert que sa mère avait absolument tenu à lui acheter à Londres. Jusqu'ici, Eleanor avait refusé de la porter, gênée par le décolleté – il était si profond qu'elle avait dû faire l'acquisition d'un corset spécial.

Mais cette audacieuse merveille serait parfaite pour se faire remarquer de M. Whitby. Et nul doute que sa mère applaudirait son choix, ce qui ne laissait pas d'être inquiétant, songea-t-elle soudain. Cela dit, si elle ne parvenait pas à séduire M. Whitby avant son départ…

— Solange, je crois que je vais plutôt porter cette robe-ci, annonça-t-elle avant d'avoir le temps de changer d'avis.

Sa femme de chambre la lui prit des mains avec un sourire ravi.

— Quelle bonne idée, madame, elle vous va si bien ! Avec le bandeau de velours assorti dans les cheveux, peut-être ? Et les gants de chevreau ?

— Très bien. Ai-je des souliers assortis ?

Solange les tira d'une malle d'un air triomphant. En la voyant dans cette tenue, Selina risquait d'ouvrir de grands yeux, devina Eleanor. Tant pis ! Seul l'avis de M. Whitby importait.

Quant à Frederick Stoneham… La barbe ! Elle aurait dû se moquer de ce qu'il pensait. Mais, bien entendu, elle ne s'en moquait pas, oh non !

« Je gagnerai cette bataille ! songea-t-elle, le cœur battant. Je le dois ! »

Frederick se tenait sur la terrasse, un verre de cognac à la main, et regardait Eleanor rire aux éclats, la tête rejetée en arrière, les rayons de lune soulignant son cou de cygne. Son rire cristallin flottait dans la brise, enivrant. Tout dans cette femme l'enivrait, pour dire la vérité.

En revanche, elle ne semblait pas faire le même effet à George Whitby. Certes, durant tout le dîner, il s'était montré attentif. Il avait ri de ses mots d'esprit et tenté de satisfaire ses moindres caprices. Et pourtant, étrangement, Frederick n'avait vu là qu'un excès de politesse. Il n'avait pas senti de désir chez cet homme.

Or quel homme sain de corps et d'esprit pouvait ne pas la désirer, vu la tenue provocante qu'elle arborait ce soir ? En dehors des femmes du demi-monde, il n'avait jamais vu une femme vêtue – ou dévêtue – de façon aussi indécente, aussi explicitement aguicheuse.

D'ailleurs, lorsqu'il l'avait aperçue en haut de l'escalier, ses cheveux relevés en chignon qu'encerclait un bandeau de velours assorti à sa robe, il avait dû se retenir pour ne pas lui sauter dessus. Cette coiffure dégageait ses épaules rondes et ses seins laiteux, qui semblaient jaillir de son décolleté. Comment parvenait-elle à cacher un corset, là-dessous ? se demanda-t-il, doutant un instant qu'elle en portât.

Mais son expérience lui disait que ces seins ne pouvaient rester si haut perchés sans soutien. Le mystère restait donc entier, et si troublant qu'il en fut distrait toute la soirée. Dieu merci, il avait pu dissimuler son érection sous sa serviette, et grâce à une intense concentration mentale il avait réussi à se calmer avant de rejoindre ses compagnons sur la terrasse pour boire un digestif.

Hélas, en cet instant, tandis qu'il la contemplait, il ne songeait qu'à lui ôter sa robe pour découvrir ce qui se cachait dessous. Comment diable faisait Whitby pour ne pas avoir le regard attiré par le décolleté plongeant d'Eleanor, ou la ligne fabuleuse de son cou ? À vrai dire, leur hôte semblait inconscient des efforts qu'elle déployait pour le séduire.

« Le séduire », se répéta-t-il, abasourdi. Bien sûr ! C'était pour cela qu'elle était venue ! Il se souvint des paroles de lady Henley, chantant les louanges de son beau-frère. Voilà donc ce qui avait décidé Eleanor à les accompagner.

Frederick avala une longue gorgée de cognac, et réfléchit à la situation. Il étudia la jeune femme avec plus d'attention encore. Assise sur un banc de pierre, elle écoutait d'un air fasciné Whitby discourir sur la chasse au renard. Henley et Selina étaient installés à côté de la jeune fille, comme dans un portrait de groupe. « L'image même de la respectabilité », songea Frederick non sans ironie.

Quant à lui, il était un étranger, un intrus. Ils avaient d'ailleurs oublié sa présence, tandis qu'il se tenait à l'extrémité de la terrasse, noyé dans l'ombre d'un saule. D'où il était, il pouvait observer en toute sécurité Eleanor, et jauger les réactions de Whitby à ses tentatives de charme.

Soudain, lady Henley se leva et tendit la main à son mari.

— Je vous prie de m'excuser, dit-elle en étouffant un bâillement, mais je crois que je vais me retirer pour la nuit. Ce voyage m'a tout bonnement épuisée.

— Bien sûr, ma chère, fit Henley en se levant aussitôt pour donner le bras à sa femme. La journée a été longue, en effet.

Eleanor et Whitby les imitèrent, et se dirigèrent vers la porte-fenêtre.

— Voulez-vous que je vous accompagne jusqu'à votre chambre, lady Eleanor ? proposa Whitby.

— Je... je vais rester encore un peu dehors, si cela ne vous ennuie pas. J'aimerais faire un petit tour dans le parc avant d'aller me coucher.

Elle leva vers Whitby un regard plein d'espoir, les joues légèrement empourprées.

— Quelle bonne idée ! répondit Whitby. Malheureusement, je dois régler un problème avec mon régisseur. Mais peut-être que M. Stoneham aura l'amabilité de vous tenir compagnie ?

Frederick, qui était sorti de l'ombre, haussa un sourcil. Qu'est-ce qui ne tournait pas rond, chez cet homme ? Était-il aveugle ? Ou simplement idiot ?

Eleanor pivota vers Frederick, stupéfaite de le découvrir là.

— Je… peut-être devrais-je aller me coucher, après tout, bredouilla-t-elle en regardant les Henley s'éloigner d'un air affolé.

Sans réfléchir, Frederick s'empressa de traverser la terrasse et de lui offrir son bras.

— Voyons, lady Eleanor ! s'exclama-t-il. La nuit est fort belle. Ce serait dommage de renoncer à votre promenade. Je ne mords pas, vous savez, ajouta-t-il comme elle hésitait.

— Je n'en suis pas si sûre, marmonna-t-elle en acceptant son bras. Je vous remercie, monsieur Stoneham, ajouta-t-elle à haute voix. Bonne nuit, monsieur Whitby. Merci pour cette charmante soirée.

— Tout le plaisir était pour moi, assura Whitby en s'inclinant.

Il ne restait plus à Frederick qu'à guider Eleanor vers l'escalier de pierre qui menait au jardin en contrebas. Pendant plusieurs minutes, ils marchèrent en silence, écoutant le fracas lointain des vagues. La pleine lune illuminait la pelouse, et jetait une lueur argentée sur la peau d'Eleanor.

Frederick lui glissa un regard de biais, involontairement attiré par sa gorge palpitante. Il suffisait que le tissu de son corsage se déplace de deux centimètres pour dévoiler la pointe de son sein, nota-t-il. De quelle couleur serait-il ? Rose pâle ou foncé ? Bon sang, il mourait d'envie de le savoir !

Il respira profondément pour chasser ses pensées lubriques. « Pense à Molly, s'exhorta-t-il. Pense à Molly… » Il s'efforça de se remémorer sa maîtresse, ses longs cheveux blonds répandus sur ses épaules, ses lèvres pleines. Sans succès.

Ils traversèrent un champ de pommiers dont les branches ondulaient sous la brise marine. Sentant soudain la jeune fille frissonner, il s'arrêta et pivota vers elle.

— Vous avez froid ?

— Un peu, répondit-elle en lui lâchant le bras pour resserrer son étole autour de ses épaules.

— Attendez, fit-il en ôtant sa veste. Mettez cela.

— Il n'en est pas question ! Remettez-la, quelqu'un pourrait nous voir…

— Qui ? George Whitby ?

— Peut-être, répliqua-t-elle en jetant un coup d'œil vers la maison.

— Et alors ? Vous croyez qu'il préférerait que vous preniez froid ?

— Non, bien sûr, mais…

— Vous vous souciez à ce point de ce qu'il pense de vous, Eleanor ?

— Cela ne vous regarde pas, riposta-t-elle en se dirigeant vers un bosquet de châtaigniers.

Il la rattrapa en deux enjambées et s'accorda à son pas, sa veste accrochée à l'épaule.

— Si j'en juge par la robe que vous portez, reprit-il, vous vous en souciez beaucoup !

— Ce qui signifie ? demanda-t-elle en accélérant l'allure.

— Vous savez exactement ce que je veux dire. Et vous feriez mieux de ralentir le pas, sinon vos seins vont jaillir hors de votre décolleté. Et si cela arrive, vous ne pourrez me tenir pour responsable de ce que je leur ferai.

Elle pivota vers lui, les yeux lançant des éclairs.

— Comment osez-vous me tenir des propos aussi vulgaires ?

Il y eut une bouffée de vent, et elle frissonna violemment.

Il lui tendit de nouveau sa veste.

— Mettez-la, Eleanor, vous avez froid.

— Non, merci, fit-elle en se détournant.

Elle avait la chair de poule. « Quelle entêtée ! » songea-t-il.

— Eleanor, pour l'amour du ciel, mettez cette veste !

Elle ne répondit pas, se contentant de serrer les poings. Sans un mot, il passa derrière elle, si près qu'il lui frôla le dos. Comme elle ne protestait pas, il drapa doucement le vêtement sur ses épaules, puis recula avant qu'il soit trop tard – avant qu'il ait fait un geste qu'il ne devait pas faire, comme de la prendre dans ses bras pour l'embrasser à perdre haleine. Le souffle soudain plus court tant il se contenait, il la regarda passer les bras dans les manches.

L'odeur masculine qui montait du tissu donna le vertige à Eleanor, et son cœur se mit à battre à coups redoublés. C'était précisément pour cela qu'elle avait refusé sa veste, et aussi parce qu'en manches de chemise, avec la brise qui lui ébouriffait les cheveux, il était plus attirant que jamais. Pourquoi M. Whitby l'avait-il littéralement jetée dans les bras de Frederick ? Elle avait apprécié la compagnie de son hôte, et était certaine que c'était réciproque.

Pourtant, c'était Frederick qui se tenait maintenant près d'elle au clair de lune. L'homme qu'elle voulait à tout prix éviter.

— Entre nous, Eleanor, sachez que je ne pourrai rien vous refuser tant que vous porterez cette robe. Si vous me demandez de sauter de la falaise, je le ferai.

— Je ne sais pas si je dois me sentir flattée ou offensée par une telle déclaration, commenta-t-elle en tentant de calmer son souffle précipité.

— Flattée, sans aucun doute. Vous voyez, vous avez trouvé mon point faible. Portez cette robe, et je serai à votre merci. Votre esclave, pour ainsi dire.

— De belles paroles, comme toujours. Dites-moi, rencontrez-vous parfois de la résistance ? Ne serait-ce qu'un peu ? Ou les femmes tombent-elles simplement à vos pieds comme des mouches ?

Il éclata de rire.

— Qu'y a-t-il de si drôle ? demanda-t-elle, froissée.

— Vous. Vous doutez de mes paroles. Vous n'avez donc pas remarqué que je n'ai quasiment pas détaché les yeux de vous de toute la soirée ?

Bien sûr qu'elle l'avait remarqué, et son pouls s'était emballé chaque fois qu'elle avait regardé dans sa direction. Était-ce vraiment du désir, qu'elle lisait dans ses prunelles ? Ou se faisait-elle des idées ?

— Parlez-moi de l'Irlande, demanda-t-elle pour changer de sujet. Du domaine de votre famille dans le Connemara.

Durant quelques secondes, il ne dit rien. Lorsqu'il se décida enfin à répondre, sa voix était douce, presque respectueuse.

— L'abbaye est peut-être le plus bel endroit de la terre. Elle est nichée entre un lac et le flanc d'une montagne, et souvent enveloppée de brume. La maison est en pierre grise, construite de manière anarchique, avec des poutres apparentes un peu partout. Derrière, il y a un jardin protégé de murs, qui abrite des parterres de fleurs d'un côté, et un potager de l'autre. J'ai passé des heures entières à y jouer quand j'étais enfant, et à me promener en barque sur le lac. Mes grands-parents vivaient non loin, dans une maison aux murs roses couverts de vigne vierge, qui dominait le parc de l'Abbaye.

— Y allez-vous souvent ?

— Pas assez, malheureusement. C'est isolé, et le voyage n'est pas facile. J'avais été envoyé là-bas en punition, vous savez. Quand j'avais dix ans.

— Étrange châtiment que de partir dans un si bel endroit !

Il haussa les épaules.

— Mes sœurs me manquaient terriblement. Maria, surtout, et Katherine, l'aînée, qui était comme une mère pour moi. Mais vous avez raison, ce n'était pas aussi pénible que l'aurait voulu mon père.

— Vous aviez un frère, n'est-ce pas ? Un frère aîné ?

— En effet. Charles était l'héritier de mon père, sa joie et sa fierté. Il est mort tragiquement avant ma dixième année. Y a-t-il autre chose que vous désiriez savoir ? demanda-t-il d'une voix tendue.

Eleanor haussa les épaules, incapable de soutenir son regard scrutateur.

— Je cherchais juste à alimenter la conversation, murmura-t-elle.

Du doigt, il lui souleva le menton, l'obligeant à le regarder. L'espace d'un instant, elle demeura fascinée par la lune qui se reflétait dans les yeux de Frederick.

— Ne m'imaginez pas en héros torturé, Eleanor, dit-il enfin, rompant le charme. Je n'ai rien d'un romantique.

Elle tourna la tête.

— Je ne vois pas de quoi vous voulez parler.

— Je suis content de l'entendre.

Il l'examina de la tête aux pieds, puis fit un pas vers elle. Elle recula.

— Êtes-vous toujours aussi anxieuse, sur vos gardes ? demanda-t-il en la voyant se raidir.

— C'est ainsi que vous me percevez ? Comme une personne anxieuse ?

— Oui. C'est comme si l'air autour de vous était chargé d'énergie, de tension. Déjà lorsque vous étiez plus jeune, je le sentais.

— Je suppose que je suis parfois anxieuse, en effet, admit-elle prudemment. Je suis d'une nature inquiète. Vous avez dit que votre sœur Katherine était comme une mère pour vous, moi aussi, je me suis occupée de mon frère.

— Pourquoi ? Votre mère est bien vivante.

— Certes, mais mon frère… Eh bien…

Elle hésita, craignant d'en révéler trop. C'était sans doute le cas, pourtant, elle ne put s'empêcher de continuer.

— Mon frère souffrait d'une faiblesse dans la poitrine. Il était plus petit et moins solide que moi. Et... notre mère se montrait impatiente avec lui, et souvent injuste. Je ne le lui reproche pas, bien sûr. Elle avait d'autres centres d'intérêt, voyez-vous...

— Oui. J'ai entendu parler des... hum... des intérêts de lady Mandeville.

Eleanor rougit, mortifiée. Tout le monde était donc au courant ? Elle avait beau tenter de nier l'odieuse vérité, elle savait que sa mère avait beaucoup d'amants – fort jeunes – et s'en cachait à peine. Mais est-ce que les gens se moquaient d'elle derrière son dos ? Eleanor sentit une bouffée de colère l'envahir.

— Ma mère n'est pas ce que l'on pourrait appeler une femme affectueuse, avoua-t-elle avec amertume, mais elle s'est particulièrement désintéressée de Henry. Je me suis fait beaucoup de souci pour lui, et je m'en fais encore, pour dire la vérité. Sa santé s'est beaucoup améliorée en pension, mais je ne peux m'empêcher de m'inquiéter. Je sais que cela paraît stupide, car c'est un homme, à présent.

Frederick referma sa grande main chaude sur celle d'Eleanor qui ne se déroba pas.

— Cela ne me paraît pas stupide, assura-t-il. Vous semblez une sœur aimante et dévouée. Il a de la chance de vous avoir.

— Merci, murmura Eleanor, la voix rauque d'émotion.

Pourquoi son approbation lui importait-elle à ce point ?

— Rentrons, dit-il doucement en glissant le bras autour de ses épaules pour l'attirer contre lui. Il se fait tard, et vous avez froid.

Eleanor hocha la tête et se laissa conduire vers la maison.

— J'ai froid en effet, la faute à cette robe ridicule, murmura-t-elle. Je ne sais pas comment j'ai pu laisser ma mère me persuader de l'acheter.

— Je ne le comprends pas non plus, mais il faudra que j'embrasse lady Mandeville pour la remercier, la prochaine fois que je la verrai.

— Elle est à ce point indécente ? s'esclaffa Eleanor en resserrant la veste de Frederick autour de ses épaules.

— Disons que je ne suis pas près de l'oublier. Je dois aller à Plymouth demain, mais je risque d'être épuisé, car je vais passer la nuit à me demander ce que vous portez dessous.

— J'ai presque envie de vous le dire, c'est tellement absurde.

Elle esquissa un sourire espiègle comme il lui adressait un regard interrogateur.

— Mais je ne le ferai pas, reprit-elle. Je préfère vous laisser souffrir.

— Cruelle que vous êtes.

— Vous le méritez, répondit-elle, se prenant au jeu.

Quelque chose avait changé dans leur relation, se rendit-elle compte, stupéfaite. Ces taquineries, ce ton badin... cela lui rappelait les échanges qu'elle avait avec son frère. Et si elle pensait à Frederick en termes fraternels, cela ne pouvait signifier qu'une chose : elle n'était plus entichée de lui !

— Eleanor, me promettez-vous de bien vous conduire demain, lorsque je vous laisserai en compagnie de l'honorable M. Whitby ? Franchement, vous ne devriez pas précipiter les choses. Il finira par succomber à vos charmes, cela ne fait aucun doute.

— Vraiment ?

— Bien sûr. Seul un idiot ne succomberait pas.

— Eh bien, espérons-le. Mais de votre côté, promettez-moi la plus grande prudence, une fois que vous aurez trouvé M. Eckford. Il doit y avoir une autre façon de régler le problème que de le provoquer en duel.

— Verserez-vous une larme sur moi si je me fais tuer ? demanda-t-il, avant de lui attraper le poignet et de porter sa main à ses lèvres.

En dépit de son ton moqueur, Eleanor sentit sa gorge se serrer.

— Ne plaisantez pas sur un sujet aussi grave, Frederick ! Ce n'est vraiment pas drôle.

— Non ? Alors je vous prie de m'excuser. Je suis un excellent tireur, vous savez. Ayez confiance en moi.

Elle libéra son poignet et baissa les yeux.

— Je trouve votre réaction excessive, en dépit des horreurs que M. Eckford a commises.

— Je m'en doute. Eh bien, le moins que vous puissiez faire, c'est de me donner un baiser avant mon départ.

Eleanor retint une exclamation étouffée.

— Vous n'êtes pas sérieux ?

— Mais si ! Juste un petit baiser.

Elle sentit son cœur s'emballer. C'était là l'occasion de tester sa théorie. Si elle n'était plus amoureuse de lui, alors quel mal y avait-il à lui donner ce qu'il réclamait ?

— C'est un peu comme lorsqu'un amoureux part à la guerre, insista-t-il en se penchant sur elle.

Elle sentit son souffle chaud dans son cou.

— Vous ne partez pas à la guerre, et vous n'êtes pas mon amoureux, contra-t-elle en sachant fort bien qu'elle finirait par l'embrasser.

« C'est un test, se répéta-t-elle. Rien de plus. »

— Oui, mais mon amoureuse du moment est à Londres, poursuivit-il en encerclant de ses mains la taille svelte d'Eleanor. Et moi, je suis dans le Devonshire. Que puis-je faire ?

— Oh ! Bon ! Très bien…

Après avoir pris une profonde inspiration, Eleanor se hissa sur la pointe des pieds et posa les lèvres sur celles de Frederick. Elle tressaillit en l'entendant gémir, juste avant qu'il ne la plaque contre lui.

Elle sut alors – au moment précis où il forçait le barrage de ses lèvres – qu'elle avait échoué au test…

8

« Bon sang, où a-t-elle appris à embrasser ainsi ? » se demanda Frederick, pris de vertige. Il s'était risqué à explorer sa bouche de la langue, et elle lui rendait sa caresse hardiment, glissant les doigts dans ses cheveux, comme pour l'encourager. Il lui mordilla la lèvre inférieure, grisé de sentir ses seins s'écraser contre son torse, son cœur battre au même rythme que le sien.

Il aurait dû se douter qu'elle cachait un tempérament de feu ! Il promena les lèvres sur son cou, s'attardant à la base de sa gorge, là où une petite veine battait follement. Reprenant sa bouche, il recula de quelques pas, et adossa la jeune fille au tronc d'un chêne. Elle ne se déroba pas lorsqu'il approfondit son baiser, ni lorsqu'il pressa contre elle son sexe palpitant de désir. Il effleura ses seins, puis, incapable de résister, glissa la main sous l'étoffe. Il pinça la pointe d'un sein qui se dressa en réponse, tandis qu'un frisson la parcourait de la tête aux pieds.

Mon Dieu, il la désirait comme un fou ! Il voulait la prendre là, contre cet arbre. C'était impossible, bien sûr. Mais il le voulait de tout son être.

Il fallait absolument qu'il arrête... *Immédiatement !* hurlait une voix dans sa tête. Son corps était en feu, d'autant qu'elle se pressait contre lui avec des mouvements lascifs qui le rendaient fou.

Au prix d'un effort inouï, il s'arracha à leur étreinte.

— Grand Dieu, Eleanor ! murmura-t-il, la voix rauque de désir. Vous voulez donc me tuer ?

Pendant un moment, elle ne dit rien. Elle demeura adossée au chêne, les jambes flageolantes. Elle semblait étourdie, légèrement désorientée, tandis qu'elle tirait machinalement sur sa robe pour la remettre en place.

Une innocente – il était tombé si bas qu'il batifolait avec une innocente.

Il mit un moment à retrouver l'usage de la parole.

— Excusez-moi, Eleanor. C'est à cause de cette satanée robe…

Elle se taisait toujours.

— Dites-moi quelque chose, chérie, insista-t-il en prenant ses mains tremblantes dans les siennes. Je vous ai fait mal ?

— N… non, bégaya-t-elle en battant des cils. Non, je vais bien. C'est juste que… Grand Dieu, qu'avons-nous fait ?

— Nous nous sommes arrêtés à temps, c'est ce qui compte. Je ne vous ai pas compromise. Et même si je l'avais fait, nous sommes encore fiancés, techniquement parlant, non ?

— Non. *Non !* fit-elle d'une voix haut perchée. J'espère épouser M. Whitby.

— Vous le connaissez à peine.

— Je le connais suffisamment pour savoir qu'il ne ferait jamais… ce que nous venons de faire.

Elle avait sans doute raison. Cet homme ressemblait à un fichu eunuque.

— Probablement pas, en effet, reconnut-il. Et c'est ce genre de mari que vous voulez ?

— Exactement, confirma-t-elle en hochant la tête.

La colère se mit à bouillonner en lui.

— Eh bien, c'est ce que vous aurez, lâcha-t-il sèchement. Si vous voulez bien m'excuser.

Il s'inclina brièvement, tourna les talons et regagna la maison sans un regard en arrière. Ce n'est qu'une fois dans sa chambre qu'il se rendit compte qu'il avait oublié sa veste.

Nom de Dieu, il avait bel et bien perdu la tête.

Serrant la ceinture de sa robe de chambre, Eleanor traversa la chambre, attirée par la fenêtre comme par un aimant. Réprimant un bâillement, elle écarta les rideaux et jeta un coup d'œil dehors, où les premiers rayons du soleil se glissaient dans les ombres épaisses en contrebas. Lord Henley était dans l'allée, les rênes d'un cheval pommelé dans la main. Près de lui, un garçon d'écurie tenait la bride d'un énorme bai. Eleanor retint son souffle en voyant apparaître Frederick vêtu d'un long manteau. Le bord de son chapeau dissimulait ses yeux, mais Eleanor imaginait sans peine l'éclat malicieux de ses prunelles dorées.

Elle pressa la paume contre la vitre froide, le regardant enfourcher sa monture. Les deux hommes discutèrent un instant, puis Frederick acquiesça et fit volter son cheval en direction de la route. Eleanor frissonna comme il enfonçait les talons dans ses flancs et s'élançait au galop.

Elle ne s'écarta de la fenêtre que lorsqu'il ne fut plus qu'un minuscule point à l'horizon. Il valait mieux qu'il parte, songea-t-elle en soupirant. Cela lui permettrait de faire plus ample connaissance avec M. Whitby sans être distraite par la présence de Frederick. Se détournant de la fenêtre, elle posa les yeux sur le lit en désordre. Elle s'était tournée et retournée toute la nuit, incapable de trouver le sommeil.

Elle s'approcha du lit pour le retaper un peu avant que Solange ne vienne lui apporter une tasse de thé. En rabattant la couverture, elle aperçut une bosse sous la courtepointe brodée. Intriguée, elle la souleva, et découvrit la veste de Frederick.

Elle la fixa d'un regard affolé. Seigneur, elle l'avait complètement oubliée ! La veille, elle l'avait enfouie sous les couvertures lorsque sa femme de chambre était venue l'aider à se déshabiller, puis l'y avait laissée.

Comme elle s'en emparait, elle ne put s'empêcher d'y enfouir le visage pour respirer l'odeur de Frederick. Le souvenir de leur baiser l'assaillit aussitôt, et elle se laissa tomber sur le lit avec un gémissement contrarié. Quelle sotte elle avait été, de croire qu'elle pouvait lui résister ! Qu'elle n'éprouvait plus pour lui qu'une affection fraternelle !

C'était vraiment stupide de sa part de l'avoir embrassé. En fait, cela n'avait fait que prouver que ses sentiments avaient gagné en passion… et qu'ils n'en étaient que plus dangereux. Parce qu'elle savait, à présent, qu'elle ressentait plus qu'une simple attirance physique. En dépit des manières désinvoltes de Frederick, elle commençait à l'apprécier *vraiment*. Elle n'arrivait pas à comprendre pourquoi, d'ailleurs. Parce qu'il parlait de ses sœurs avec tant d'affection, peut-être, et se montrait si protecteur.

Quelle qu'en soit la raison, elle trouvait maintenant Frederick bien plus sympathique qu'avant. Elle avait intérêt à n'en rien dire à Selina, qui ne manquerait pas d'insister pour qu'elle se fasse examiner par un médecin ! Et peut-être serait-ce une bonne idée… Quelle sorte de femme fallait-il être pour se laisser embrasser par un homme alors qu'elle faisait tout pour en séduire un autre ? Comment rejeter Frederick après lui avoir permis de telles privautés ?

D'un autre côté, Frederick n'avait sûrement aucun scrupule à partager une étreinte passionnée avec une femme, avant d'aller en retrouver une autre. C'était même un mode de vie chez lui. Elle avait eu un moment de faiblesse, rien de plus, et cela ne se reproduirait plus jamais, songea-t-elle, envahie de remords. M. Whitby méritait mieux que cela.

Mais que faire de la veste de Frederick ? Comment expliquer sa présence dans sa chambre ? Même si elle la dissimulait et que Solange ne la trouvait pas, une autre femme de chambre finirait par mettre la main dessus. Eleanor porta de nouveau la veste à son visage et, l'espace d'un instant, eut envie de s'en envelopper et de retourner se coucher.

Elle étouffa un bâillement. Pourquoi ne pas dormir encore un peu, d'ailleurs ? Le soleil venait juste de se lever. Elle se glissa en hâte entre les draps, la veste de Frederick toujours serrée contre elle. Puis, sans regarder, elle tendit le bras pour redresser le gros oreiller derrière elle.

Un fracas de porcelaine brisée retentit. Eleanor se redressa en sursautant, et se figea. Le pichet posé sur sa table de chevet gisait sur le parquet ciré, cassé en deux morceaux. Déjà des pas résonnaient dans le couloir. Ils se rapprochaient. « Oh ! Seigneur ! Solange », devina-t-elle.

Elle regarda frénétiquement autour d'elle, cherchant où cacher la veste. La fenêtre ! Elle bondit du lit, s'y rua, l'ouvrit et jeta le vêtement aussi loin qu'elle le put.

Elle n'eut même pas le temps de vérifier où il était tombé, car un coup sec résonnait à la porte. Solange entra sans attendre sa réponse.

— J'ai entendu du bruit, expliqua-t-elle d'un air inquiet. Vous êtes déjà levée, mademoiselle ?

— Je n'avais plus envie de dormir. Et regardez… ajouta-t-elle en désignant le pichet en morceaux, je suis horriblement maladroite.

— Ne vous tracassez pas, mademoiselle. Il n'était pas de très bonne qualité. Cela se voit à la façon dont il s'est brisé net.

Solange se pencha et ramassa les débris pour les glisser dans son tablier.

— Voulez-vous que j'allume du feu ?

— Ce serait gentil, répondit Eleanor. Mais je crois que je vais me recoucher. Vous voulez bien me réveiller dans une heure ?

— Bien sûr.

Solange replia les coins de son tablier autour des morceaux de céramique et posa le tout sur un guéridon avant de s'occuper du feu. Lorsque les flammes dansèrent dans la cheminée, elle récupéra son paquet, et se dirigea vers la porte.

— Reposez-vous, mademoiselle. Vous semblez en avoir besoin.

Vraiment ? se demanda Eleanor, contrariée. Il fallait pourtant qu'elle soit parfaite, aujourd'hui. Dès qu'elle fut seule, elle se hâta vers le miroir et s'examina d'un œil critique. En effet, elle était pâle et avait les yeux cernés. Comment comptait-elle attirer l'attention de M. Whitby avec une mine pareille ?

Après avoir jeté un dernier regard à la fenêtre, elle se débarrassa de sa robe de chambre et se hâta de regagner son lit douillet. Maudit soit Frederick Stoneham ! songea-t-elle en s'allongeant. Sans lui, sa vie serait beaucoup plus tranquille.

Eleanor sortit sur la terrasse, un sourire plaqué sur les lèvres. Elle se sentait reposée et affamée. Une bonne odeur d'œufs brouillés et de saucisses grillées montait du buffet installé à l'ombre du mur.

— Enfin réveillée ! s'exclama Selina, qui se tenait près d'une table en fer forgé recouverte d'une nappe blanche immaculée.

Des corbeilles de paille débordant de brioches et de toasts étaient disposées entre les assiettes, et Eleanor se hâta de prendre un siège près de son amie, en face de George Whitby.

— Du café, mademoiselle ? s'enquit un domestique.

Eleanor acquiesça d'un signe de tête, et ôta ses gants, qu'elle posa dans son giron avec sa serviette.

— Quelle belle matinée ! commenta-t-elle.

Le ciel était d'un bleu azur, sans un seul nuage. Des sternes volaient en cercle au-dessus de leurs têtes, et le bruit du ressac noyait leurs cris. Comme elle avait hâte de se promener au bord de l'océan ! « Peut-être plus tard », se dit-elle en levant les yeux vers M. Whitby.

— J'espère que vous avez bien dormi, lady Eleanor, fit ce dernier en s'emparant d'un toast.

— Fort bien, je vous remercie. Le bruit de la mer est tellement apaisant… Votre maison est merveilleusement située.

— J'en conviens.

Il s'interrompit pour beurrer son toast.

— Il est facile de pêcher et de chasser dans les bois alentour, ajouta-t-il, et Plymouth n'est pas très loin.

Selina lui décocha un sourire radieux.

— George, si seulement vous vouliez accepter mon aide pour la décoration. Vous ne pouvez nier que votre maison manque d'une touche féminine.

Eleanor écarquilla les yeux. Selina n'y allait pas par quatre chemins ! M. Whitby mordrait-il à l'hameçon ?

— Je le reconnais bien volontiers, dit-il. Sans maîtresse de maison, il manque forcément quelque chose. Mais j'espère tout de même que vous vous y sentez bien.

— Oh ! Absolument ! s'écria Eleanor avec enthousiasme. Merci, ajouta-t-elle à l'intention du domestique qui lui présenta une assiette généreusement remplie d'œufs brouillés et de saucisses. Monsieur. Whitby, parlez-moi un peu de la vie à la campagne. Comment est la bonne société, dans le Devonshire ?

— Très aimable. Mes plus proches voisins sont le duc et la duchesse de Dandrige, et je vais souvent dîner chez eux.

— Je ne l'ai jamais rencontrée, mais la duchesse de Dandrige est réputée être une hôtesse exceptionnelle, observa Eleanor. Ses invitations sont très recherchées. Vous devez avoir sa faveur.

— Il se trouve que le duc et moi chassons souvent ensemble. Il possède un vaste domaine sur lequel le gibier abonde, et ses lacs sont bien approvisionnés.

Whitby se lança dans un long monologue sur la chasse et la pêche, qui étaient, de toute évidence, ses deux occupations favorites. Le sujet ne l'intéressant que fort moyennement, Eleanor laissa son esprit vagabonder, s'émerveillant de la beauté du parc qui s'étendait au pied de la terrasse. Elle était impatiente de l'explorer, de le parcourir en tous sens.

— Lady Eleanor aime beaucoup la mer, intervint Selina en posant la main sur le poignet de son amie afin de l'arracher à sa rêverie. N'est-ce pas ?

— Oui, beaucoup, murmura Eleanor.

— Vous devez absolument lui montrer la vue depuis les falaises, George. Je t'assure, Eleanor, c'est à couper le souffle.

— Bien sûr, acquiesça George. Nous pourrions peut-être faire tous trois une promenade dans le parc après le petit déjeuner, qu'en dites-vous, mesdames ?

— Je crains de ne pas pouvoir vous accompagner, expliqua Selina. J'ai une petite douleur persistante à la nuque depuis l'accident de voiture, et je préfère ne pas faire d'excès. Mais allez-y avec Eleanor, j'en profiterai pour rattraper le retard dans ma correspondance.

— Dites oui, lady Eleanor, la pressa Whitby avec un grand sourire. Cela me ferait très plaisir.

— À moi aussi, assura Eleanor avant de boire une gorgée de café.

Elle en profita pour examiner George par-dessus le bord de sa tasse. Il était très bel homme à sa façon simple et robuste. Ses traits étaient agréables, ses yeux noisette fort doux, et ses lèvres bien dessinées. Il respirait la santé et la vigueur. Il était en outre jovial et plein de sollicitude. Bref, un vrai gentleman. Il n'avait pas de titre, mais son avenir semblait assuré, et sa demeure était confortable sans ostentation. De plus, ses relations en disaient long sur lui. Peu de gens avaient le privilège de fréquenter le duc et la duchesse de Dandrige, et Eleanor était très impressionnée. Oui, M. George Whitby était tout ce qu'une jeune fille de bonne famille recherchait chez un mari, et elle serait stupide de ne pas sauter sur l'occasion.

— Le jardinier a fait une étrange découverte, ce matin, dit tout à coup M. Whitby, arrachant Eleanor à ses pensées. C'est une véritable énigme. On a trouvé une veste dans les buissons devant la maison. Une veste de gentleman.

Eleanor manqua de s'étrangler avec son café.

— Nous ne savons pas à qui elle appartient, ni comment elle a pu se retrouver dans l'allée.

— C'est étrange, en effet, reconnut Selina en jetant un coup d'œil intrigué à Eleanor. Vous ne pensez pas que quelqu'un a pu s'introduire dans la propriété ?

— J'en doute. Mes chiens m'auraient alerté. Ils sont très sensibles à toute intrusion, ajouta-t-il en tapotant la tête du lévrier qui reposait à ses pieds.

— Elle appartient peut-être à un domestique, suggéra Eleanor un peu trop vivement.

Son cœur battait follement, et elle avait du mal à demeurer assise.

M. Whitby secoua la tête en signe de dénégation.

— Non, c'est impossible, répondit-il d'un air songeur. La coupe est excellente et le tissu de très belle facture. J'en parlerai à Henley et à M. Stoneham à leur retour. Je suppose qu'elle appartient à l'un ou à l'autre, encore que je me demande comment elle a pu se retrouver dans les buissons.

Eleanor se racla la gorge, persuadée que son attitude trahissait sa culpabilité.

— Il y a certainement une explication raisonnable, hasarda-t-elle faiblement.

— Une explication, peut-être, mais je doute qu'elle soit raisonnable. Enfin, peu importe, fit Whitby en repoussant sa chaise. Si vous voulez bien m'excuser, j'ai deux ou trois choses à régler avant de vous emmener en promenade, lady Eleanor. Que diriez-vous de se retrouver ici dans une heure ?

— Entendu, monsieur Whitby.

Dieu merci, ils avaient cessé de parler de cette maudite veste ! Il ne restait plus qu'à espérer que personne n'y penserait plus d'ici à ce que Henley et Frederick rentrent, car elle finirait par se trahir toute seule !

Et si M. Whitby apprenait ce qui s'était passé dans le parc entre Frederick et elle, elle pouvait dire adieu à son projet de mariage. Oui, elle avait intérêt à faire tout ce qui était en son pouvoir pour qu'il n'en sache jamais rien.

Elle était peut-être trop faible pour résister à Frederick, mais elle n'était pas stupide. Il était grand temps qu'elle s'occupe de son avenir… avec George Whitby.

9

— Encore quelques pas et nous y serons. Vous verrez, d'en haut, la vue est splendide. Vous y arriverez, lady Eleanor ?

— Bien sûr, assura cette dernière, qui avançait d'un pas ferme. J'aime beaucoup marcher et…

Elle s'interrompit abruptement. Le panorama qui s'offrait à elle était vraiment à couper le souffle. La falaise tombait à pic dans la mer bleu-vert qui ondoyait à perte de vue. En bas, sur leur droite, les vagues ourlées d'une écume étincelante venaient mourir doucement sur une plage de sable fin en forme de croissant.

— C'est superbe, murmura-t-elle en se tournant vers M. Whitby. Absolument superbe !

— N'est-ce pas ? Il y a un sentier qui mène au rivage, près de l'orangerie. Mais selon moi, la vue est plus intéressante ici.

— Je n'ai jamais rien vu d'aussi merveilleux, reprit Eleanor en respirant avec délices la brise marine. Monsieur Whitby, vous arrive-t-il de vous baigner ?

— Tous les matins, quand le temps le permet. Et vous, aimez-vous nager ?

— Je n'ai pas eu l'occasion d'apprendre, mais je crois que cela me plairait. Si l'eau est assez chaude, bien sûr !

— Pour ma part, je trouve l'eau fraîche très vivifiante. Et c'est une excellente façon de commencer la journée. Je vous le recommande !

Les poings sur les hanches, le vent jouant dans les courts cheveux blonds, Whitby contempla un moment la jeune fille.

— Aimez-vous les pique-niques ? demanda-t-il à brûle-pourpoint. Je pourrais demander à la cuisinière de nous préparer des sandwichs et nous pourrions déjeuner ici. Demain, peut-être ?

— Quelle charmante idée ! J'adore les pique-niques. Mon frère me taquine beaucoup à ce sujet.

— Je n'en vois pas la raison, mais je suppose que c'est ce que font les frères… Taquiner.

— Avez-vous des sœurs, monsieur Whitby ?

— Oui, deux : Fanny et Julianna. Deux sottes, malheureusement. Je ne peux vous dire à quel point j'ai été soulagé lorsqu'elles se sont mariées. Je ne les ai pas vues depuis des années.

Eleanor le regarda avec stupeur.

— Des années ? Vos propres sœurs. Allons, vous exagérez sûrement ?

— Mais non ! Nous sommes tous très pris par nos occupations. Je m'étonne même de voir Henley aussi souvent, car il n'aime ni la pêche ni la chasse.

— Oh… murmura Eleanor, mal à l'aise de le découvrir si peu attaché à sa famille. Allez-vous souvent à Londres ?

Il lissa les poignets de sa veste d'un air distrait, et Eleanor devina tout de suite que la ville ne présentait aucun intérêt à ses yeux.

— Je m'y rends de temps en temps, pour affaires, répondit-il. Mais je préfère de loin la vie à la campagne.

— Moi aussi, j'aime beaucoup la campagne, déclara Eleanor, heureuse de trouver un terrain d'entente.

Cela dit, elle aimait aussi la ville, surtout depuis son entrée dans le monde.

Une soudaine rafale de vent plaqua sa jupe contre ses jambes et faillit lui arracher son chapeau, qu'elle retint de justesse.

— Le vent souffle fort, aujourd'hui ? commenta-t-elle.

Son compagnon scruta le ciel d'un air ravi.

— Cela pourrait annoncer une tempête. Encore que ces petits nuages à l'horizon ne semblent guère menaçants, observa-t-il en scrutant le ciel, la main en visière au-dessus des yeux. Dommage ! Nous avons de merveilleux orages, dans la région.

Eleanor ne put s'empêcher de grimacer. Comment pouvait-il trouver un orage « merveilleux » ? Elle en avait une peur bleue depuis toujours !

— J'avoue que, pour ma part, je ne suis pas amateur d'orages, confessa-t-elle, incapable de réprimer un frisson.

— Peut-être changerez-vous d'avis une fois que vous aurez vu les éléments déchaînés. Les orages dans le Devonshire sont vraiment spectaculaires. Enfin, de toute façon, il fera beau demain, et nous viendrons pique-niquer ici. À présent, mieux vaut rentrer. J'ai bien peur que vous n'ayez pris froid. Vous tremblez !

Eleanor accepta sans enthousiasme le bras qu'il lui offrait. S'il redoutait tant qu'elle s'enrhume, pourquoi ne lui proposait-il pas sa veste, comme Frederick l'avait fait ? Puis elle se morigéna. Frederick s'était peut-être montré plus galant, mais il n'en demeurait pas moins que ce n'était pas un gentleman. Elle ne devait pas l'oublier. Il ne lui convenait pas, contrairement à l'homme dont elle tenait le bras.

— Monsieur Whitby, reprit-elle en affichant son plus beau sourire, j'ai mille questions à vous poser au sujet de la duchesse de Dandridge. Son salon est-il réellement en marbre, et décoré à la feuille d'or ?

— En effet. La duchesse aime l'opulence, et pas seulement dans son salon. Saviez-vous que le duc et elle possèdent un pavillon de chasse à environ huit kilomètres d'ici, et…

Ravi d'avoir réussi à orienter la conversation sur son sujet préféré, M. Whitby continua de discuter, intarissable. Eleanor l'écouta d'une oreille distraite en étouffant un bâillement. Elle aurait bien besoin d'une bonne sieste, après cette promenade au grand air… et ce discours soporifique !

— Faites donc voir ce portrait encore une fois, grommela le vieil aubergiste en ajustant ses lunettes cerclées de fer sur son gros nez bulbeux.

Frederick posa sur le comptoir du bar la miniature que sa sœur lui avait confiée. « À quoi diable joue ce tavernier ? », se demanda-t-il, agacé.

— Ben… je peux pas dire. Ça se pourrait que ça soit lui, et ça se pourrait que ça soit pas lui. Mes pauvres yeux sont plus ce qu'ils étaient, m'sieur. Ces lunettes sont vieilles et je peux point m'en payer de neuves…

Frederick tira quelques pièces de sa bourse et les fit glisser sur le bar.

— Cela vous rendra peut-être la mémoire, hasarda-t-il.

L'homme empocha les pièces avec un grand sourire.

— Attendez ! Oui, je crois que je le reconnais, à présent. Mais il m'a pas dit qu'il s'appelait Eckford, hein ! Il s'habille comme un homme d'église. Ça fait pas longtemps qu'il habite par ici. Il a quitté sa région à cause d'une querelle de famille à ce qu'il raconte. Sa dame voyage avec lui. Mais si vous voulez mon avis, elle a pas le genre d'une femme de vicaire. Un peu trop voyante.

— Où puis-je le trouver ? demanda Frederick en croisant le regard de Henley.

Il était convaincu que l'homme disait la vérité, et Henley semblait partager son avis.

— Ça ma foi, je le sais point, répondit l'aubergiste. Il habite à une journée de voiture d'ici, et il vient toujours avec sa dame. S'arrête toujours pour boire un verre, et de temps en temps, ils prennent une chambre. Je me souviens bien de lui parce qu'il est près de ses sous… Ce qui est sûr, c'est qu'il vient une fois par mois, et toujours le mardi.

— Quand l'avez-vous vu pour la dernière fois ? intervint Henley.

L'homme se gratta le crâne.

— Hum… Doit y avoir deux semaines de ça, je crois bien. Donc, il repassera pas avant quinze jours.

Frederick sentit les battements de son cœur s'accélérer.

— Vous êtes certain que c'est l'homme que je recherche ?

— Je dis pas que j'en suis certain à cent pour cent. Mais je parierais volontiers que oui. Mardi dans quinze jours, venez ici et vous le trouverez.

— Merci, monsieur… ?

— Edwin Crosby. À votre service, messieurs.

Il tendit sa grosse patte à Frederick, qui la lui serra brièvement, puis sortit d'autres pièces pour les lui glisser dans la main.

— Si c'est bien lui, vous serez récompensé, ajouta-t-il. Et si, pour une raison ou pour une autre, il revient avant quinze jours, faites-le-moi savoir sur-le-champ.

Il tira une carte de visite de sa veste et la posa sur le bar.

— Je séjourne à Whitby Hall, précisa-t-il, chez M. George Whitby. Puis-je compter sur vous, monsieur Crosby ?

L'homme hocha vigoureusement la tête.

— Sûr que vous pouvez compter sur Edwin Crosby, m'sieur ! Je suis un homme de parole. Y a qu'à demander autour de vous.

— Parfait. Au revoir, monsieur Crosby.

Frederick s'inclina et traversa la salle enfumée. Henley sur ses talons. Les deux hommes prirent les rênes de leurs montures des mains du palefrenier qui les attendait devant l'auberge.

— Eh bien, qu'en penses-tu ? s'enquit Henley une fois en selle.

— Je crois que nous avons trouvé notre homme, répondit Frederick entre ses dents.

Il avait du mal à contenir son impatience. Encore quinze jours avant de mettre la main sur ce gredin ! Cela lui paraissait interminable. Mais ratisser les environs ne servirait à rien. Autant chercher une aiguille dans une meule de foin… D'autant que Crosby ne leur avait pas révélé sous quel nom d'emprunt se cachait son beau-frère.

Cependant, l'aubergiste n'avait pas menti. Frederick avait vu la lueur dans ses yeux lorsqu'il avait examiné le portrait de Eckford. Il ne faisait aucun doute qu'il l'avait reconnu.

— Je ne serai pas mécontent de retrouver mon bon lit à Whitby Hall, avoua Henley en flattant le col de son cheval.

Frederick jeta un coup d'œil au ciel chargé de nuages menaçants.

— Tu crois que nous avons une chance d'y arriver avant l'orage ?

— Moi, oui ! assura Henley avec un clin d'œil. Toi, je ne sais pas…

Incapable de résister à un défi, Frederick donna un léger coup de cravache à sa monture, qui partit au galop avant que Henley ait le temps de réagir. Maintenant qu'il avait pratiquement retrouvé Eckford, il envisageait son séjour à Whitby Hall sous un jour nouveau. Ce serait l'occasion de s'entraîner au pistolet. Il n'avait encore jamais perdu un duel, et il avait bien l'intention de gagner celui-ci.

Et puis, il commençait à en avoir par-dessus la tête d'entendre Henley s'inquiéter de son épouse à longueur de journée. S'il n'avait pas eu autant d'affection pour son vieil ami, il l'aurait étranglé depuis belle lurette ! Seigneur, depuis qu'il avait épousé Selina Snowden, il avait changé du tout au tout.

Dégoûté, Frederick ralentit l'allure afin que Henley puisse chevaucher près de lui.

— Je suis curieux de savoir comment lady Eleanor s'entend avec mon frère, déclara celui-ci.

Curieux, c'était le mot, songea Frederick, qui se demandait avec inquiétude si la jeune fille avait réussi à s'emparer du cœur du malheureux Whitby. Soudain, il avait hâte d'être à Whitby Hall, lui aussi.

Eleanor enfila sa robe de chambre en soupirant. Comme il lui tardait de rentrer chez elle, et de retrouver sa belle chambre de Covington Hall ! Ses habitudes lui manquaient, ses rêveries, ses longues promenades dans la nature. Si seulement elle pouvait remonter le temps et revenir à ce jour où son père lui avait appris qu'il avait conclu un contrat de fiançailles la liant au fils de lord Worthington !

Pourquoi ne lui avait-elle pas dit sans détour que cette union ne lui convenait pas ? Lord Worthington n'aurait sans doute pas fait de difficulté pour annuler leur projet ; après tout, les deux hommes étaient amis. Frederick serait resté à Londres, et, à présent, elle ne serait pas au fin fond du Devonshire en train de tenter de séduire un homme qui ne lui plaisait pas.

Elle se laissa tomber sur le tabouret de sa coiffeuse. Les deux jours qui venaient de s'écouler avaient été vraiment pénibles. Pourtant, elle n'avait pas ménagé ses efforts. La veille, elle s'était promenée à cheval dans le parc et, bien que n'étant pas une cavalière accomplie, elle avait trouvé cela agréable. Aujourd'hui, ils avaient pique-niqué sur le promontoire, comme M. Whitby le lui avait promis. Le panorama était toujours aussi magnifique et la nourriture délicieuse, mais elle ne pouvait plus prétendre s'intéresser à la conversation de son compagnon. À vrai dire, elle commençait à en avoir assez de ses récits de chasse, aux renards, aux cailles ou aux canards sauvages ! À l'entendre, l'Angleterre n'était rien de plus qu'une immense réserve de gibier…

Elle prit sa brosse et entreprit distraitement de se démêler les cheveux. Grâce à Dieu, Selina était venue avec eux au pique-nique ! Sans elle, cette sortie lui aurait paru insupportable. « Qu'est-ce que je fais ici ? » se demanda-t-elle, de plus en plus irritée. C'était ridicule. Elle ne s'imaginait aucunement épouser George Whitby. Il l'ennuyait à mourir, et ils n'avaient, semblait-il, rien en commun.

Certes, un gentleman pouvait avoir des défauts bien pires que d'être ennuyeux ! Il suffisait de songer au beau-frère de Frederick. Ou à tous ces maris qui buvaient trop, jouaient leurs fortunes sur un coup de dés, séduisaient une femme après l'autre ou se conduisaient en tyran avec leur épouse.

George Whitby ne se livrerait jamais à de tels excès. Il était plutôt du genre à passer ses journées à cheval, le fusil à l'épaule. Son épouse ne le verrait probablement pas durant plusieurs jours d'affilée, occupé qu'il serait à chasser avec des amis comme le duc de Dandridge. Non, il y avait vraiment pire existence, elle devait le reconnaître.

Le regard d'Eleanor s'attarda sur le lit qui se reflétait dans le miroir. Il y avait aussi la question du… devoir conjugal. Aucune femme n'en était exemptée, du moins pas avant d'avoir donné naissance à un héritier. Partager le lit de M. Whitby serait-il désagréable ?

Elle fronça les sourcils. Il n'avait rien de laid ni de répugnant, au contraire, pourtant, cette perspective la mettait fort mal à l'aise. Elle reposa brutalement sa brosse sur la tablette de marbre, et se mit à fixer la flamme dansante de la chandelle qui se reflétait sur la poignée d'argent poli jusqu'à ce que sa vision devienne floue.

« Arrête ! s'ordonna-t-elle. Arrête tout de suite ! » Le mariage n'était pas une question de désir physique, mais de compagnie, de confort et de sécurité. Sans mari, une femme n'avait rien de tout cela. Partager le lit conjugal faisait partie des devoirs d'une épouse, et elle s'y soumettrait comme les autres. Elle avait autant de chance d'être heureuse avec M. Whitby qu'avec n'importe quel gentleman choisi par son père.

Si la passion de leur hôte pour la chasse et la pêche lui semblait irritante, elle présentait l'avantage de le tenir occupé. Et une fois mariée, elle serait donc libre de faire ce qu'elle voulait… d'aller à Londres ou de rendre visite à Selina, ou même à Henry, aussi souvent qu'elle en aurait envie. Que demander de plus ? Il ne la maltraiterait pas, elle en était certaine. Il était ennuyeux, c'est vrai, mais gentil et doux. Il fallait être bien égoïste pour exiger plus.

Eleanor soupira, se leva et gagna la fenêtre. Elle était allée se coucher de bonne heure et, cependant, il faisait déjà très sombre, constata-t-elle en écartant le rideau. Le ciel couleur d'encre était teinté d'inquiétantes lueurs vertes, et le vent secouait violemment les branches des arbres, le long de l'allée. Presque aussitôt, les vitres commencèrent à vibrer, et les arbres se ployèrent sous la bourrasque. Frissonnant de la tête aux pieds, Eleanor recula d'un pas.

Elle essuya ses paumes moites sur sa robe de chambre en continuant à marcher à reculons. Lorsqu'elle sentit enfin le matelas contre ses jambes, elle s'assit sur le lit, le regard rivé sur la fenêtre que le vent continuait à malmener tout en grondant de façon sinistre.

Puis un éclair zébra le ciel, illuminant la chambre, et elle sentit sa peau se hérisser. Le fracas qui suivit la fit bondir vers la porte. Le cœur battant à tout rompre, elle s'adossa au lourd panneau de chêne, luttant contre la panique qu'elle sentait grandir en elle.

Le vent fouettait la fenêtre, et les volets craquaient sous l'assaut. Un autre éclair aveuglant illumina la chambre, suivi presque immédiatement d'un roulement de tonnerre sonore. Eleanor ferma les yeux. L'orage se rapprochait. Il était presque au-dessus de la maison, à présent.

Rouvrant les yeux, elle regarda frénétiquement autour d'elle, cherchant où se cacher en attendant que l'orage s'éloigne. À cet instant, la flamme de la chandelle posée sur la coiffeuse s'agita en tous sens, puis s'éteignit. L'affolement d'Eleanor grimpa d'un cran, et son souffle s'accéléra. Il faisait noir, maintenant. Du moins jusqu'à ce qu'un autre éclair jaillisse avec sa cohorte de grondements.

Enfant, les nuits d'orage, elle se précipitait dans le lit de son frère, dans la chambre qu'ils partageaient dans la nursery. Avec lui, elle avait moins peur. Mais elle n'était plus une petite fille, et Henry n'était plus là. Ses tempes bourdonnaient si fort qu'elle craignait de devenir folle.

Puis le tonnerre retentit de nouveau, si assourdissant qu'Eleanor saisit la poignée de la porte et s'efforça follement de la tourner, sa paume moite glissant sur le verre sculpté. Lorsque le battant s'ouvrit enfin, elle s'élança dans le couloir, la main sur la bouche pour étouffer ses cris. Arrivée au bout, elle se pressa contre le mur, les paupières fermées, s'efforçant de reprendre son souffle.

— Grand Dieu, Eleanor ! s'écria une voix masculine.

Elle tressaillit si fort que son cœur manqua un battement.

— Que se passe-t-il ? reprit la voix. Vous êtes souffrante ?

10

Frederick recula de surprise. Plaquée contre le mur, Eleanor le dévisageait en silence, telle une enfant terrorisée. Ses cheveux sombres cascadaient sur ses épaules, et sa poitrine se soulevait à un rythme irrégulier. À la faveur d'un éclair, il la parcourut d'un regard avide. Elle était pieds nus, et son odeur de savon et de verveine citronnée emplissait l'air.

Que diable fabriquait-elle à cette heure dans le couloir, et en robe de chambre, qui plus est ?

Puis un grondement de tonnerre parut secouer la maison, et il entendit Eleanor crier. Elle ferma les yeux et se mordit la lèvre. *L'orage !* Eleanor Ashton avait peur de l'orage au point de vagabonder dans une maison inconnue en vêtements de nuit ?

Cela semblait improbable, mais il ne voyait pas d'autre explication.

Il fit un pas vers elle. Elle tremblait de tous ses membres.

— Eleanor, dit-il d'une voix douce en lui prenant la main, ça ne va pas ? Voulez-vous que je fasse demander un médecin ?

Elle lui jeta un regard affolé.

— Fre… Frederick ? balbutia-t-elle, comme si elle venait de s'apercevoir de sa présence.

Un autre éclair, plus faible, ricocha dans la pièce. L'orage s'éloignait. Le tonnerre n'était plus qu'un grondement assourdi, que le martèlement de la pluie sur le toit rendait à peine perceptible. Il lui caressa la paume du pouce.

— C'est fini, ma jolie. L'orage est passé.

Elle porta une main tremblante au col de dentelle de sa robe de chambre.

— Je… je ne savais pas que vous étiez rentré.

— Henley et moi sommes arrivés il y a une heure, juste avant l'orage. Vous êtes sûre d'aller bien ? Vous tremblez.

Elle dégagea sa main de la sienne.

— C'est à cause des éclairs, murmura-t-elle. L'orage semblait tellement proche que j'ai commencé à m'inquiéter et… et…

— Ne vous tracassez pas, Eleanor. Avec moi, votre secret sera bien gardé.

Elle secoua la tête.

— Un secret ? Je ne comprends pas ce que vous voulez dire. J'ai seulement… j'ai pensé que…

Elle se détourna, les poings serrés de contrariété.

Frederick ne put s'empêcher de rire. C'était donc vrai. La stoïque et raisonnable Eleanor Ashton s'effrayait d'un simple orage !

— Ne vous moquez pas de moi, je vous en prie, murmura-t-elle d'une voix si suppliante qu'il regretta aussitôt d'avoir ri. Je suis déjà assez humiliée…

Il lui reprit la main et la porta à ses lèvres.

— Pardonnez-moi, Eleanor. Vous n'avez pas de raison de vous sentir humiliée, vous savez.

— À mon âge, c'est ridicule, non ? répliqua-t-elle d'un ton acerbe.

De l'index, il lui souleva le menton, l'obligeant à le regarder. Ses cils palpitèrent comme des ailes de papillon.

— La tempête était violente. À mon avis, demain, les jardiniers auront beaucoup de branches à ramasser un peu partout dans le parc.

Elle hocha la tête, et une mèche folle vint lui caresser la joue. Frederick s'en saisit, surpris de la sentir aussi soyeuse, puis la coinça derrière l'oreille de la jeune femme.

— Vous ne risquez plus rien, maintenant, ma douce, murmura-t-il en lui pressant la main.

— Merci, Frederick. Je me sens tout à fait bien, à présent…

— Vous ne tremblez plus, constata-t-il en levant sa main, qu'il avait gardée dans la sienne, pour preuve.

C'était si rare de tenir la main d'une jeune fille sans qu'elle soit gantée. Si innocente soit-elle, cette sensation, parce qu'elle était interdite, lui parut suprêmement érotique. Et réveilla son désir.

Eleanor dut le sentir, car elle jeta des coups d'œil furtifs autour d'elle.

— Je ne voudrais pas que Selina ou lord Henley nous voient ici. Ce n'est pas convenable… Je dois vous demander de me lâcher.

— Ne craignez rien, Henley et sa femme sont très occupés, en ce moment. Sur le chemin du retour, il a battu des records de vitesse tant il avait hâte de la retrouver. Il n'y a aucune chance pour qu'ils sortent de leur chambre.

Eleanor ne put s'empêcher de rougir.

— Et M. Whitby ? insista-t-elle.

— Quoi M. Whitby ? Que ferait-il, selon vous, s'il nous trouvait ici ?

— Eh bien, il comparerait sans doute la situation à une chasse quelconque. Et se lancerait dans un discours interminable à ce sujet.

Tiens, elle n'était pas tombée sous le charme de Whitby, finalement. Comme c'était intéressant. Décidément, Whitby était encore plus stupide qu'il ne l'aurait cru.

Eleanor se rembrunit.

— Vous êtes revenus parce que vous avez retrouvé M. Eckford ? s'enquit-elle.

— Pas encore, mais un aubergiste, au nord de Plymouth, l'a reconnu. Il affirme qu'Eckford descend dans son établissement un mardi par mois. Il devrait revenir dans quinze jours, mais Henley et moi y retournerons dans huit, par sécurité.

— Je suis stupéfaite que vous ayez retrouvé sa trace si vite, avoua Eleanor.

— Et moi, donc. Ç'a été si facile. Trop peut-être, c'est pourquoi je vais continuer mes recherches en attendant.

— Je... je me suis fait du souci, ces derniers jours. J'espère que vous serez prudent.

— Je ferai ce qui est nécessaire, répliqua-t-il d'un ton tranchant qu'il regretta aussitôt.

Elle s'était fait du souci, pour *lui* ! Il était encore sous le choc de ses paroles lorsqu'elle retira sa main.

— Il faut que j'aille me coucher, murmura-t-elle.

— Sans doute. Voulez-vous que je vienne vous border ? proposa-t-il avec un sourire espiègle.

— Je crois que je devrais m'en sortir seule, monsieur.

Elle se mordit la lèvre, pour réprimer un sourire, supposa-t-il.

— *Monsieur ?* répéta-t-il d'un ton moqueur. Vous vous souciez des convenances, à présent ? Après avoir discuté un quart d'heure avec moi, vêtue de votre seule robe de chambre ?

— Un instant d'égarement, répliqua-t-elle en resserrant la ceinture de ladite robe de chambre avant de se diriger vers sa chambre. Avec vous, je m'oublie, voilà tout.

— Content de vous l'entendre dire, fit-il en lui emboîtant le pas. J'ai une réputation à tenir, figurez-vous.

Ils étaient arrivés à sa chambre, et elle ouvrit la porte.

— Bonne nuit, monsieur Stoneham, dit-elle en lui jetant un coup d'œil par-dessus son épaule.

Il tenta de graver dans sa mémoire son beau visage encadré de boucles sombres, afin de se le rappeler lorsqu'il serait seul dans son lit.

Bon sang ! Il était plus que temps qu'il rentre à Londres, et retrouve Molly…

— Bonne nuit, lady Eleanor.

Elle pénétra dans la chambre et referma doucement la porte derrière elle. Avec un soupir, il desserra sa cravate. Il pivotait sur ses talons quand il entendit un cliquetis : Eleanor venait de tourner la clé dans la serrure.

« Mais pour qui me prend-elle ? s'indigna-t-il. Elle croit que je vais forcer sa porte et profiter d'elle ? » Il faillit rire à cette idée, puis se ravisa. Peut-être le connaissait-elle mieux qu'il ne le croyait…

Quelques minutes plus tard, torse nu dans sa propre chambre, il scrutait la nuit, debout devant la fenêtre. Le martèlement régulier de la pluie contre les carreaux l'apaisait. À l'inverse d'Eleanor, il aimait les orages. La puissance du vent, la férocité des éclairs le remplissaient d'admiration, et il puisait de la force dans la vision des éléments déchaînés.

Il laissa échapper un long soupir. Il n'aurait jamais dû accepter l'aide de Henley dans cette histoire. Cela lui aurait évité de se retrouver dans cette situation fâcheuse, pour ne pas dire impossible !

Comment avait-il pu sous-estimer Eleanor à ce point ? Pourquoi s'était-il souvenu d'elle comme d'une fille docile ? Le genre qui n'inspirait aucun désir et qu'il pourrait aisément laisser à la campagne tandis qu'il continuerait à vivre à Londres comme avant ?

Jusqu'à présent, les innocentes demoiselles de la bonne société, soumises et dotées de talents inutiles, ne l'avaient jamais attiré. Il trouvait les prostituées et les courtisanes autrement plus intéressantes, car elles vivaient comme elles l'entendaient, sans se soucier des conventions.

Mais Eleanor était différente. Elle ne ressemblait en rien aux débutantes qui pouffaient derrière leurs éventails et affichaient des sourires béats dans l'espoir de prendre un mari dans leurs filets.

Il avait beau essayer, il n'imaginait pas Eleanor se comportant ainsi. Elle était trop grande, avait trop de caractère pour être considérée comme une beauté dans la haute société, et pourtant, il avait le souffle coupé chaque fois qu'il la regardait. Il devait être bien imbu de lui-même pour n'avoir pas su déceler le diamant qui se cachait derrière la façade un peu brute d'Eleanor à seize ans ! Il avait honte d'avoir parlé d'elle à Molly dans des termes si peu flatteurs.

Les poings serrés, il se détourna de la fenêtre. Nul doute qu'Eleanor le prenait pour un mufle, un impardonnable gredin. Et elle avait raison. N'avait-il pas dit à Molly qu'elle était richement dotée, et qu'il se servirait de cet argent pour la couvrir de bijoux, elle, sa maîtresse ?

Quel genre d'homme fallait-il être pour parler avec autant de dédain d'une femme qui était tout ce qu'un homme pouvait désirer ?

Il se tourna de nouveau vers la fenêtre. La cadence de la pluie se faisait plus irrégulière. Quel idiot il avait été d'accepter ce contrat de fiançailles, songea-t-il en contemplant son reflet sans le voir. Dès qu'il aurait retrouvé Eckford et qu'il lui aurait réglé son compte, il irait trouver lord Mandeville, décida-t-il. Il lui dirait exactement pourquoi il ne pouvait épouser sa fille.

Et il tournerait la page. Il tenterait d'oublier la façon dont elle le regardait droit dans les yeux, dont elle lui enflammait les sens comme aucune autre femme avant elle.

Elle méritait mieux que lui, et l'insipide George Whitby ferait probablement un bon mari. Il aurait au moins le mérite de ne pas lui briser le cœur, de ne pas échouer à répondre à ses attentes, contrairement à lui.

Oui, il dirait à Mandeville quel genre de mari il serait : un homme qui entretiendrait des maîtresses, qui ne refuserait jamais une occasion de prendre son plaisir, et qui passerait le plus clair de son temps loin de son épouse. Quel père obligerait sa fille à épouser un individu qui avouait pareils défauts ?

Après tout, ce n'était pas comme s'il allait hériter du titre de duc. Il ne serait jamais que baron, et sa fortune n'avait rien de colossale. Il n'était pas un parti idéal pour la fille d'un marquis, même s'il avait été irréprochable – ce qu'il n'était certes pas.

Frederick traversa la pièce pour se rapprocher du feu qui brûlait dans l'âtre, et se pinça l'arête du nez afin de soulager le mal de tête qui menaçait. Sa résolution était prise. Tant qu'il serait à Whitby Hall, il résisterait à la tentation de rechercher la compagnie d'Eleanor.

Inutile de se torturer davantage avec des images comme celles qui défilaient dans son esprit en cet instant. Eleanor en tenue de nuit, la ceinture serrée autour de sa taille fine, sa poitrine haletante, sa somptueuse chevelure, plus longue qu'il ne l'avait imaginé, encadrant son visage. Et, plus fascinant encore, ce sentiment de camaraderie qu'il ressentait chaque fois qu'il était avec elle.

Il n'aurait su dire quand cela avait commencé exactement. Mais à un moment donné, Eleanor avait cessé d'être simplement une femme qu'il désirait pour devenir une femme qu'il *appréciait*. Ce soir, par exemple, elle avait eu peur, et il l'avait réconfortée. Et elle s'était inquiétée pour lui en son absence. N'était-ce pas de l'amitié ?

Une bûche se brisa dans l'âtre, envoyant une gerbe d'étincelles sur la plaque de fonte qui protégeait le mur. Frederick se laissa tomber dans un fauteuil de cuir avec un grognement. Les jours à venir s'annonçaient difficiles, plus qu'il ne l'aurait imaginé !

— Tu as l'air épuisée, Eleanor ! s'exclama Selina en abandonnant sa broderie. Tu n'as pas bien dormi ?

Eleanor posa à son tour son ouvrage sur la table voisine, et soupira. De toute façon, elle n'arrivait à rien de bon, ce matin. Il lui était impossible de se concentrer.

— Si, mentit-elle. Je me suis réveillée tôt, voilà tout.

En réalité, le sommeil la fuyait depuis deux nuits. Elle se tournait et se retournait dans son lit, consciente que Frederick dormait à deux portes de là. Elle aurait dû s'en moquer, mais elle en était incapable.

Dès qu'elle fermait les yeux, elle l'imaginait allongé sur son lit, torse nu – non pas qu'elle ait jamais vu d'homme torse nu, mais son imagination palliait son manque d'expérience. Ses joues s'empourprèrent comme elle se remémorait sa peau hâlée, ses muscles fermes, ses hanches étroites…

— Veux-tu que je parle à M. Whitby ?

Eleanor tressaillit, et rougit de plus belle.

— Pardonne-moi, Selina ! J'étais dans la lune.

— Ne t'excuse pas, ma chérie, répliqua son amie en lui tapotant la main. Je te demandais si tu souhaitais faire venir un apothicaire. Il te faudrait peut-être une potion pour dormir.

Dans le couloir, des voix masculines se rapprochèrent, puis s'estompèrent peu à peu. Selina contempla Eleanor avec compassion.

— Ce doit être une épreuve que de devoir supporter la présence de M. Stoneham. Même si ces deux derniers jours, il t'a laissée tranquille.

« Il m'évite », songea Eleanor. Et elle ignorait pourquoi. Ils n'avaient pas échangé un mot depuis le soir de l'orage. Frederick se tenait toujours à distance respectueuse, ne dînait pas avec eux, et ne venait pas les rejoindre dans le salon après le repas. Elle n'avait pas la moindre idée de ce à quoi il s'occupait quand il n'était pas enfermé dans le bureau de M. Whitby avec Henley.

Comme si le dédain de Frederick ne suffisait pas, M. Whitby avait commencé à lui faire la cour. Même si elle avait tout fait pour cela, elle n'en tirait aucune consolation.

— Je suis soulagée que Frederick se montre aussi conciliant, déclara-t-elle en reprenant sa broderie.

Elle entreprit de défaire les points ratés pour ne pas croiser le regard de Selina.

— Son retour n'est pas sans avantage, cependant, observa cette dernière. M. Whitby s'est enfin décidé à te courtiser.

— Tu l'as remarqué, toi aussi ? Mais je ne crois pas que Frederick y soit pour quelque chose… Aïe !

Eleanor lâcha son ouvrage. Une goutte de sang lui perlait au doigt.

— Bien sûr que si ! assura Selina en lui tendant un mouchoir immaculé. Il avait besoin d'un rival. Peut-être fera-t-il sa demande avant la fin de notre séjour. Exactement comme tu l'espérais.

Eleanor pressa le mouchoir sur son doigt.

— Quelle maladroite je fais, marmonna-t-elle, dans l'espoir de changer de sujet.

Selina vint s'asseoir près d'elle.

— Dis-moi, Eleanor, tu veux toujours épouser M. Whitby, n'est-ce pas ? Tu ne t'es pas laissé troubler par la présence de Frederick ? Je sais qu'il peut être charmant, mais tu dois comprendre que…

— Excuse-moi, Selina, je ne me sens pas très bien.

Eleanor se leva, en proie à une brusque nausée.

— Tu n'as jamais supporté la vue du sang, pas vrai ?

Eleanor faillit protester, puis se ravisa. Pas question d'avouer à son amie que son malaise avait une tout autre origine.

— J'ai besoin de prendre l'air, dit-elle d'un ton faussement enjoué.

— Tu es sûre ? Tu ne veux pas t'allonger, plutôt ?

Eleanor serra affectueusement la main de son amie.

— J'en suis certaine. Un tour dans le jardin me remettra d'aplomb en un rien de temps.

— J'irais bien avec toi, mais j'ai promis à Henley de prendre le thé avec lui.

— Ne t'inquiète pas. Reste ici avec ton mari. Et puis, tu sais combien tu as de mal à me suivre. Je marche toujours trop vite pour toi !

Selina éclata d'un rire cristallin qui fit sourire Eleanor.

— C'est vrai, insista-t-elle. Il faut absolument que j'apprenne à marcher à une allure plus féminine.

— Mais pas aujourd'hui, n'est-ce pas ?

— Non !

— Eh bien, vas-y, Eleanor. Profite du grand air.

Quelques minutes plus tard, chaussée de solides bottines, Eleanor passait devant l'écurie et longeait une clôture en bordure d'un pré. Elle avait emporté du papier et de l'encre dans un panier afin de s'installer dans un endroit tranquille pour écrire une longue lettre à Henry.

Elle avançait d'un pas vif sur le sentier, s'arrêtant de temps à autre pour cueillir une fleur qu'elle déposait dans son panier.

Après avoir parcouru environ cinq cents mètres, elle s'arrêta pour contempler un buisson de magnifiques roses trémières pourpres. Elle tendait déjà le bras pour en couper une lorsqu'une détonation retentit. Une nuée d'oiseaux jaillit des hautes branches des arbres en poussant des cris aigus.

Que diable se passait-il ? M. Whitby ne chassait pas, ce matin. Il était à Whitby Hall, enfermé dans son bureau avec son régisseur. Un second coup de feu résonna, et la brise apporta l'odeur de la poudre jusque dans le sentier. Oubliant les roses trémières, Eleanor se remit en marche. Arrivée au sommet d'une petite éminence, elle aperçut Frederick, en bras de chemise, un revolver au bout de son bras tendu. Il visait quelque chose sur une lointaine clôture.

Il tira de nouveau.

Elle aurait dû faire demi-tour, mais la curiosité fut la plus forte. Elle s'approcha sans bruit tandis qu'il rechargeait son arme et la pointait sur sa cible. Il y eut un nuage de fumée, et Eleanor tenta, sans succès, de réprimer une quinte de toux. Frederick fit volte-face.

— Grand Dieu, Eleanor ! aboya-t-il. Avez-vous perdu l'esprit ? On ne surprend pas ainsi un homme en train de tirer !

— Je ne voulais pas vous surprendre, se défendit-elle. Je me promenais, et j'ai entendu les coups de feu.

— Et vous avez voulu faire votre petite enquête ? répliqua-t-il en fourrant le pistolet dans la ceinture de son pantalon. La prudence aurait pourtant exigé que vous tourniez les talons.

— Je suis vraiment désolée de vous avoir surpris ainsi. Sur quoi tiriez-vous ?

Il désigna la clôture.

— Vous voyez la rangée de pommes, au fond ?

Eleanor plissa les yeux, distinguant à peine les fruits alignés au sommet de la clôture.

— Vous visez des cibles aussi petites ? s'étonna-t-elle.

— Avec une surprenante efficacité, je dois dire.

— Dans ce cas, je devrais être impressionnée, je suppose. Vous m'évitez ? ajouta-t-elle dans la foulée.

— Oui, admit-il sans paraître le moins du monde contrit. Mais puisque vous m'avez trouvé...

— Je ne vous cherchais pas, coupa-t-elle en rougissant.

— Je n'en doute pas. Qu'avez-vous dans votre panier ?

— Du papier et de l'encre, pour écrire à Henry.

— Henry ?

— Mon frère. Mon jumeau, plus exactement.

— J'ignorais que vous étiez jumeaux.

— Il est né huit minutes après moi, paraît-il.

— Et je suppose que ces huit minutes vous donnent le droit de le commander, pas vrai ?

— Naturellement ! répliqua-t-elle en riant. C'est le privilège des aînés. Vos sœurs faisaient de même avec vous, non ?

— Oui, en effet. Toutes les cinq, sans exception.

— Je ne savais pas qu'elles étaient aussi nombreuses.

— Katherine, Emma, Isabella, Anne et Maria sont nées après Charles, et avant moi. Jamais je n'ai vu pareils tyrans !

— Je suis certaine que Henry dirait la même chose de moi, assura-t-elle en posant de nouveau les yeux sur la clôture et les pommes alignées. Mais je ne voudrais pas vous empêcher de vous exercer. Je me demande comment vous réussissez à atteindre de si petites cibles à une telle distance.

— Voulez-vous que je vous montre ?

Il tira le pistolet à crosse d'ivoire de sa ceinture et le lui tendit.

— À moins que vous ne préfériez essayer vous-même ? ajouta-t-il.

Elle secoua la tête et recula d'un pas.

— Non, merci. Les armes à feu ne m'intéressent pas.

— Vraiment ? Vous avez déjà tenu un pistolet ?

— Pourquoi l'aurais-je fait ?

— Je pensais que votre frère vous avait peut-être appris le maniement des armes.

— Au cas où vous l'ignoriez, Frederick, on n'apprend pas aux dames à tirer, d'ordinaire.

— C'est bien dommage. Venez, je vais vous montrer.

— Non, vraiment, je…

— Tenez, comme ceci…

Il chargea le pistolet, puis vint se placer derrière elle, lui prit la main et la posa sur le métal froid.

— C'est ça, le doigt sur la détente… Visez, à présent. Non, il n'est pas nécessaire de fermer un œil.

Elle entendait à peine ce qu'il lui disait tant elle était consciente de son corps pressé contre le sien, de son enivrante odeur masculine. Elle s'efforça pourtant de se concentrer, et visa la pomme la plus à gauche.

— Comme ça, oui. Très bien ! l'encouragea Frederick en lui soutenant le bras. Maintenant, appuyez sur la détente.

L'explosion la fit reculer, tandis qu'au fond du pré, le haut de la clôture se disloquait en mille morceaux.

— Hum… Vous l'avez manquée de peu, constata Frederick. Nous allons être obligés de dire à M. Whitby que vous avez tiré sur sa clôture. Imaginez combien il sera ravi d'apprendre que vous savez manipuler une arme ! Il va vous mettre entre les mains un fusil de chasse gravé à votre nom avant que vous ayez le temps de dire ouf !

Eleanor ne put s'empêcher de rire.

— Il vaudrait mieux rentrer, à présent, suggéra-t-il en ramassant sa veste dans l'herbe en même temps que le panier de la jeune femme. Vous allez avoir mal au bras. Je suis navré de ne pas y avoir songé avant de vous encourager à tirer.

Elle avait déjà mal, en fait, nota-t-elle en se massant le coude. Et ses vêtements sentaient la poudre. Comment allait-elle s'en expliquer auprès des autres ?

Cela dit, elle ne regrettait pas cette expérience, au contraire. Elle avait éprouvé une impression totalement inconnue. Un sentiment de puissance... Était-ce pour cela que les hommes étaient tellement obsédés par les armes, et fuyaient Londres dès le mois d'août pour aller chasser la grouse ? s'interrogea-t-elle.

— Après réflexion, il vaudrait peut-être mieux que cela reste notre petit secret, observa Frederick comme ils reprenaient le chemin de la maison. Je parle de cette séance de tir. Nous n'avons pas respecté les convenances et Henley risquerait d'en faire une attaque.

Eleanor se contenta de hocher la tête. Après tout, elle n'était pas à un secret près, en ce qui concernait Frederick.

11

— Vous êtes certain de ne pas vouloir m'accompagner, monsieur Whitby ? demanda Eleanor en endossant sa cape de laine.

Le temps était au beau, mais elle savait qu'en arrivant sur la falaise, il ferait frais.

— Je le regrette bien, croyez-moi, mais j'attends mon notaire. Merci de m'avoir tenu compagnie au petit déjeuner, lady Eleanor. Je dois avouer que je n'étais pas mécontent que Henley et Selina ne soient pas descendus, car j'ai pu vous avoir pour moi seul.

— Oh, merci, monsieur Whitby, murmura-t-elle en glissant un livre de poésie sous son bras.

— Bonne promenade ! fit-il en s'inclinant.

Eleanor sortit en hâte, impatiente de sentir le soleil sur sa peau. Elle traversa la pelouse d'un pas vif, puis un pré émaillé de soucis. Plus elle approchait de la falaise, plus elle augmentait l'allure. À la fin, oubliant toutes les règles de bienséance, elle grimpa la dernière côte en courant, enivrée par l'air marin.

Elle s'immobilisa au sommet de la côte, essoufflée, et se perdit dans la contemplation du paysage fabuleux qui s'étendait aussi loin que portait la vue. Elle serait volontiers restée assise ici toute la journée, à lire de la poésie ou à regarder la mer, tout simplement. Cela l'ennuyait de l'admettre, mais elle était ravie que M. Whitby ne soit pas venu.

Elle trouvait que l'endroit exigeait qu'on soit seul pour en apprécier toute la beauté. La main en visière au-dessus des yeux pour les protéger du soleil qui se reflétait sur l'eau, elle ne put s'empêcher de laisser échapper un rire de bonheur.

— Superbe, n'est-ce pas ?

Étouffant un cri, elle fit volte-face. Frederick ? Elle regarda autour d'elle. Personne. Son imagination lui jouait-elle des tours ? Son pouls s'accéléra tandis que sa respiration se faisait haletante.

— Là-haut ! reprit la voix.

Eleanor leva les yeux et l'aperçut, perché dans les branches d'un arbre tordu par le vent, les jambes pendant à plusieurs mètres du sol, ses bottes cirées luisant au soleil.

Il fallut à Eleanor quelques secondes pour retrouver l'usage de la parole.

— Que diable fabriquez-vous là-haut ? s'enquit-elle enfin, le souffle court.

— D'après vous ? répliqua-t-il comme elle s'avançait prudemment vers l'arbre. Je contemple le panorama.

— Dans un arbre ? fit-elle, incrédule.

Cela paraissait si… inconvenant. Un adulte grimpant aux arbres ; c'était bien la première fois qu'elle voyait cela.

— Croyez-moi, d'ici, la vue est incomparable. Vous voulez me rejoindre ?

— Vous avez perdu l'esprit, Frederick Stoneham.

— Je ne suis pas certain d'en avoir jamais eu, à vrai dire ! Qu'avez-vous là ? Un livre ?

Eleanor regarda l'ouvrage relié de cuir qu'elle serrait dans sa main gantée.

— Oui. De la poésie. J'étais venue ici pour lire un peu.

— Dans ce cas, lisez à voix haute.

Elle secoua la tête.

— Je crois que je ferais mieux de vous laisser à votre solitude.

— Pourquoi ? Je préfère votre compagnie à la mienne, vous savez.

Eleanor ne dit rien, et se remit à contempler la mer en s'abritant les yeux de la main.

— Je croyais que vous m'évitiez, lâcha-t-elle enfin.

— C'est vrai. Pour votre bien. Mais, une fois de plus, vous m'avez trouvé, et…

— Vous êtes réellement aussi vaniteux que cela ? De croire que je passe ma vie à vous chercher ? Du reste, je pourrais vous faire remarquer que vous saviez que j'aime cet endroit.

— C'est possible, admit-il en haussant les épaules. Alors, maintenant qu'il est établi que je suis un sale égoïste, pourquoi ne pas rester et me lire de la poésie ?

Eleanor regarda de nouveau son livre : *Les Ballades lyriques* de Wordsworth et Coleridge. Oserait-elle ? Elle faisait souvent la lecture à Selina, et parfois aussi à Henry. Mais aujourd'hui, c'était différent. Elle se sentait… vulnérable.

— Je vous préviens, ce n'est pas aussi émoustillant que ce que vous m'avez lu après l'accident de voiture. Je doute que vous appréciiez.

— À moins que je ne vous surprenne par mon excellent goût. Allons, Eleanor, soyez chic. Asseyez-vous, et faites comme si je n'étais pas là. Je resterai sur mon perchoir, à distance. Vous ne risquez rien.

Elle réfléchit un instant à sa proposition.

— Très bien, dit-elle enfin en dégrafant sa cape pour l'étaler sur l'herbe.

Soudain consciente de sa haute taille, elle s'assit avec toute la grâce dont elle était capable, et ramena ses longues jambes sous elle. Puis elle feuilleta les pages ourlées d'or, cherchant les vers qui correspondaient le mieux à l'atmosphère de la journée. Enfin, elle trouva un passage : le dernier poème. Elle prit une profonde inspiration et commença à lire, haussant la voix pour dominer le fracas des vagues qui s'écrasaient sur le rivage.

Cinq années ont passé ; cinq étés aussi longs
Que cinq interminables hivers ! et de nouveau j'entends
Ces eaux qui depuis les sources des montagnes roulent
Avec un doux murmure terrestre. De nouveau
Je puis admirer ces hauts escarpements
Qui en ce lieu sauvage et presque déserté font naître
L'idée d'une solitude plus grande encore, et marient
Le paysage à la paix du ciel.

Elle poursuivit, d'une voix de plus en plus ferme et claire. Dix minutes plus tard, elle parvint aux derniers vers, la voix vibrante d'émotion :

Je devais être là où il me serait impossible d'entendre
Ta voix, et de saisir dans tes yeux sauvages ces rayons
De mon existence passée. Toi non plus, heureusement,
N'oublieras pas que sur les berges de ce délicieux ruisseau
Nous fûmes ensemble ; et que moi, depuis longtemps
Adorateur de la Nature, je suis venu ici,
Jamais lassé de mon ministère : disons plutôt aimant
Toujours plus ardemment, avec un zèle si profond,
Du plus saint des amours. Non tu n'oublieras pas
Qu'après bien des errances, bien des années
D'absence, ces bois hérissés, ces hauts escarpements
Et ce vert paysage pastoral étaient pour moi
Les plus chers, aimés tant pour eux-mêmes
Que pour l'amour de toi.

Eleanor referma doucement le livre et le posa près d'elle. Ce poème était si beau, si romantique ! Elle ne s'en lassait pas, et, chaque fois, il éveillait dans son cœur un désir sans nom.

Rassemblant son courage, elle leva les yeux vers l'arbre où Frederick était perché. Durant plusieurs minutes, il se contenta de contempler la mer. De profil, il paraissait plus vieux que son âge, et plus aristocrate, aussi. Sa mâchoire était anguleuse, ses lèvres pleines sous son nez droit dont les narines palpitaient légèrement.

Elle détourna les yeux, en proie à un désir presque insupportable.

Il fut le premier à rompre le silence.

— C'était exquis, Eleanor. Peut-être la plus belle lecture que j'aie jamais entendue. Et tellement à propos… C'était de Wordsworth ?

— Oui, répondit-elle après s'être raclé la gorge. Vous le connaissez ?

— Je ne l'ai jamais autant apprécié qu'aujourd'hui. Vous avez une très belle voix, et vous lisez avec une telle passion… Vous me donnez envie de le relire.

Le cœur d'Eleanor se gonfla de fierté.

— Dans ce cas, je suis contente de l'avoir choisi. Voulez-vous que j'en lise un autre ?

— Avec grand plaisir ! Mais je vais vous rejoindre sur la terre ferme, si vous n'y voyez pas d'inconvénient.

— Aucun ! Vous vous décidez enfin à être raisonnable.

— Hé ! Regardez ce bateau ! s'écria-t-il soudain, les yeux fixés sur la mer. Il est énorme. Et pourtant, ce n'est pas un paquebot.

Eleanor se leva, mais ne vit aucune embarcation.

— Où cela ?

— Là-bas ! répondit-il en désignant un point à l'horizon.

Elle eut beau se hisser sur la pointe des pieds, elle ne voyait toujours rien.

— C'est sûrement un navire américain, lança-t-il. Regardez les voiles.

— Je ne vois que la mer !

— Alors montez ici ! proposa-t-il en lui tendant la main. Pouvez-vous grimper jusqu'à la branche la plus basse ? Je vous aiderai.

— Quoi ? s'écria Eleanor d'une voix haut perchée. Vous êtes fou ?

— Avouez que vous en mourez d'envie ! Je ne le dirai à personne, je vous le promets, ajouta-t-il avec un clin d'œil.

L'espace d'un instant, Eleanor songea à refuser. Ce ne serait pourtant pas la première fois qu'elle grimperait à un arbre. Enfants, Henry et elle avaient passé plus d'un après-midi d'été perchés dans les arbres, à Covington Hall. Elle n'avait jamais craint de s'écorcher les genoux ou de tomber. C'était plutôt pour son frère qu'elle s'était inquiétée.

— Très bien, céda-t-elle en acceptant la main qu'il lui tendait.

Le vieux tronc tordu offrait quantité de points d'appui et il ne lui fallut que quelques secondes pour rejoindre Frederick sur sa branche. Aussitôt, elle aperçut le navire à l'horizon. Les voiles gonflées, il avançait vers Plymouth.

— Vous avez raison, murmura-t-elle. Il est vraiment énorme.

Il la regarda en arquant un sourcil.

— Vous avez grimpé ici à la vitesse de l'éclair.

— Vous trouvez ? fit-elle, ravie. N'en dites surtout rien à Selina. Elle serait mortifiée d'apprendre que je me comporte en garçon manqué.

— Cela ne date pas d'aujourd'hui, il me semble. Je me souviens de vous avoir vue courir dans les prés et traverser des ruisseaux. Vous vous rappelez la fois où nous avons galopé ensemble dans les champs ?

— J'avais oublié, répondit-elle.

Elle avait banni ces souvenirs de sa mémoire après l'avoir entendu se moquer d'elle avec ses amis. Après avoir compris que leur amitié n'était qu'un simulacre.

— C'était il y a si longtemps, enchaîna-t-elle. Je n'étais qu'une enfant. Je n'oserais plus me conduire ainsi, aujourd'hui.

— Ainsi, vous êtes une jeune fille convenable en permanence ?

— Je m'y efforce. C'est ce que l'on attend de moi. Je suis la fille d'un marquis, au cas où vous l'auriez oublié.

— Je ne l'ai pas oublié. Mais autrefois, vous n'étiez pas aussi…

Il secoua la tête sans achever sa phrase. Elle avait raison. Elle n'était qu'une enfant lorsqu'il l'avait rencontrée. Il ne pouvait pas comparer avec la femme qu'elle était devenue.

— Peu importe, reprit-il. Parlez-moi de votre père. Quel genre d'homme est-ce ?

Eleanor réfléchit un moment avant de répondre :

— C'est un passionné. Un vrai philosophe. Il se préoccupe beaucoup de ceux qu'il aime et se donne sans compter. Ceux qui le connaissent diraient qu'il est gentil, généreux et magnanime.

— J'ai entendu dire qu'il n'occupe pas souvent son siège au Parlement, mais que ses discours sont toujours émouvants et efficaces.

Eleanor acquiesça.

— Mon père est un grand orateur. Il aurait dû être poète.

Frederick brisa une brindille et la fit tourner entre ses doigts.

— Et lady Mandeville ? s'enquit-il.

— Que voulez-vous savoir ? répliqua Eleanor, mal à l'aise.

— Quelle sorte de femme est-elle vraiment ? En dehors des rumeurs et des commérages, qui s'appuient souvent sur des mensonges ou des demi-vérités.

« Si seulement c'était le cas pour ma mère ! », songea Eleanor, le cœur serré. Le regard rivé sur la mer, elle poussa un long soupir.

— Maman est une femme fière, commença-t-elle. Quoique pas toujours prudente. Je crains que ce que vous avez entendu à son sujet ne soit vrai, bien que cela me chagrine de l'admettre. Je ne la prends pas comme modèle, soyez-en assuré, mais c'est ma mère, et je dois l'aimer.

— Pour cette seule raison ?

— Mais oui.

— Hum, grommela Frederick. Vous êtes beaucoup plus charitable que moi.

— Détrompez-vous. Il y a des choses que je ne peux ni oublier ni pardonner, même si ce n'est pas digne d'une chrétienne.

« Comme sa cruauté envers Henry », songea-t-elle.

— Voilà, vous connaissez mon pire défaut, reprit-elle.

— Si c'est là votre pire défaut, alors vous êtes une sainte !

— Une sainte ? Perchée dans un arbre ? répliqua-t-elle en riant. Sûrement pas !

Elle scruta de nouveau la mer. Le bateau avait disparu.

— Je reconnais que cela valait la peine de monter ici. On voit beaucoup plus loin qu'en bas !

— Je m'étonne que ce cher Whitby ne vous l'ait pas suggéré.

— Vous croyez donc qu'il grimpe aux arbres ? J'ai du mal à l'imaginer.

— Je ne prétends pas comprendre ce genre d'homme, avoua Frederick en haussant les épaules.

Il se tourna à demi et désigna une rangée d'arbres à l'écorce argentée.

— Regardez, ajouta-t-il. Vous voyez ce sentier sableux sur la colline, là-bas ?

Eleanor plissa les yeux.

— Près des frênes ?

— Oui. Ce matin, je l'ai suivi à pied sur environ deux cents mètres – la végétation est trop dense pour y aller à cheval –, et savez-vous ce que j'ai trouvé, perché au bord de la falaise ?

— Un grand nid d'oiseau ?

— Non. Quelque chose de beaucoup plus intrigant.

— Quoi donc ?

— Un merveilleux petit cottage, presque caché aux regards. Il est bien entretenu, et pourtant il n'a pas l'air habité. Il ne contient qu'un lit à baldaquin, et une chaise longue devant la cheminée. Le lit était fait, avec des draps fins, et il y avait des cendres dans l'âtre, mais aucune trace de vie quotidienne, en dehors de quelques chandelles ici ou là. Pas de table, pas d'ustensiles de cuisine. Bizarre, vous ne trouvez pas ?

— Vous êtes entré ? s'étonna Eleanor.

— Il y avait une clé accrochée derrière l'un des volets. Ce n'était pas très difficile.

— Tout de même ! C'est la propriété de M. Whitby !

— Ne soyez pas si collet monté, Eleanor ! railla-t-il. Quoi qu'il en soit, cette petite chaumière m'a tout l'air d'un nid d'amour.

Eleanor devint cramoisie.

— Comment osez-vous calomnier ainsi M. Whitby ?

— Calmez-vous ! Je n'ai pas dit que c'était le nid d'amour de votre précieux Whitby.

— Vous l'avez insinué.

— Eh bien, c'est sur son domaine, non ? Qui d'autre s'en servirait, selon vous ?

— Il y a sûrement une explication raisonnable. En arriver à une telle conclusion, c'est... c'est... grossier et vulgaire.

— Vous ne supportez pas l'idée qu'il ait une maîtresse ?

Elle le regarda, interloquée. Était-il jaloux ? Il avait sans doute remarqué avec quelle ardeur M. Whitby la courtisait. Était-ce pour cela qu'il tentait de le lui présenter sous un jour déplaisant ?

— Vous portez gravement atteinte à son honneur, monsieur, et je ne puis le supporter.

— Je porte atteinte à son honneur ? Dans ma bouche, c'était un compliment. L'homme n'est peut-être pas l'eunuque pour lequel je l'avais pris, finalement.

— C'est là où nous sommes différents, monsieur Stoneham. Dans la bonne société, ce genre d'allusion n'a rien d'un compliment.

Frederick saisit la branche au-dessous de lui et sauta souplement à terre. Les pieds écartés, les bras croisés, il regarda Eleanor droit dans les yeux.

— Est-il besoin de vous rappeler que le gentleman dont nous parlons approche des trente ans ? s'enquit-il. Vous ne croyez tout de même pas qu'il est vierge ?

Eleanor leva les yeux au ciel.

— Je ne peux pas croire que vous tenez de pareils propos ! C'est une manie, chez vous, de tout gâcher ? Aidez-moi à descendre, je vous prie.

— Pourquoi ? Pour que vous fonciez dans votre chambre afin de laisser libre cours à votre colère ?

— D'une part, je ne « fonce » pas, d'autre part, je ne suis pas en colère, rétorqua-t-elle. Voudriez-vous, pour une fois, vous comporter en gentleman, et me donner la main ? C'est plus facile de sauter que de descendre en s'appuyant sur les branches.

Il se rapprocha.

— Donnez-moi les deux mains. Et ne vous inquiétez pas, ma jolie, je vous rattraperai.

— Vous êtes bien capable de me laisser tomber pour vous amuser, observa-t-elle avec humeur en s'emparant des mains qu'il lui tendait.

— Je suis bien trop égoïste ! Je tiens à ce que votre joli minois reste intact. À présent, sautez !

Eleanor obéit, et Frederick la rattrapa dans ses bras. Lentement, centimètre par centimètre, il la fit glisser le long de son corps. Lorsque ses pieds touchèrent enfin le sol, il ne la lâcha pas. Le pouls d'Eleanor s'emballa. Elle sentait le cœur de Frederick battre aussi follement que le sien. Leurs regards se verrouillèrent, le sien pareil à de l'or en fusion.

— Lâchez-moi, dit-elle d'une voix faible.

— Le cottage, murmura-t-il.

— Quoi, le cottage ?

— Venez m'y rejoindre ce soir.

Elle secoua vigoureusement la tête.

— Non, je ne peux pas.

— Si, répliqua-t-il. Vous le voulez, n'est-ce pas ?

— Vous vous méprenez, Frederick. Je n'ai aucun désir de faire une chose aussi inconvenante.

— Oh que si ! Je le sens dans chaque fibre de votre corps. Je le vois dans vos yeux couleur d'encre violette, ajouta-t-il en effleurant du pouce les lèvres de la jeune fille. Vos si beaux yeux.

Eleanor baissa les paupières et ne répondit pas de crainte que sa voix ne la trahisse autant que son regard. Mais il lui prit le menton et le souleva, la forçant à croiser son regard.

— Venez me rejoindre au cottage, la pressa-t-il, son accent irlandais plus prononcé que d'ordinaire.

Après que Whitby et les Henley seront allés se coucher. Dites oui.

C'était de la folie, une sottise, un acte irresponsable. Et une tentation irrésistible.

— D'accord, mais seulement si vous dînez avec nous ce soir, murmura-t-elle. Et si vous vous joignez ensuite à nous dans le salon.

— Très bien, acquiesça-t-il en s'inclinant. Si c'est le prix à payer, soit. Autre chose ?

Elle secoua la tête. Quelle mouche l'avait piquée de faire une pareille demande ? Voulait-elle qu'il voie Whitby la courtiser ? Qu'il se rende compte qu'un autre homme la trouvait désirable ?

— Non ? fit-il. Hmm, quel curieux marché... J'ai hâte d'être à ce soir.

— Partez, maintenant !

— Pas question. Je vais vous raccompagner, comme un vrai gentleman.

Il ramassa la cape de la jeune femme, qu'il garda sous le bras, prit son livre de poésie et le lui tendit. Puis, en quelques enjambées, il gagna le bord de la falaise et secoua le lourd tissu au vent pour en ôter les brins d'herbe.

Eleanor ne put s'empêcher d'admirer son corps musclé. Il semblait en harmonie avec le paysage sauvage qui l'entourait, contrairement à tant d'hommes élégants qui détonnaient toujours un peu. Fermant les yeux, elle l'imagina en train de galoper sur la colline, l'épée à la main comme les chevaliers d'autrefois. En revanche, elle le voyait mal danser le quadrille dans une salle de bal. Ou parader dans Mayfair en cabriolet.

Elle rouvrit les paupières et le regarda. La cape drapée sur le bras, il contemplait les vagues écumantes, un léger sourire aux lèvres.

Non, il ne semblait pas fait pour des occupations aussi mondaines, se dit-elle. Et c'était ce qui le rendait aussi dangereux. Depuis qu'il l'avait embrassée, des années auparavant, elle n'avait cessé de voir en lui un héros romantique. Il était le courageux chevalier de *La Quête du roi Arthur*, l'homme masqué dans *Cecilia ou les mémoires d'une héritière*, le soldat émouvant du *Roman de la forêt*. Durant toutes ces années, Frederick n'avait pas été un être de chair et de sang, mais l'incarnation du romantisme.

Elle savait pourtant parfaitement que ce n'était là que rêveries pures et simples. Qu'il ne l'avait embrassée que pour gagner un pari. Et n'avait pas hésité à tenir des propos cruels à son sujet.

Et cependant, elle avait continué à rêver de lui, en stupide gamine qu'elle était.

Mais voilà qu'à présent, il se tenait devant elle, et qu'il avait cessé d'être une énigme, pour devenir un être réel. Elle avait appris des choses qui donnaient au personnage une dimension insoupçonnée. Ainsi, il adorait ses sœurs, parlait le gaélique, appréciait les poètes irlanlais, grimpait aux arbres pour admirer la mer…

Elle pressentait en lui une douceur étonnante, une vulnérabilité sous la façade arrogante, qui ne le rendaient que plus intrigant. Loin de voler en éclats en descendant de son piédestal, l'idole s'était révélée plus fascinante, plus attirante que jamais. Et cela l'effrayait.

Si seulement Henry avait été là ! songea-t-elle.

À lui seul elle oserait se confier.

Elle résolut de lui écrire sans attendre. Coucher ses émotions sur le papier l'aiderait peut-être à y voir plus clair.

— Voilà, ma jolie, dit Frederick en drapant la cape sur ses épaules.

Elle tressaillit, car elle ne l'avait pas entendu approcher. Tandis qu'il agrafait le vêtement, elle respira son odeur si masculine, mélange de savon, d'herbe et de soleil. Il sentait le grand air et les bois. La liberté, en somme.

Elle le retrouverait au cottage, ce soir, elle en était certaine. Car comment résister à un rêve devenu réalité ?

12

— Monsieur Stoneham, Henley m'a appris que vous aviez pratiquement retrouvé votre beau-frère, déclara M. Whitby en posant sa fourchette.

S'adossant à sa chaise, Frederick étudia ses compagnons qui s'étaient tournés vers lui. George Whitby était assis au bout de la table, droit comme un I. À sa droite, Eleanor portait une robe de soie bleu pâle toute simple qui mettait ses yeux en valeur.

Elle avait beau sourire, il percevait comme un malaise dans son attitude, une imperceptible tension. Il jeta un rapide coup d'œil à la blonde lady Henley, assise à la gauche de leur hôte, avant de regarder Henley, penché sur sa femme d'un air protecteur. Tous semblaient s'attendre qu'il dise ou fasse quelque chose de scandaleux.

— Oui, répondit-il enfin, certain de les décevoir. Nous sommes sur le point d'aboutir.

Il prit son verre et fit tournoyer son vin d'un air songeur. Il n'en dirait pas plus. Le simple fait de penser à Eckford le mettait hors de lui, mais il ne céderait pas à la colère pour leur faire plaisir. Pas ce soir.

— Fort bien ! s'écria Whitby. J'espère que l'affaire sera résolue sans qu'il y ait trop de sang versé.

Décidément, il faisait tout pour le provoquer. Mais il perdait son temps. Ce soir, Frederick n'avait en tête qu'Eleanor et le cottage. Viendrait-elle ? Leurs regards se rencontrèrent, et il sentit le désir l'embraser de nouveau. Elle fut la première à détourner les yeux en s'empourprant délicieusement.

Voyant qu'il ne tirerait rien de Frederick, Whitby abandonna.

— En dépit des malheureuses circonstances qui vous ont amenés ici tous les quatre, je me surprends à apprécier chaque jour d'avoir de la compagnie, déclara-t-il. Je m'étais peut-être un peu trop isolé du monde… Henley, je te remercie d'avoir amené ta charmante épouse, ainsi que la non moins charmante lady Eleanor.

— Tout le plaisir est pour moi, mon vieux, répondit Henley avec un clin d'œil. Tu devrais sortir davantage, tu sais.

— C'est on ne peut plus vrai.

— Monsieur Whitby, intervint Eleanor en se tournant vers leur hôte, vous avez évoqué au petit déjeuner votre récent voyage dans la région des lacs, avec le duc et la duchesse de Dandridge. Racontez-nous.

— Eh bien, grâce aux relations du duc et de la duchesse, nous avons pu visiter…

Frederick ne l'écoutait plus, occupé qu'il était à contempler Eleanor, qui hochait la tête d'un air poli. Elle était incroyablement belle, plus femme, plus séduisante que la plupart des jeunes filles de son milieu. Elle donnait l'impression d'avoir de l'expérience, ce qui, bien sûr, n'était pas le cas. C'était la fille d'un aristocrate, et elle était vierge. Il ne devait pas l'oublier.

Qu'elle l'attire physiquement n'avait rien de surprenant. Ce qui l'était, en revanche, c'était qu'il ne voulait pas seulement la mettre dans son lit. Il voulait qu'elle le voie comme un homme de valeur. Qu'elle le regarde comme elle regardait Whitby en ce moment, avec admiration et respect. Il en avait assez d'être en but à son mépris et à son scepticisme, même si elle avait raison de condamner l'existence qu'il menait.

Malgré cela, elle le désirait, il en était certain. Sa réaction de cet après-midi le prouvait. Et elle avait accepté de le rejoindre au cottage, non ? Certes, elle avait exigé en échange qu'il assiste à ce dîner. Pourquoi ? Pour lui montrer à quel point elle était mieux assortie à Whitby ? Pour s'assurer qu'il se rendait compte qu'il n'était pas digne de la toucher ?

De nouveau en proie à ce mépris de lui-même si familier, il se força à écouter la conversation.

— Lady Eleanor, disait Whitby, j'espère que vous me pardonnerez mon audace si je demande à mes invités de porter un toast à votre beauté. Vous êtes absolument ravissante, ce soir. Vous avez l'air d'un ange, si vous me permettez la comparaison.

Il leva son verre, et Henley et sa femme l'imitèrent. Frederick regarda Eleanor, qui était devenue cramoisie, avant de les imiter.

— À lady Eleanor !

— Merci du compliment, murmura Eleanor en baissant les yeux comme n'importe quelle jeune fille bien élevée.

« Quelle comédie ! », songea Frederick, que la jalousie rendait de fort méchante humeur. Il n'allait tout de même pas regarder Whitby lui faire mille grâces sans réagir ! Eleanor avait insisté pour qu'il vienne ? Eh bien, il leur rappellerait sa présence ! À sa façon…

— Un ange, Whitby ? lança-t-il en reposant son verre. Vous pouvez sûrement trouver mieux. C'est un terme tellement banal. Pour ma part, je qualifierai plutôt lady Eleanor de tentatrice.

Le sourire de Whitby s'effaça sur-le-champ.

— Douteriez-vous de la vertu de lady Eleanor, monsieur ? Comment osez…

— Du calme, George, intervint Henley. Stoneham ne voulait pas se montrer irrespectueux, n'est-ce pas, mon vieux ?

— Certainement pas, répondit Frederick en regardant Eleanor dans les yeux.

Était-elle en colère ? Offensée ? Excitée, peut-être ?

— C'était un compliment, reprit-il. Je n'ai jamais trouvé les anges très attirants.

— Cela ne m'étonne guère, répliqua Whitby en lui adressant un regard noir. Je vous demande de surveiller vos propos lorsque vous parlez de lady Eleanor. Ce n'est pas trop exiger d'une personne que je reçois sous mon toit, il me semble, non ?

C'était donc vrai ; le pauvre bougre était épris. Eleanor avait réussi à se l'attacher en un temps record !

— En effet, répondit-il en martelant la table de ses doigts. Pardonnez ma remarque grossière. Je tiens lady Eleanor en haute estime, et elle pourra en attester, j'en suis sûr.

Tous les regards convergèrent vers la jeune fille, attendant sa réponse. Elle s'agita sur sa chaise, manifestement mal à l'aise.

— En effet, monsieur Stoneham, déclara-t-elle. Je ne suis nullement offensée.

— Je suis content de vous l'entendre dire. Voyez-vous, lady Eleanor et moi sommes des amis de longue date, ajouta Frederick en regardant Whitby. Encore que nous ne nous soyons pas vus depuis bien trop longtemps. Vous rappelez-vous notre dernière rencontre, lady Eleanor ? Cela fait… quatre ans, non ? Vous portiez une robe en organdi rose pâle, avec des rubans dans les cheveux et…

— Je me souviens parfaitement de cet épisode, M. Stoneham, interrompit Eleanor d'un ton sec.

— Votre mère donnait une réception, si ma mémoire est bonne.

Il s'interrompit pour boire une gorgée de vin, ravi de son effet. Lady Henley jetait des regards affolés à Eleanor tandis que Whitby plissait les yeux, prêt à attaquer si besoin était.

— En effet, monsieur Stoneham, répliqua Eleanor en lui adressant un sourire suave. Maman adore donner une garden-party en juin. C'est la période où le labyrinthe, dans le parc, est le plus beau. Le feuillage est aussi dense et épais qu'un mur.

C'était là qu'il l'avait embrassée, avec la lune pour seul témoin. Frederick haussa un sourcil, pris de court. Il aurait cru qu'elle s'empresserait de changer de sujet. Au contraire, elle semblait insinuer qu'il s'était passé quelque chose entre eux. Pour rendre Whitby jaloux, sans doute.

— Ah, oui, le labyrinthe, dit-il. Remarquable, si je me souviens bien. On peut aisément s'y perdre.

— J'aimerais beaucoup le visiter, fit Whitby, se détendant un peu.

— Oh, je vous le recommande, répliqua Frederick. Surtout si lady Eleanor vous sert de guide.

Lady Henley se leva si brusquement qu'elle manqua de renverser son verre de vin. Une fourchette tomba par terre.

— Eleanor, s'écria-t-elle d'une voix tremblante, retirons-nous dans le salon, veux-tu ?

Dommage ! songea Frederick. Cela devenait vraiment intéressant.

— Très bien, acquiesça Eleanor à contrecœur en se levant à son tour. Mais j'espère que ces messieurs nous y rejoindront directement, ajouta-t-elle avec un sourire éblouissant à l'adresse de Whitby.

— Vous pouvez y compter, lady Eleanor, répliqua ce dernier.

Après un dernier regard aux hommes figés dans un silence gêné, Eleanor suivit Selina dans le couloir.

Une fois installée dans le canapé de velours du salon, Selina sonna pour le thé, puis fixa son amie d'un air contrarié.

Eleanor avait l'impression d'être une vilaine petite fille sur le point de se faire gronder.

— À quoi joues-tu exactement, Eleanor ? s'exclama Selina.

Eleanor haussa les épaules. Elle n'en avait aucune idée. Peut-être avait-elle voulu mettre M. Whitby à l'épreuve. Frederick l'aurait-il défendue si vivement si la situation avait été inversée ? s'interrogea-t-elle. Probablement pas. Après tout, un débauché ne s'intéressait à la réputation d'une dame que pour la ruiner.

Cela dit, elle ne pouvait nier qu'elle avait apprécié la façon dont les deux hommes s'étaient affrontés, tels deux chiens se battant le même os. Évidemment, elle ne pouvait le reconnaître devant Selina.

Visiblement déconcertée, Selina secoua la tête.

— Un instant, j'ai cru qu'ils allaient en venir aux mains, je t'assure !

— Allons donc ! Tu dramatises !

Selina eut une moue songeuse.

— Je me demande pourquoi M. Stoneham est venu dîner avec nous, ce soir. Jusqu'ici, il gardait ses distances, et c'était préférable, tu ne trouves pas ?

— Possible. Mais il n'est pas si terrible que cela, non ? Je le trouve même plutôt civilisé.

Selina ne répondit pas, car une femme de chambre venait d'entrer avec le plateau à thé. Stupéfaite, Eleanor vit des larmes briller dans les yeux de son amie. Pourquoi diable est-elle aussi bouleversée ? Il ne s'était rien passé de vraiment scandaleux, juste un échange de propos un peu vifs. Frederick n'aurait jamais eu l'impudence de mentionner leur baiser. Du moins voulait-elle le croire.

Dès qu'elles furent seules, Selina posa la main sur le poignet de son amie.

— George semble épris de toi et je me faisais déjà une joie de devenir ta belle-sœur, expliqua-t-elle. Mais… Oh ! Je t'en prie, ne m'en veux pas ! Tu sais que je t'aime de tout mon cœur. Cependant, quand tu regardes Frederick, il y a une lueur étrange dans tes yeux. Une sorte de nostalgie.

Selina chercha son mouchoir et s'en tamponna les paupières.

— J'espère que je me trompe, que tu n'as pas de nouveau succombé à son charme. Rassure-moi, Eleanor, je t'en prie !

— Je ne te mentirai pas, commença Eleanor après avoir pris une profonde inspiration. Il… il m'attire encore, c'est vrai. Je sais que je ne devrais pas, que je ferais mieux d'épouser George Whitby, mais je ne peux commander à mes sentiments. Que dois-je faire, Selina ?

— Je ne sais trop quel conseil te donner, avoua celle-ci en versant le thé, incapable de regarder Eleanor dans les yeux. Je ne peux nier que mon plus cher désir est de te voir unie à George. Je suis sûrement égoïste. Mais vous formez un couple si harmonieux, conclut-elle en tenant sa tasse à son amie.

— Je n'en suis pas si certaine.

— Mais que lui reproches-tu ? Il est beau, riche…

— Je sais tout cela, coupa Eleanor d'un ton brusque. Désolée, Selina, mais je n'arrive pas à me comprendre moi-même. Il est tout ce que tu dis. Il fera certainement un excellent mari. Mais je voudrais davantage.

— Je ne comprends pas. Il n'a certes pas de titre, mais…

— Ce n'est pas un titre que je veux. C'est autre chose, que je ne peux expliquer. Mais plus je pense à mon avenir…

Elle se tut, de crainte d'avouer ses craintes.

Son destin était de devenir épouse et mère. Elle dirigerait une maisonnée, recevrait, aurait des enfants. Si elle devait se contenter d'être une épouse, ne devrait-elle pas au moins apprécier la compagnie de son mari ? Avoir avec lui des centres d'intérêt communs ? L'intimité ne devrait-elle pas être agréable, et non un simple devoir ?

Mais peut-être demandait-elle trop. D'autant que le temps lui était compté, et que, pour l'heure, la seule alternative au mariage avec Frederick s'appelait George Whitby. Pourrait-il la satisfaire ? La réponse était non. Mais épouser Frederick pouvait se révéler encore *plus* désastreux.

Selina s'éclaircit la voix.

— J'espère que tu sais ce que tu fais. Le mariage ne changera pas le caractère de Frederick. Imagine l'humiliation d'avoir un mari infidèle ! Il pourrait aussi se faire tuer en duel. Ou pire, ajouta-t-elle un ton plus bas.

Pire ? Que pouvait-il arriver de pire ? se demanda Eleanor. Cela dit, son amie venait d'exprimer à voix haute ses plus grandes craintes. Même Frederick avait reconnu qu'on ne pouvait chasser le naturel. À preuve, ses manœuvres pour l'attirer dans un cottage isolé.

Le bruit de pas qui approchaient l'arracha à ses pensées. Comme les trois hommes entraient, enveloppés d'une odeur de tabac, elle s'empara en hâte de son panier à ouvrage.

— Te voilà, cher Henley, murmura Selina en se déplaçant pour que son mari puisse s'asseoir près d'elle sur le canapé.

— Si nous jouions aux cartes ? proposa-t-il.

— Non, pas ce soir, répliqua Selina, nous ne sommes pas en nombre pair.

— Je vous en prie, jouez sans moi, intervint Frederick.

Il était si près d'Eleanor qu'elle sursauta.

— J'ai du courrier à terminer, expliqua-t-il. Puis-je vous demander de quoi écrire, Whitby ?

— Vous trouverez le nécessaire dans le secrétaire, juste derrière vous. Voulez-vous que je le fasse porter dans votre chambre ? Nous risquons de vous distraire.

— Pas du tout, répondit Frederick en venant se placer devant Eleanor. Ce soir, j'ai envie de rester en si plaisante compagnie.

Eleanor fixa résolument son ouvrage, planta son aiguille… et se piqua. Étouffant une exclamation, elle pressa le doigt contre son mouchoir, sous sa broderie, espérant que personne n'avait remarqué sa maladresse.

— À moins, bien sûr, que ma présence ne vous distraie, reprit Frederick d'un ton amusé.

Eleanor se sentit rougir, mais ne leva pas les yeux.

— Ne sois pas ridicule, Stoneham ! s'exclama Henley en lui donnant une tape affectueuse dans le dos. Tu ne nous distrais pas le moins du monde.

— Serait-ce une lettre d'amour que vous êtes si pressé d'écrire ? demanda Selina d'un ton un peu acerbe qui ne lui ressemblait guère.

— Peut-être, répondit Frederick en faisant un pas de plus vers Eleanor.

— Allons, dites-nous ? insista Selina.

— Un gentleman ne doit jamais raconter ce genre de choses. Du moins, à ce qu'il paraît. Qu'en pensez-vous, lady Eleanor, ai-je le droit de le dire ?

— Comment le saurais-je ? répliqua la jeune fille en levant enfin les yeux vers lui.

Elle le regretta aussitôt, car il avait desserré sa cravate et passé la main dans ses cheveux si bien qu'il était plus séduisant que jamais. Le cœur d'Eleanor fit un bond dans sa poitrine. Seigneur, pourquoi fallait-il que ce genre de détails la troublent à ce point ?

— Eh bien, je vous laisse à votre partie de cartes, fit-il en souriant, une lueur malicieuse dans le regard.

Il se jouait d'elle, comme toujours. Et il n'ignorait pas qu'il la déstabilisait. L'arrogant personnage !

Sans lui accorder un autre regard, Eleanor s'assit à la table de jeu en face de M. Whitby. Pendant une demi-heure, elle s'efforça de se concentrer sur les cartes, alors qu'elle était douloureusement consciente de la présence de Frederick derrière elle, sa plume grattant le papier.

À qui diable écrivait-il avec tant d'enthousiasme ? se demandait-elle. À cette maîtresse qu'il avait reconnu entretenir à Londres ? Les hommes correspondaient-ils avec leurs maîtresses ?

— Voyons, lady Eleanor, s'écria M. Whitby, nous jouons à cœur et non à carreau !

— Pardonnez-moi, murmura la jeune fille en récupérant la carte qu'elle venait de poser.

Selina jeta son jeu sur la table.

— J'arrête de jouer ! annonça-t-elle. Je suis trop distraite, ce soir.

Henley poussa un profond soupir, et se balança en arrière sur sa chaise.

— Très bien. Qu'allons-nous faire, alors ?

— Et si nous buvions un verre de porto ? proposa M. Whitby en se levant.

— Quelle bonne idée ! approuva Selina en balayant la pièce du regard.

Ses yeux se posèrent sur Frederick, penché sur le secrétaire. Sa plume semblait courir sur le papier.

Jetant un bref coup d'œil à Eleanor, Selina se racla la gorge avant de s'exclamer :

— Monsieur Stoneham, cette correspondance doit être très importante pour retenir ainsi votre attention ! Pardonnez ma curiosité, mais je brûle de savoir à qui vous écrivez avec tant d'empressement.

— Selina ! siffla Eleanor en jetant un regard noir à son amie.

« Qu'est-ce qui lui prend ? se demanda-t-elle. Pourquoi se montre-t-elle aussi indiscrète ? »

Frederick posa sa plume et se tourna vers le reste du groupe, un sourire ironique aux lèvres.

— Puisque vous insistez, lady Henley, sachez que j'écris à ma grand-mère, en Irlande.

— Votre grand-mère ? répéta Selina en arquant un sourcil incrédule. Voilà qui me surprend.

— Qu'est-ce qui vous surprend ? Que j'aie une grand-mère ou que je lui écrive ?

— Eh bien, que vous lui écriviez, je suppose.

Frederick agita la main au-dessus de la page qu'il venait de rédiger, afin de faire sécher l'encre.

— Vous n'écrivez donc pas à la vôtre, lady Henley ?

Selina se tortilla sur sa chaise, manifestement gênée.

— Eh bien, si. Bien sûr… Mais je… enfin, vous êtes…

Elle se tourna vers son mari.

— Mon chéri, tu n'écris pas à ta grand-mère, n'est-ce pas ? Ni à aucun membre de ta famille, d'ailleurs.

Henley haussa les épaules.

— Je n'ai pas grand-chose à lui dire. Tu lui écris, toi, George ?

— Grand Dieu, non ! répondit leur hôte en tirant la sonnette pour appeler un valet. Pourquoi le ferais-je ?

Selina acquiesça.

— Et combien de pages avez-vous écrites, monsieur Stoneham ?

— Trois. Et je n'ai pas encore terminé…

— Hum. Cela semble tellement… singulier, avoua Selina.

Eleanor retint une exclamation indignée. C'était là un reproche ridicule. Henry avait régulièrement écrit à leur grand-mère jusqu'au jour de sa mort.

— Vous trouvez ? répliqua Frederick en pianotant distraitement sur le buvard. Vous préféreriez peut-être que je rédige une lettre d'amour ? Dites-moi, à qui devrais-je l'adresser ?

Le silence gêné qui s'ensuivit fut rompu par la femme de chambre qui entrait avec un plateau chargé d'une carafe de porto et de verres de cristal.

Pendant que M. Whitby emplissait les verres et les passait à ses hôtes, Henley et Selina se rassemblèrent autour de lui, bavardant gaiement comme s'il ne s'était rien passé.

Eleanor se tourna vers Frederick, encore assis devant le secrétaire. L'invitation dans son regard était si éhontée qu'elle en eut le souffle coupé. Viendrait-elle le retrouver dans le cottage, ce soir ?

Troublée, elle pivota et accepta le verre que Whitby lui tendait.

— Et si vous nous jouiez un morceau, lady Eleanor ? demanda ce dernier. Cela me ferait très plaisir.

— Comme vous voudrez, fit-elle à contrecœur.

Elle aimait jouer, mais elle craignait que la présence de Frederick ne lui fasse perdre tous ses moyens. Réprimant un soupir, elle se dirigea vers le piano.

— Que souhaitez-vous entendre ? s'enquit-elle en s'asseyant sur le tabouret pendant que ses compagnons regagnaient leur siège.

— Quelque chose de gai, peut-être ? suggéra M. Whitby.

Nul doute qu'il préférait la musique légère, songea Eleanor. Quelque chose de superficiel et de suranné… Elle effleura les touches et leva les yeux vers Frederick, de nouveau absorbé dans l'écriture de sa lettre.

Quelle musique aimait-il, lui ? se demanda-t-elle. Quelque chose de riche, de sombre, plein d'émotion. Oui, quelque chose de beau et d'inquiétant.

Elle ferma les yeux, respira profondément, et commença à jouer. La sonate pour piano de Beethoven, n° 14 en *do* dièse mineur, peut-être le plus beau morceau qu'elle ait jamais entendu. C'était une ballade amoureuse, dédiée à la comtesse Giuletta Guicciardi. *Quasi una fantasia.* Presque une fantaisie. Voilà qui convenait parfaitement, songea-t-elle.

Au bout d'une minute, elle remarqua que Frederick avait quitté son siège pour venir s'accouder à l'extrémité du piano. Il la regardait avec une telle intensité qu'elle sentit son corps s'embraser. Oubliant Henley, Selina et M. Whitby, elle joua pour lui seul, devinant d'instinct qu'il aimait autant qu'elle ce morceau. *Farouchement.* En une fraction de seconde, elle sut que cet homme aimerait ainsi… farouchement, intensément. Et inébranlablement ?

De cela elle n'était pas certaine, et là résidait le danger. Aimer Frederick Stoneham, c'était prendre un risque évident. Elle repoussa cette pensée, humiliée par les larmes brûlantes qui, inexplicablement, lui étaient montées aux yeux. Submergée par l'émotion, elle ferma les paupières et laissa ses doigts courir sur le clavier. Lorsque les dernières notes résonnèrent, elle les rouvrit pour découvrir Frederick à côté d'elle.

Les applaudissements crépitèrent.

— Bravo ! s'exclama M. Whitby en se levant.

— C'était ravissant, n'est-ce pas ? renchérit Selina.

— Et joué avec talent, ajouta Henley.

— Mais sans doute un peu triste, remarqua M. Whitby, songeur.

Eleanor se mordit la lèvre pour ne pas répliquer.

— Et vous, monsieur Stoneham ? demanda-t-elle en se tournant vers ce dernier. Cette sonate de Beethoven vous semble-t-elle triste ?

— Bien au contraire, murmura-t-il. C'est… c'est le morceau le plus admirable que j'aie jamais entendu.

— Merci, souffla-t-elle.

— Si vous voulez bien m'excuser, reprit Frederick, je vais me retirer, à présent.

Il s'inclina, et avant qu'Eleanor ait compris ce qui se passait, il lui glissa un morceau de papier dans la main.

— C'était peut-être une lettre d'amour, après tout, chuchota-t-il avant de gagner la porte.

Stupéfaite, Eleanor risqua un coup d'œil sur le papier plié dans le creux de sa main. *Eleanor chérie*, lut-elle, tracé d'une belle écriture hardie.

Elle glissa hâtivement le papier dans la poche de sa robe.

— Voulez-vous que je joue le deuxième mouvement ? proposa-t-elle avec une gaieté forcée. Il est beaucoup plus animé, je vous rassure.

Et sans attendre de réponse, elle se remit à jouer, maudissant ses doigts tremblants. Après ce morceau, elle se retirerait.

À cette pensée, son cœur se mit à battre follement dans sa poitrine.

13

Serrant sa cape autour d'elle, Eleanor s'élança dans le pré. Son cœur cognait si fort dans sa poitrine qu'elle craignait qu'il n'explose. À environ un kilomètre de Whitby Hall, elle s'arrêta et s'appuya contre le tronc d'un châtaignier. C'était de la folie ! De la pure folie ! Elle ferait mieux de faire demi-tour avant de commettre l'irréparable.

Selina serait scandalisée si elle découvrait qu'elle avait rejoint un homme en pleine nuit. Et quel homme ! Jamais, elle ne le lui avouerait, se promit-elle. Elle ne comprendrait pas.

Levant les yeux vers la lune, elle soupira. Pour la sixième fois depuis une heure, elle sortit la feuille de papier de sa poche, et la déplia. Elle était toute froissée, à présent, et un peu déchirée sur les bords.

Les rayons de lune éclairaient les mots sur la page, mais Eleanor les connaissait par cœur. Ils resteraient gravés dans sa mémoire pour l'éternité. Sa première lettre d'amour…

Eleanor chérie,

Si seulement j'étais poète, je mettrais en vers votre charme, votre grâce, votre beauté parfaite. Hélas, je ne suis pas poète ! Je ne suis qu'un homme empli de désir. Je vous en supplie, retrouvez-moi au cottage ce soir à minuit – l'heure fatale. Car vous devez être un peu magicienne pour m'avoir ensorcelé comme vous l'avez fait, au point que je ne songe à rien d'autre qu'à votre visage, votre sourire, votre voix. En vérité, ma belle Eleanor, vous m'avez jeté un sort. Je veux savoir si je suis seul à souffrir, ou si vous partagez des sentiments que je n'ose encore nommer. Je vous attendrai jusqu'aux premières lueurs de l'aube.

À bientôt,

Frederick

Était-ce un jeu cruel auquel il se livrait à ses dépens, ou pensait-il sincèrement ce qu'il avait écrit ? Elle ne connaîtrait pas la paix tant qu'elle ne le saurait pas. C'est pourquoi elle n'avait d'autre choix que de le retrouver au cottage.

D'une main tremblante, Eleanor replia la feuille et la glissa dans sa poche. Regardant autour d'elle pour s'assurer qu'il n'y avait personne, elle rabattit sa capuche sur sa tête, et se hâta sur le chemin pentu. Dans un quart d'heure, après avoir emprunté le sentier qui partait du promontoire, elle serait à destination. Il serait alors minuit, l'heure fatale…

Pour la troisième fois depuis une demi-heure, Frederick s'approcha de la fenêtre et écarta le rideau pour scruter le sentier sablonneux. Il était désert, et des grains de mica scintillaient sous la lune, telles de minuscules pierres précieuses.

Il était venu directement ici après avoir pris congé de ses amis. Il avait fait un feu dans la cheminée, allumé les bougies du grand chandelier près du lit, ainsi que plusieurs chandelles disséminées dans la pièce. Sa veste et son gilet drapés sur le dossier d'une chaise, sa cravate pendant autour du cou, il attendait, le cœur plein d'espoir.

Ne voyant rien de nouveau, il lâcha le rideau, retourna à la chaise longue, et s'y étendit. Puis il se redressa, attrapa la bouteille de vin qu'il avait apportée et remplit l'un des verres disposés sur une petite table, près de son siège. Il le vida d'un trait, le reposa, puis se laissa de nouveau aller sur les coussins de velours.

Il n'était pas très patient, mais il attendrait toute la nuit s'il le fallait.

Viendrait-elle ? Diable, il l'espérait ! Il ferma les yeux et songea à la sonate. Elle l'avait jouée uniquement pour lui, il en était certain. Soudain, dans le salon de Whitby Hall, ils avaient été seuls au monde. Spontanément, il s'était approché d'elle. Ç'avait été plus fort que lui. Whitby l'avait dévisagé avec une certaine hostilité. Il la voulait, lui aussi, et pourtant, Frederick ne parvenait pas à déceler chez lui le moindre intérêt sexuel. En fait, Whitby voulait Eleanor comme un chasseur veut sa proie. Il voulait l'ajouter à sa collection, la posséder.

De toute évidence, des filles à marier telles qu'Eleanor – belle, intelligente, fille de marquis qui plus est – ne devaient pas être légion dans le cercle social que fréquentait Whitby. Ce dernier avait forcément vu là une occasion à ne pas manquer. Celle qui partageait son nid d'amour n'était sans doute pas de celles qu'on épouse, sans quoi ils n'auraient pas eu besoin de se retrouver dans ce cottage. Peut-être était-ce une femme mariée. Il espérait bien le découvrir.

Non pas que cela ait une quelconque importance. Eleanor n'épouserait pas Whitby. Elle l'épouserait *lui*. Avant Noël, comme le stipulait leur contrat de fiançailles. Il avait pris cette décision en rentrant de Plymouth. Il n'avait plus le choix, maintenant. Il la désirait à en devenir fou, et pour la mettre dans son lit, il devait d'abord lui passer la bague au doigt.

Certes, elle méritait beaucoup mieux que lui. Mais il ne pouvait se résoudre à se retirer du jeu. Il était bien trop mordu.

Une bûche craqua dans l'âtre, suivie d'une gerbe d'étincelles. Regardant les flammes sans les voir, Frederick se redressa, appuya les coudes sur ses genoux et se prit la tête entre les mains. Cette attente le tuait à petit feu… Ses nerfs étaient tendus à se rompre. Jamais encore une femme ne l'avait bouleversé à ce point. *Jamais*.

Soudain la chandelle près de lui se mit à vaciller. Frederick se tourna vers la porte, plein d'espoir. Elle était là, il le sentait… Bondissant sur ses pieds, il traversa la pièce en trois enjambées, et atteignit la porte au moment où un petit coup retentissait.

Son sang se rua dans ses veines tel du vif-argent comme il ouvrait la porte. Elle se tenait devant lui – la femme qui hantait ses rêves –, son visage baigné par le clair de lune.

— Je suis venue, dit-elle dans un souffle en levant les yeux vers lui.

— Vous n'imaginez pas à quel point j'en suis heureux. Entrez vous réchauffer, ma chérie.

Il s'écarta pour désigner le feu qui flambait gaiement dans la cheminée. Il la vit regarder l'âtre, la chaise longue et la bouteille sur la table. Elle ne se risqua pas à poser les yeux sur le lit, cependant.

Revenant à son visage, elle serra sa cape autour d'elle.

— Non, je ne peux pas, répondit-elle. C'est pour cela que je suis venue. Pour vous dire que je… je ne peux pas.

Il la dévisagea avec curiosité. Tout, dans son attitude, niait ses paroles. Elle se retenait non pas de fuir, mais de se jeter dans ses bras, il le sentait.

— Menteuse, l'accusa-t-il, la mettant au défi de le contredire.

— Oh ! Comment osez-vous ?

— Quoi ? Vous traiter de menteuse ? Non seulement j'ose, mais je persiste et signe. Vous êtes une menteuse, et pas très douée de surcroît. Vous mourez d'envie d'entrer. Osez dire le contraire ?

— C'est que... Que dirait Selina ? Et si le régisseur de M. Whitby nous voyait, et...

— Et quoi ? Là n'est pas la question. Vous dites ne pas vouloir entrer, je vous dis le contraire.

— Votre arrogance ne cessera jamais de m'étonner ! éluda-t-elle, changeant de sujet, comme toujours.

Mais cette fois, il ne la laisserait pas s'en tirer à si bon compte.

— Oubliez Selina et le régisseur de ce pauvre Whitby, murmura-t-il en lui effleurant la joue.

En dépit de la fraîcheur nocturne, sa peau était chaude, et elle haletait, trahissant son trouble.

— Que voulez-*vous* faire, Eleanor ?

Elle se mordit la lèvre inférieure avant de répondre :

— Si quelqu'un me voyait, ma réputation serait détruite.

— Si vous voulez réellement partir, j'enfile ma veste, j'éteins le feu et je vous raccompagne à Whitby Hall. Mais je ne crois pas que ce soit ce que vous voulez. Pour une fois dans votre vie, Eleanor, faites quelque chose simplement parce que vous en avez *envie* !

— C'est facile à dire pour vous, répliqua-t-elle en lui lançant un regard furieux. En tant qu'homme, vous jouissez de libertés qui me sont refusées.

Il lui prit la main, encerclant son poignet de ses doigts. Même à travers l'épaisseur du cuir, il sentait son pouls battre à toute allure.

— Entrez, je vous en prie, murmura-t-il en l'attirant doucement dans la pièce. Si vous voulez, nous discuterons de l'inégalité des sexes jusqu'au lever du soleil.

Comme elle hésitait encore, il posa les lèvres sur la peau tendre et soyeuse à l'intérieur de son poignet, à la limite du gant.

— Eleanor ? insista-t-il d'une voix rauque de désir. Que voulez-vous ?

— Je veux rester, répondit-elle avec tant d'ardeur qu'il en eut le souffle coupé.

Il referma la porte derrière elle.

— Laissez-moi vous regarder, murmura-t-il en repoussant sa capuche.

Elle demeura aussi immobile qu'une statue, et il faillit crier de bonheur en voyant sa lourde chevelure se déployer librement sur ses épaules. Il ne put s'empêcher d'y enfouir les doigts.

— Ma… femme de chambre m'a brossé les cheveux, comme chaque soir, expliqua-t-elle. Je n'ai pas pris le temps de me recoiffer.

— J'en suis heureux, avoua-t-il en enroulant une mèche autour de son doigt. Savez-vous à quel point vous êtes belle, Eleanor ? À quel point vous êtes désirable ?

Les yeux de la jeune fille s'emplirent de larmes, et elle battit des paupières pour les chasser. D'un geste brusque, elle dénoua le ruban qui retenait sa cape, et se débarrassa de celle-ci d'un mouvement d'épaules, la laissant tomber à ses pieds.

— Inutile de m'abreuver de belles paroles, Frederick. N'ai-je pas dit que je resterai ?

Tranquillement, il parcourut la jeune fille de la tête aux pieds. Elle portait une robe de jour en mousseline avec une veste de soie lavande. Elle avait probablement choisi ce vêtement pour s'habiller sans l'aide de sa femme de chambre, et il s'en réjouit. Elle paraissait beaucoup moins austère et plus vulnérable que dans ses toilettes sophistiquées.

— Pourquoi devrais-je m'interdire de vous faire des compliments, puisqu'ils sont l'expression de la vérité ? répliqua-t-il.

— Je ne suis plus une gamine de seize ans, naïve et crédule. Vous m'avez dit à peu près la même chose à l'époque, mais je ne peux oublier ce que vous avez dit alors que vous pensiez que je ne vous entendais pas. Comment croire à vos paroles, désormais ?

Il recula, les sourcils froncés.

— Je ne comprends pas de quoi vous parlez.

— Bien sûr. Pour vous, ce baiser n'avait aucune importance, mais moi, je m'en souviens comme si c'était hier. Je me rappelle les mots que vous m'avez dits, et ceux que vous avez prononcés à mon sujet, avec vos amis.

— Mais si, je me souviens de ce baiser, Eleanor ! Un homme n'oublie pas avoir embrassé une fille comme vous, même si vous n'aviez que seize ans.

Un pur mensonge. Mais comment admettre que voler un baiser à une jeune fille impressionnable n'avait pas signifié grand-chose pour lui ?

— Vous étiez belle, à l'époque, et vous l'êtes plus encore aujourd'hui.

— Vous arrive-t-il jamais de dire la vérité ? Ou vous contentez-vous de dire ce que, selon vous, j'aimerais entendre ? Je vous ai entendu, Frederick. J'étais de l'autre côté de la porte du bureau de votre père, quand je vous ai entendu rire de moi avec vos amis, lord Hartsdale et sir Gregory. Vous avez eu des mots très blessants, et voilà que vous le niez ?

Il fouilla dans sa mémoire, cherchant désespérément à se rappeler la nuit en question. Il se souvenait d'avoir embrassé Eleanor dans le labyrinthe, puis d'avoir encaissé le fruit de son pari auprès de Hartsdale et de Gregory. Et rien d'autre.

— « Une vraie jument », reprit-elle. Oui, c'est ainsi que vous m'avez décrite à vos amis.

— C'est impossible... Il faudrait être fou pour parler de vous en ces termes !

— Vraiment ? Je n'ai pourtant fait que répéter vos propos. « Une vraie jument, et tout aussi grande. Probablement le seul baiser qu'on m'ait jamais donné si volontiers », avez-vous dit.

Il secoua la tête.

— Je n'ai rien dit de tel, murmura-t-il.

Pourquoi diable l'aurait-il fait ?

— Je vous ai très bien entendu, et lady Henley également.

— Selina aussi l'a entendu ? Je n'arrive pas à le croire.

— Vos frasques ont peut-être affecté votre mémoire, hasarda-t-elle. Je peux vous assurer que c'est ainsi que vous m'avez décrite à vos amis, sans même prendre la peine de parler à voix basse.

Grand Dieu, avait-il vraiment parlé d'elle en des termes aussi peu flatteurs ? s'interrogea-t-il, abasourdi. Il ne se rappelait absolument pas. Il avait seulement gardé le souvenir d'une jeune fille ordinaire et sans charme. Bon sang, il avait peut-être dit cela ! Et non seulement elle l'avait entendu, mais elle s'en était souvenue durant toutes ces années ! Submergé par le remords, il leva les yeux vers elle.

— Demandez à Selina, si vous ne me croyez pas. À quoi ai-je donc pensé en venant ici ? murmura-t-elle en se baissant pour ramasser sa cape.

— Seigneur, Eleanor !

Il tenta de lui prendre la main, mais elle la retira vivement et recula vers la porte, prête à fuir. L'estomac noué, il la regarda draper sa cape sur ses épaules et nouer le ruban qui la fermait.

— Ne partez pas, articula-t-il. J'étais très jeune, et plein d'arrogance. Je... je ne suis qu'un imbécile, ajouta-t-il, à court d'arguments. Je n'ai aucune excuse. Je comprends, à présent, pourquoi vous avez une si piètre opinion de moi.

— J'avais aussi d'autres raisons, déclara-t-elle en s'arrêtant un instant près de la porte. C'est votre droit de me trouver sans charme, Frederick. Je ne peux vous en vouloir pour cela. Mais votre réputation ?

— La réputation ne fait pas l'homme, Eleanor.

— C'est possible, répliqua-t-elle en croisant les bras comme si elle avait froid, alors que le feu rugissait dans la cheminée. Mais ce que je trouve insupportable, c'est de ne pouvoir vous croire, quoi que vous disiez. Si vous saviez, pourtant, combien j'*aimerais* vous croire.

— Est-ce pour cela que vous êtes venue ce soir ? Pour que je sache que, ayant dit du mal de vous à dix-neuf ans, vous ne pouviez plus croire un mot de ce que je disais ?

— Vous mentez tout le temps, l'accusa-t-elle d'un air las. Ce soir, encore, dans le salon de M. Whitby, vous avez prétendu écrire à votre grand-mère.

— C'est ce que j'ai fait. Trois pages, après la lettre que je vous ai donnée.

Les poings sur les hanches, elle lui adressa un regard de défi.

— Et je suis censée vous croire ?

— Ces feuilles sont dans ma chambre, répliqua-t-il, indigné, en lui rendant son regard. Prêtes à être postées. Vous avez peut-être le droit de me traiter de dépravé et de flatteur sans scrupules, mais pas de menteur ! Du moins pas en ce qui concerne ma grand-mère.

Eleanor réfléchit quelques secondes.

— Je vous crois, murmura-t-elle enfin. Vous l'aimez beaucoup, n'est-ce pas ?

— Oui.

C'était la seule personne qui ne lui reprochait pas son étonnante ressemblance avec sa mère ; peut-être même y puisait-elle un certain réconfort. Et, contrairement à son père, et à son grand-père, elle ne le tenait pas pour responsable de sa mort.

Selon elle, si quelqu'un était à blâmer, c'était lord Worthington, qui avait emmené son unique enfant loin du sauvage Connemara. Elle pensait que sa fille serait malheureuse en Angleterre et en voyait la preuve dans sa mort précoce. Mais la présence de Frederick l'avait aidée à surmonter son chagrin, et vice-versa.

— Je voulais vous écrire un poème, reprit-il, s'empressant de changer de sujet. Malheureusement, je n'ai pas assez de talent. J'espère que vous pardonnerez ma tentative maladroite.

— Étiez-vous sincère, Frederick ? Ou n'étaient-ce que des paroles vides de sens ?

Comme il ouvrait la bouche, elle l'arrêta d'un geste.

— Attendez ! Vous devez me répondre en toute franchise. Sinon, mieux vaut mettre un terme à cet entretien sur-le-champ.

— Chaque mot est vrai, encore que je ne sois sans doute pas très doué pour coucher mes sentiments par écrit.

Elle ouvrit de grands yeux, battit des paupières.

— Vous m'avez demandé si vous étiez seul à souffrir de…

Elle s'interrompit, gênée, ne sachant comment s'exprimer. En deux pas, il fut près d'elle et dénoua le ruban de sa cape.

— De désir, Eleanor ? Je ne peux plus dormir tant je pense à vous. Je vous vois partout. Lorsque nous sommes séparés, je ne songe qu'au moment où je vais vous retrouver. Vous avez pris possession de mon âme, et en si peu de temps… Jamais encore une femme ne m'a inspiré un tel désir, de tels sentiments. Dites-moi que je ne suis pas seul à éprouver cela, avant que je devienne fou.

Sans un mot, Eleanor baissa les yeux et ôta lentement ses gants. Ils tombèrent sur le sol en même temps que sa cape. Puis elle fit deux pas en avant et leva les yeux vers Frederick. De sa main nue, elle lui effleura timidement le visage. Elle s'approcha encore, ses seins lui frôlant le torse. Son parfum le grisait, et il mourait d'envie de la prendre dans ses bras, mais il n'osait faire un geste de crainte qu'elle ne se dérobe, effrayée par l'intensité de son excitation.

— Non, Frederick, chuchota-t-elle d'une voix caressante. Non, vous n'êtes pas seul à éprouver cela.

— Dieu merci ! murmura-t-il avant de la plaquer contre lui et de s'emparer avec fougue de sa bouche délicieuse.

14

Eleanor retint un petit cri comme Frederick lui écrasait la bouche de la sienne, son corps musclé si étroitement pressé contre elle qu'elle sentait son cœur battre à grands coups sourds.

Dieu qu'elle avait attendu ce moment ! À chaque baiser qu'ils avaient échangé, le désir qu'elle avait de lui avait augmenté. Elle s'était leurrée en s'efforçant de se convaincre qu'elle n'allait au cottage que pour savoir si oui ou non il pensait ce qu'il avait écrit. La vraie raison, c'était *cela*, dut-elle s'avouer en lui abandonnant sa bouche.

Il l'embrassait avec une telle passion qu'elle en vacilla, et dut s'accrocher à lui. Enivrée, elle remarqua à peine qu'il avait glissé les mains le long de son dos, et descendait furtivement de plus en plus bas.

Elle découvrit avec surprise que le gémissement qu'elle venait d'entendre était le sien. Mais déjà les mains de Frederick se refermaient sur ses fesses qu'il se mit à pétrir doucement. L'incendie qui s'alluma alors au creux de son ventre et la moiteur qu'elle sentit entre ses cuisses la prirent de court.

Ivre de désir, elle enfouit la tête au creux de l'épaule de Frederick. qui déposa sur son cou une traînée de baisers brûlants, murmurant son nom encore et encore. Oh, elle avait tellement envie de lui ! Comment mettre un terme à une telle volupté après avoir goûté au fruit défendu ? Jamais elle ne se lasserait de lui, non, jamais !

Les mains de Frederick remontèrent sur sa taille, s'arrêtèrent sous ses seins dont il se mit à caresser la pointe érigée.

— Frederick ! souffla-t-elle, ne sachant trop s'il s'agissait là d'une protestation ou d'une invitation à continuer.

Son esprit confus n'arrivait plus à penser à autre chose qu'aux lèvres de Frederick sur sa peau, à ses mains sur son corps, au feu qui la consumait.

— Qu'y a-t-il, ma chérie ? murmura-t-il.

— Je... j'ai la tête qui tourne, avoua-t-elle en chancelant.

— C'est le but de ces baisers, mon ange, fit-il d'une voix sourde en levant la tête pour la regarder.

Elle recula d'un pas en battant des paupières rapidement.

— Non, je vous assure... Je crois que je vais m'évanouir.

Il parut soudain inquiet.

— Venez vous asseoir, dit-il en l'entraînant vers la chaise longue. Voulez-vous un peu de vin ? Ce n'est pas une grande année, mais cela devrait faire l'affaire.

Eleanor acquiesça en se laissant aller contre les coussins de velours.

— Juste une goutte, murmura-t-elle.

Il se hâta de remplir un verre qu'il lui tendit. Puis il demeura près d'elle, les mains posées sur ses épaules. Elle avala une longue gorgée en réprimant un frisson. Tandis qu'une douce chaleur l'envahissait, son cœur reprit peu à peu un rythme normal.

— Ça va mieux ? s'enquit Frederick en se penchant sur elle.

— Oui. Je ne comprends vraiment pas ce qui m'est arrivé.

— Moi si, je crois, déclara-t-il en riant. Mais je ne voulais pas vous faire peur.

Il prit le verre vide des mains d'Eleanor et le posa sur la table. Puis il la souleva dans ses bras comme si elle ne pesait pas plus lourd qu'une plume.

— Laissez-moi vous tenir un peu contre moi, proposa-t-il en prenant sa place dans la chaise longue.

Il l'installa entre ses jambes, le dos pressé contre son torse, et referma les bras sur elle en déposant un baiser sur ses cheveux. Eleanor soupira d'aise. Jamais elle ne s'était sentie si bien. Ainsi pelotonnée contre lui, avec le feu qui pétillait joyeusement et le vin qui lui réchauffait le corps, elle avait l'impression d'être exactement là où elle devait être.

— C'est délicieux, soupira-t-elle en appuyant la tête contre la poitrine de Frederick.

Elle se refusa à songer à l'inconvenance de la situation. Du reste, il était un peu tard pour cela.

— C'est le mot, murmura-t-il, le menton calé sur son crâne. Avez-vous idée de la maîtrise monumentale qu'il me faut exercer en ce moment même pour ne pas vous jeter sur le lit ? Vous feriez mieux de parler d'autre chose, avant que je change d'avis et me laisse aller à mes bas instincts.

— Très bien. De quoi voulez-vous parler ?

— De George Whitby ? proposa-t-il, espiègle.

Eleanor ne put s'empêcher de sourire.

— Pas question !

— Vous me refusez ce plaisir ? Très bien, alors parlons du temps.

— Vraiment, Frederick, vous pouvez trouver mieux !

— De musique ? suggéra-t-il en entrecroisant ses doigts à ceux d'Eleanor.

Le contraste était frappant entre leurs deux mains. L'une était pâle, l'autre hâlée. Et bien qu'Eleanor ne se soit jamais considérée comme délicate, sa main paraissait petite dans celle de Frederick, si enveloppante, si masculine. Tellement réconfortante.

— Si vous commenciez par me révéler le nom du morceau que vous avez joué ce soir, reprit-il, l'arrachant à sa torpeur sensuelle.

— Beethoven. Sonate pour piano n° 14. Il l'avait dédiée à l'une de ses élèves. D'aucuns pensent qu'il en était amoureux.

— Je le pense aussi, si je me fie à ce que j'ai entendu, commenta-t-il avant d'ajouter : J'ignorais que vous étiez une pianiste aussi accomplie.

— Vous avez beaucoup à apprendre à mon sujet, répliqua-t-elle. Personnellement je ne me trouve pas une pianiste accomplie, mais j'adore cette sonate depuis toujours.

— Je l'adore aussi, désormais. Dites-moi, combien d'autres secrets me reste-t-il à découvrir sur vous ? Êtes-vous aussi talentueuse pour la peinture ? Ou la poésie ?

Elle rougit en songeant aux poèmes maladroits qu'elle avait écrits.

— C'est vous qui êtes un mystère à mes yeux, rétorqua-t-elle. Vous prétendez que la réputation ne fait pas l'homme, alors dites-moi qui est le véritable Frederick Stoneham ?

— Laissez-moi réfléchir... Hmm. J'entretiens une correspondance assidue avec ma grand-mère, vous l'avez appris ce soir. C'est une femme extraordinaire, et je ne sais pas comment j'aurais survécu sans elle. Quoi d'autre ? Vous connaissez déjà mon goût pour la poésie irlandaise. Je crois bien que vous êtes la seule personne au monde à être au courant. Que voudriez-vous savoir d'autre ?

— Parlez-moi de votre père. Je me suis toujours demandé pourquoi le baron Worthington résidait dans son modeste domaine dans l'Essex, alors que sa baronnie est dans l'Oxfordshire.

Elle sentit Frederick se tendre.

— Je ne veux pas parler de lui, dit-il d'une voix crispée.

— Je ne voulais pas non plus parler de ma mère, ce matin, sur la falaise. Pourtant, je vous ai répondu franchement, en dépit de la honte que j'éprouve. Je ne regrette pas ma franchise. Si nous voulons être amis, vous devez envisager de faire la même chose. En outre, plus vous vous montrez évasif, plus je m'imagine des choses folles. Les péchés de votre père ne peuvent être pires que ceux de ma mère, non ?

— Touché ! Face à un argument aussi efficace, je ne peux me dérober. Depuis la mort de ma mère, mon père a décidé de ne plus habiter dans l'Oxfordshire. Il prétend qu'il y a trop de souvenirs.

— Quand est-elle décédée ? Je ne me rappelle pas l'avoir jamais rencontrée.

— Elle est morte en me donnant le jour, répondit-il, bourru. Il y a eu des complications à l'accouchement.

— Je l'ignorais. Je suis sincèrement désolée.

— Ne le soyez pas, c'était il y a longtemps. Mais mon père ne s'en est jamais remis.

— Il devait beaucoup l'aimer, j'imagine.

— Sans doute… Après la mort de mon frère, il m'a envoyé en Irlande chez mes grands-parents maternels.

— Pourquoi ? Vos sœurs ne pouvaient pas s'occuper de vous ?

— Elles auraient pu, si, ainsi que ma tante, qui était célibataire. Mais mon père ne voulait plus me voir, tout simplement. Je lui rappelais trop ma mère. Lorsque Charles vivait encore, il se contentait de m'ignorer. Mais après sa mort, me voir jour après jour en sachant que c'était moi, désormais, son héritier, lui a été insupportable.

— Et… vos grands-parents se montraient bons avec vous ? risqua-t-elle timidement.

— Plutôt, oui. Mon grand-père était le régisseur du domaine de mon père en Irlande, et cela semblait assez pratique que je vive là-bas pour apprendre à gérer une propriété. Mais ils en voulaient à mon père de leur avoir enlevé leur fille, et ils ont pris plaisir à m'éduquer non comme un gentleman anglais, mais comme un des leurs. Ainsi, je ne suis pas allé à Eton, mais chez les sœurs du couvent de Clifton. Je n'en reviens toujours pas que mon père m'ait envoyé à Cambridge. Je ne croyais pas qu'il dépenserait tant d'argent pour mes études.

— Je vous dois des excuses, Frederick. Je ne voulais pas me montrer indiscrète.

— À présent, vous connaissez la vérité. Je n'ai jamais été considéré comme ayant une quelconque valeur aux yeux de mon père, héritier ou non. Il ne vous faisait donc pas une grande faveur en signant ce contrat de fiançailles.

— Beaucoup considéreraient que vous êtes trop jeune pour vous marier, observa-t-elle.

— Je suis l'unique héritier de la baronnie. En dehors de moi, il n'y a ni cousin ni oncle. Si je n'ai pas de fils, son titre tombera en désuétude. Voilà pourquoi il veut me marier le plus vite possible. Il a beau me haïr, il ne souhaite pas qu'une telle chose arrive.

— Je me demande pourquoi les romans et les poèmes parlent de l'amour romantique en termes si élogieux ? murmura Eleanor, songeuse. L'amour semble source de chagrin pour tant de gens. Votre père comme le mien en sont d'excellents exemples, non ? Mon père souffre jour après jour des trahisons d'une femme qui ne lui rendra jamais son amour, et tout le monde le sait.

— Cela signifie-t-il que vous ne vous autoriserez jamais à aimer ?

— Comment le pourrais-je ? Comment le pourriez-vous ?

Il demeura silencieux un moment, puis :

— Tout ce que je sais, c'est que lorsque je vous tiens dans mes bras, je me dis : comment ne le pourrais-je point ?

Tandis que ces paroles se frayaient un chemin dans son esprit, le cœur d'Eleanor s'emballa furieusement. Elle voulait croire qu'il pensait vraiment ce que ces mots impliquaient… Elle le voulait désespérément. Mais elle n'osait pas.

Il se racla la gorge.

— Que voulez-vous faire, maintenant, mon ange? reprit-il. La nuit nous appartient.

Elle tourna entre ses bras et pressa ses lèvres sur les siennes.

— Ceci, murmura-t-elle. Et encore ceci…

À son tour, elle laissa courir ses lèvres sur le visage et le cou de Frederick, inhalant avec bonheur son odeur de savon et de forêt. Sa peau était chaude, légèrement salée. Comme elle l'avait imaginée durant toutes ces années.

Frederick gémit, s'efforçant de son mieux de contrôler le désir grandissant que ses caresses faisaient naître en lui. Bon sang, elle allait le tuer si elle continuait ainsi !

— Vous jouez un jeu dangereux, Eleanor Ashton. Ne commencez pas ce que vous n'êtes pas certaine de vouloir finir.

D'un geste brusque, il arracha sa cravate, la jeta par terre, puis défit les premiers boutons de sa chemise. Comme il l'avait espéré, elle déposa une pluie de baisers à la base de son cou à présent dénudé.

— Vous apprenez vite, murmura-t-il en repoussant les boucles de jais du visage d'Eleanor. Exactement comme je l'imaginais !

Elle cessa un instant de l'embrasser et le regarda, le regard empli de curiosité.

— Vraiment ? Et qu'imaginiez-vous d'autre à mon sujet ?

— Vous n'avez pas idée…

Il commença à déboutonner la veste légère qu'elle portait sur sa robe et l'aida à s'en débarrasser. Sa poitrine se soulevait rapidement sous la mousseline légère, et Frederick fut saisi d'une envie folle de la voir nue.

Toute pensée rationnelle le déserta, laissant le champ libre à l'instinct tandis qu'il la portait jusqu'au lit sur lequel il l'allongea avec douceur. Sa somptueuse chevelure se déploya sur les oreillers, l'invitant à y glisser les doigts. Incapable de résister, il s'étendit près d'elle et s'empara de sa bouche avec ardeur.

Sans lâcher ses lèvres, il dégrafa sa robe, puis en écarta les pans, dévoilant sa gorge palpitante. Il y posa la bouche, et Eleanor se cambra contre lui, ronronnant comme une chatte, les doigts crispés sur le couvre-lit.

Dieu qu'il avait envie d'elle ! Il ne songeait qu'à plonger en elle, à s'y perdre pour l'éternité. Il tira sur sa camisole, révélant enfin les seins dont il rêvait depuis tant de nuits. Deux globes pâles, aussi parfaits que dans son imagination. Il captura l'une des pointes entre ses lèvres, arrachant un gémissement de plaisir à Eleanor.

— Vous rendez-vous compte à quel point je vous désire, Eleanor ? murmura-t-il en commençant à lui ôter sa robe.

Ses gestes étaient fébriles, il ne pensait plus qu'à la tenir nue dans ses bras, comme si sa vie en dépendait. Sous ses mains, il sentait sa peau satinée. *Une fille de marquis. Une innocente. Une vierge…* Ces pensées firent brutalement irruption dans sa conscience, et soudain, il sut qu'il ne pouvait aller plus loin sans sa permission.

— Dites-moi ce que vous désirez, Eleanor, demanda-t-il d'une voix rauque. Dites-le-moi.

— Je veux que vous m'embrassiez, répondit-elle dans un souffle.

Il s'exécuta volontiers, puis s'écarta un instant pour la contempler, le souffle court. Il vit de la peur et de la confusion dans ses yeux.

— Quoi d'autre, mon ange ? chuchota-t-il en lui effleurant le front de ses lèvres. Je ne peux pas vous prendre contre votre gré. Il faut que vous me le demandiez. Dites-moi ce que vous attendez de moi.

Elle secoua la tête.

— Je… je ne peux pas, Frederick. Je crains que nous ne soyons déjà allés trop loin.

— J'aimerais tant continuer, insista-t-il en lui mordillant le cou.

Elle se redressa, et il réprima un grognement comme elle remettait ses vêtements en place.

— Nous devons d'abord décider de notre avenir, déclara-t-elle.

— Maintenant ? Vous seriez assez cruelle pour me repousser ?

Il s'était efforcé de s'exprimer d'un ton léger pour ne pas l'effrayer. Il était si proche du but.

— Allons, ne me dites pas que je suis la première ? répliqua-t-elle tout aussi légèrement. Ce qui ne nous tue pas nous rend plus forts. N'est-ce pas ce qu'on dit ?

Il se laissa tomber sur le matelas avec un gémissement contrarié.

— Mon grand-père le disait, admit-il.

Elle se pencha sur lui.

— Mais vous pouvez m'embrasser, souffla-t-elle. Je ne m'en lasse pas, et tant pis si vous me prenez pour une dévergondée.

Il s'appuya sur le coude, approcha la bouche de la sienne, puis s'immobilisa. Elle avait fermé les yeux et incliné la tête, attendant visiblement la suite avec impatience.

— Une seconde, fit-il. Vous me demandez de vous embrasser, c'est bien cela ?

— Oui, répondit-elle en rouvrant les paupières. *Vous* seriez assez cruel pour me repousser ?

— Laissez-moi réfléchir… dit-il en lui mordillant l'oreille. Vous me demandez de vous embrasser, mais iriez-vous jusqu'à me supplier ?

— Une lady ne supplie jamais, contra-t-elle, haletante.

— Oh, mais vous y parviendrez.

Il lui frôla les lèvres des siennes avant de s'écarter.

— Non que j'aie une grande expérience avec les ladies, ajouta-t-il.

— Vous n'êtes qu'un vaurien, déclara-t-elle en souriant.

— Un vaurien que vous mourez d'envie d'embrasser.

— Bon, très bien, vous ne me laissez pas le choix ! Je vous supplie de m'embrasser, Frederick. Ça vous va ?

— Tout à fait, répondit-il en s'emparant de sa bouche offerte.

Peu après, il la lâchait, conscient qu'il n'arriverait bientôt plus à se contrôler.

— Vous vous rendez compte que j'ai gagné le pari, n'est-ce pas ? la taquina-t-il en lui tapotant le bout du nez.

Elle tressaillit.

— Que voulez-vous dire ?

— Vous vous rappelez le jour où je vous ai rencontrée dans le parc de Henley ? J'ai parié que vous me supplieriez de vous embrasser avant la fin de l'année. Vous me devez cent livres, si je ne m'abuse.

Elle pâlit, puis se dégagea de son étreinte et se leva du lit en tremblant de tout son corps.

— Seigneur, c'était donc ça ! Vous m'avez fait venir ici pour gagner un pari ! Quelle sotte j'ai été !

— Ne soyez pas ridicule, mon ange.

Il tenta de lui prendre la main, mais elle le repoussa et recula.

— Comment ai-je pu tomber deux fois dans le même piège ! s'exclama-t-elle. Je…

— Bon sang, je plaisantais ! l'interrompit-il. Vous me croyez vraiment capable d'une telle manœuvre ?

— Oui… Non. Enfin, je ne sais pas. À vrai dire, j'ignore de quoi vous êtes capable, lâcha-t-elle en récupérant sa veste. Je veux croire que vous n'êtes pas capable d'une telle manœuvre, mais je n'en suis pas certaine. Vous ne pouvez donc pas comprendre ?

— Non, Eleanor. Pas du tout.

Il se leva à son tour, et se tint devant elle, les bras croisés.

— Il y a deux minutes, reprit-il, vous étiez étendue contre moi, vous me faisiez confiance, vous me laissiez vous caresser intimement. Et maintenant, vous doutez de moi ? Je dois avouer que je trouve votre indécision pénible.

— Vous me le reprochez ? Après ce qui s'est passé autrefois ?

— C'était il y a quatre ans, Eleanor. Je me suis excusé et… Bon sang, que voulez-vous de plus ? fit-il en se passant la main dans les cheveux. Dites-moi ce que je dois faire pour gagner votre confiance ?

— Vous ne pouvez pas comprendre, murmura-t-elle en secouant la tête. C'est inutile.

— Au lieu de fuir sur un mouvement de colère, pourquoi n'essayez-vous pas de m'expliquer ? C'est vrai, il y a quatre ans, j'ai trahi votre confiance. C'était indigne… Mais nous sommes adultes, à présent, et vous me connaissez mieux que bien des gens, mes sœurs exceptées. Je nous croyais amis, et j'ai répondu à toutes vos questions sur mon passé sans me dérober. Et pourtant, vous n'avez toujours pas confiance en moi ?

Les yeux brillants de larmes, elle se détourna.

— Vous n'avez aucune idée…

Il lui attrapa le bras et la fit pivoter face à lui.

— Eh bien expliquez-moi, nom d'un chien !

— Très bien ! s'écria-t-elle en se dégageant. Ce baiser d'autrefois ne signifiait rien pour vous, mais moi, je n'ai pas pu l'oublier. Durant tout ce temps, alors que j'entendais ces ragots sur votre compte, et même lorsque j'ai demandé à mon père de me choisir un mari, je rêvais de vous.

Elle se mit à faire les cent pas devant la cheminée, refusant de croiser son regard.

— Je n'ai osé me confier à personne, pas même à Selina, qui pensait qu'il ne s'agissait que d'un béguin de jeunesse, et qu'il avait cessé à l'instant où je vous avais entendu vous moquer de moi avec vos amis. Mais il n'en était rien ! Pendant quatre longues années, j'ai prétendu ne rien ressentir lorsqu'on disait que vous entreteniez plusieurs maîtresses, et que vous aviez des aventures avec des femmes mariées et des veuves. Vous n'imaginez pas combien j'ai souffert, à quel point je me détestais d'être aussi faible. J'ai tout fait pour nier mon attirance envers un homme qui se souciait de moi comme d'une guigne, et qui me traitait de jument devant ses amis !

Frederick était atterré. Elle s'était détestée toutes ces années parce qu'elle s'était éprise de *lui* ? Bon sang, il salissait donc tout ce qu'il touchait ! Il l'avait fait souffrir, et elle souffrait encore, il le voyait à son expression. Elle n'aurait jamais confiance en lui, ne croirait jamais qu'il était autre chose qu'un séducteur sans scrupules. Comment avait-il pu imaginer qu'il avait le droit de l'aimer ?

— Je… je n'en avais pas la moindre idée, avoua-t-il. Pardonnez-moi, Eleanor.

Il ne put en dire plus. Il avait l'impression de suffoquer. Il fallait qu'il parte d'ici, et vite ! Il ne supportait pas de lui imposer sa présence une seconde de plus, sachant ce qu'il lui avait fait subir.

Dieu merci, elle l'avait arrêté à temps, ce soir, l'empêchant de lui causer plus de chagrin encore !

Elle s'était immobilisée devant la cheminée, le souffle court, les joues en feu.

— Je vais vous raccompagner, déclara-t-il. Laissez-moi le temps d'éteindre le feu.

Il partirait pour Plymouth dès le lendemain et recommencerait à chercher Eckford. Cette folie était terminée.

À jamais.

15

— M. Stoneham prendra-t-il son petit déjeuner avec vous, ce matin ? s'enquit le majordome.

Eleanor s'efforça de demeurer impassible.

— Non, il ne viendra pas, répondit Henley en se levant. Il est parti à l'aube, et je dois le rejoindre à Plymouth. Je ne sais quelle mouche l'a piqué, mais il était diablement pressé !

Eleanor ne put s'empêcher de rougir.

— Eleanor, aurais-tu de la fièvre ? s'inquiéta Selina. Tu es très rouge, je trouve.

Eleanor se troubla davantage. Dire que la veille, elle avait failli céder son bien le plus précieux : sa vertu. Cela lui avait semblé tout naturel, alors que toute sa vie elle l'avait protégée tel un trésor. Jamais elle n'aurait cru possible de se montrer si insouciante, si imprudente.

De retour dans sa chambre, elle était restée éveillée des heures durant, se remémorant ce qui s'était passé dans le cottage. Frederick avait dit la vérité, avait-elle fini par conclure. Il n'avait pas tenté de la séduire uniquement pour gagner un pari. Elle l'avait accusé à tort et s'en voulait énormément. Elle le lui aurait dit ce matin, s'il n'était parti avant qu'elle en ait l'occasion. Pour la première fois depuis qu'ils s'étaient retrouvés, elle commençait à penser que Frederick Stoneham n'était peut-être pas celui que tout le monde vilipendait.

Cela dit, elle ne pouvait s'empêcher de revoir son expression horrifiée lorsqu'elle lui avait avoué s'être languie de lui durant toutes ces années. Avec quelle hâte il avait voulu quitter le cottage, ensuite. Dieu qu'il fallait être stupide et faible pour aimer un vaurien tel que Frederick Stoneham !

Aimer ? Le mot lui arracha un frisson. Non, elle ne l'aimait pas. N'est-ce pas ? Ce n'était pas possible. Si ? Seigneur, que ferait-elle si c'était le cas ?

— Eleanor, tu m'as entendue ? demanda Selina en lui tapotant l'avant-bras.

— Pardonne-moi, Selina. Je crains de n'avoir pas bien dormi, la nuit dernière.

— Dans ce cas, tu dois aller te reposer sans attendre. George a prévu de recevoir quelques invités, cet après-midi, et il faut que tu sois fraîche et reposée.

— Des invités ? répéta Eleanor.

— Le duc et la duchesse de Dandridge, intervint Henley. Ainsi que leur fils, lord Trelawny.

— Lord Trelawny. Je ne crois pas le connaître.

— C'est un garçon sympathique, et un bon ami de George, dit Henley. Je crois qu'ils étaient à Eton ensemble. Eh bien, mesdames, ajouta-t-il, il est temps pour moi de partir.

Il poussa un profond soupir et se pencha pour déposer un baiser sur la joue de Selina.

— Oh ! Henley ! fit-elle avec une moue boudeuse. Nous venons tout juste de finir le petit déjeuner.

— J'ai promis à Stoneham de le retrouver avec la voiture à midi, et je ne suis pas en avance.

— Allez-y, dans ce cas, fit Selina avec un geste en direction de la porte.

Lord Henley lui adressa un dernier sourire avant de quitter la pièce. Eleanor tourna les yeux vers son amie, qui affichait une expression rêveuse.

— Tu l'aimes beaucoup, n'est-ce pas ? demanda-t-elle doucement.

Selina sourit.

— Tu n'imagines pas à quel point ! J'ai beaucoup de chance de l'avoir trouvé.

— En effet. Et cela me réjouit de te voir si heureuse.

— Je n'aurais jamais cru connaître un jour un tel bonheur. Le destin a bien fait les choses lorsque lady Irvington a eu l'idée de m'inviter en même temps que Henley. Tu imagines avec qui je serais mariée, aujourd'hui ?

— Je crois me souvenir que sir William Bowman te plaisait, non ? la taquina Eleanor. Et M. Melton avant lui.

— Ce n'était que des béguins de jeunesse. Aucun des deux n'arrive à la cheville de mon Henley.

— Certes, admit Eleanor. Mais comment distinguer un béguin de jeunesse d'un véritable amour ?

Elle regretta ses paroles à peine prononcées, mais décida cependant de poursuivre :

— Ce que je voudrais savoir, c'est si tu as aimé Henley au premier regard, ou si… quelque chose a transformé tes sentiments en cours de route.

— Ma relation avec Henley a commencé comme un simple béguin, me semble-t-il. Je suppose que j'ai commencé à l'aimer lorsque je me suis aperçue que lui m'aimait. Pourquoi ces questions, Eleanor ? Cela a-t-il un rapport avec Frederick ?

Eleanor baissa les yeux, mal à l'aise.

— Frederick n'a rien de commun avec Henley, tu le sais, reprit Selina. C'est une chose que de s'enticher d'un débauché ; sir William en était un, je pense, et cependant il me plaisait. Mais on ne peut s'éprendre de ce genre d'individus. C'est de la folie, Eleanor, et je ne permettrai pas que cela t'arrive. Je ne veux pas que tu souffres alors qu'il y a des alternatives tout à fait acceptables à ce mariage.

— Tu parles de M. Whitby ? demanda Eleanor avec un sourire narquois.

— Par exemple.

— Mais je t'ai déjà dit…

— Je sais, coupa Selina. Tu prétends que vous ne vous entendrez pas, encore que je ne vois pas pourquoi. Mais il y a aussi lord Trelawny. L'héritier d'un duc, pas moins ! Il te conviendra peut-être, lui.

— Tu es donc si pressée de détourner mon attention de M. Stoneham que tu me jetterais dans les bras d'un homme que tu ne connais pas, et dont tu ne sais rien ? Tu trouves vraiment M. Stoneham si déplaisant que cela ?

Selina poussa un soupir exaspéré.

— Henley vient juste de dire que lord Trelawny est sympathique, non ? Quant à M. Stoneham, si sa conduite a été jusqu'ici plutôt respectable, tu oublies sa réputation, me semble-t-il. Et qu'il est dans le Devonshire pour retrouver un homme et lui ôter la vie.

— Il s'agit d'une crapule qui a abusé sa sœur, répliqua Eleanor.

— Ce n'est pas une raison pour le tuer !

— Il veut seulement le provoquer en duel.

À cette pensée, le sang d'Eleanor se figea dans ses veines. Pour autant qu'elle sache, il était peut-être en train de l'affronter en ce moment même. Rien que de l'imaginer, elle crut défaillir.

— D'après Henley, M. Stoneham est un tireur d'exception, riposta Selina. Il le tuera, Eleanor.

— Mon frère en ferait autant si j'avais été maltraitée par un homme.

— Je n'en suis pas si sûre. Et toi, non plus, avoue-le.

Eleanor secoua la tête, en pleine confusion.

— Tu ne peux reprocher à un homme de vouloir protéger sa sœur. Et puis, qui sait ce qui peut arriver ? Peut-être trouveront-ils un compromis, après tout, comme Henley l'a suggéré.

Selina lui prit la main.

— On ne peut que l'espérer. Nous n'allons pas nous disputer, n'est-ce pas ? Peut-être devrais-tu aller te reposer un peu.

— Entendu. Ensuite, je prendrai un bon bain. À quelle heure les invités sont-ils attendus ?

— À 15 heures, je crois. Nous prendrons le thé dans le jardin où George a fait installer un stand de tir à l'arc. N'est-ce pas charmant ?

— Absolument, répliqua Eleanor en s'efforçant de chasser Frederick de ses pensées. J'ai toujours eu envie de m'essayer au tir à l'arc.

— Ce sera l'occasion. Et promets-moi que tu seras aussi gaie et enjouée que d'habitude ?

— Je ferai de mon mieux.

Il faudrait une sacrée dose de courage, car elle était loin d'avoir le cœur léger.

— Tu devrais porter ta robe jaune avec des rubans bleu pâle, lui conseilla Selina. Et pour le dîner, cette exquise tenue que tu avais revêtue le soir de ton arrivée, avec ce décolleté vertigineux. Tu peux être certaine d'avoir l'attention de tous les hommes d'Angleterre avec une telle robe. Henley excepté, bien sûr, ajouta-t-elle avec un sourire espiègle qui dérida Eleanor.

— Bien sûr, répliqua-t-elle. Tu l'as tellement hypnotisé qu'il ne remarque aucune autre femme, quelle que soit la profondeur de son décolleté.

— C'est normal, répliqua Selina. Il m'aime !

— Sans doute, murmura Eleanor, sachant très bien qu'elle n'inspirerait jamais un tel attachement.

Du moins pas de la part de Frederick Stoneham, le seul homme qui l'intéressait.

Retenant ses larmes, elle quitta son amie. Dès qu'elle serait seule, elle s'abandonnerait à son chagrin. Puis, en bonne opportuniste, elle rencontrerait lord Trelawny et jaugerait son potentiel en tant qu'époux. Sans pour autant écarter la possibilité d'un mariage avec George Whitby.

Comment diable avait-elle pu en arriver là ?

Frederick plissa les yeux dans le soleil de midi pour observer l'individu grisonnant, vêtu d'un sobre costume de pasteur, qui descendait d'une charrette. Il tendit la main à une femme en état de grossesse avancée, drapée dans une cape de velours pourpre.

Le sang de Frederick se mit à bouillonner tandis qu'il regardait le faux pasteur et sa compagne remonter l'allée, puis disparaître dans le modeste cottage. Il jeta une bourse pleine à l'aubergiste adossé à un arbre un peu plus loin. Ce dernier l'attrapa au vol, puis souleva son chapeau en remerciement.

— C'était pas si compliqué de les trouver, m'sieur. Il suffisait de poser quelques questions aux gens d'ici. Alors qu'est-ce que vous allez lui faire, si ça vous dérange pas que je demande ?

— Je vais aller retrouver Henley à Plymouth, puis nous reviendrons ici, je provoquerai Eckford en duel, et si tout va bien, il recevra une balle en plein cœur demain matin.

Crosby siffla entre ses dents.

— Vous perdez pas de temps, vous, hein ? Bon, eh ben, je m'en vais.

Frederick hocha la tête.

— Merci, monsieur Crosby. C'était un plaisir de faire affaire avec vous.

— Pareil pour moi, répliqua l'aubergiste en soulevant la bourse.

Tandis que Crosby grimpait en selle et s'éloignait, la fenêtre du premier étage du cottage s'ouvrit en grand. Des voix parvinrent à Frederick, portées par la brise. Il y eut un cri de femme, puis un bruit de verre brisé. Apparemment, la dernière conquête d'Eckford avait le dessus et lui jetait de la vaisselle à la figure.

Mais peu importait. Son sort était scellé. Il n'allait pas tarder à payer pour ce qu'il avait fait à Maria. Et sa nouvelle compagne aurait bien de la chance d'être débarrassée de pareille engeance !

Le lendemain, à cette heure-ci, Frederick pourrait rentrer à Londres et réfléchir à la suite à donner à son contrat de fiançailles avec Eleanor Ashton.

Ces atermoiements, quand il s'agissait d'Eleanor, l'irritaient d'autant plus qu'il avait l'habitude de prendre des décisions, et de s'y tenir.

Soudain très las, il enfourcha sa monture, et reprit la route de Plymouth. Il fallait faire quelque chose à ce sujet, il le savait, mais pour l'heure, il n'était pas en état de décider quoi que ce soit.

16

Eleanor lâcha la corde de son arc et regarda la flèche filer vers sa cible. Elle se planta à moins de dix centimètres du centre.

— Très zoli ! zozota lord Trelawny avec un hochement de tête approbateur. N'êtes-vous pas plus expérimentée que vous voulez bien l'admettre, lady Eleanor !

Posant son arc, celle-ci afficha un sourire satisfait.

— C'est la chance des débutants, je crois. Ou bien c'est que M. Whitby et vous êtes d'excellents professeurs.

M. Whitby prit la place d'Eleanor, banda son arc et visa.

— Excellent ! s'écria lord Trelawny en applaudissant.

La flèche s'était fichée au cœur de la cible.

Whitby alla extraire sa flèche. Le soleil accrochait des reflets dorés dans ses cheveux et Eleanor ne put s'empêcher d'admirer sa silhouette que ses vêtements, simples mais bien coupés, mettaient en valeur. Il était visiblement dans son élément, et sa joie se reflétait dans son regard.

Eleanor s'amusait, elle aussi. Pendant quelques instants, elle se laissa aller à penser qu'elle avait peut-être mal jugé M. Whitby.

— À vous, lady Eleanor ! cria-t-il.

— Encore une fois, et j'arrête. Je meurs de soif.

Non loin, à l'ombre d'une toile de tente, Selina prenait le thé avec le duc et la duchesse de Dandrige. Eleanor était pressée de se joindre à eux. Du moins, dès qu'elle aurait prouvé que son récent exploit n'était pas seulement dû au hasard.

Elle ramassa son arc, posé dans l'herbe à ses pieds, et visa.

— Non, pas comme ça, s'écria M. Whitby en accourant.

Se plaçant derrière Eleanor, il lui repositionna les mains sur l'arc.

Son contact n'était pas désagréable, mais elle ne ressentait pas le trouble que Frederick faisait naître en elle. M. Whitby avait beau presser son torse musclé contre son dos, et son bras frôler le côté de son sein, son cœur continuait à battre normalement. Lorsque Frederick avait fait de même, son pouls s'était emballé et le désir l'avait embrasée tout entière. Se reprochant de laisser ses pensées emprunter des chemins aussi dangereux, elle s'efforça de se concentrer sur les indications de son hôte.

— Voilà, comme ça… Écartez bien les pieds, pour garder l'équilibre. Maintenant, posez la main à cet endroit, mais desserrez-la un peu.

Elle obéit, et Whitby approuva d'un signe de tête.

— Très bien, bravo. Allez-y, tirez lentement en arrière… Et lâchez tout !

La flèche s'enfonça près du centre de la cible, et M. Whitby laissa échapper un sifflement admiratif.

— Vraiment impressionnant, lady Eleanor ! Vous êtes plus sportive que vous ne le pensez, semble-t-il. Qu'en dites-vous, Trelawny ?

— En effet. Apparemment, lady Eleanor est aussi talentueuse que belle, et ce n'est pas peu dire !

Eleanor regarda l'héritier des Dandridge bander son arc à son tour. Il était petit et mince – elle le dépassait pratiquement d'une tête. Il avait les yeux verts, des traits fins et d'épais cheveux blonds qui frôlaient le col de sa chemise. L'un dans l'autre, il était beau garçon, quoique pas assez viril au goût d'Eleanor, qui l'avait cependant tout de suite trouvé sympathique. Son enthousiasme et sa joie de vivre étaient contagieux.

D'un revers de main, elle essuya les gouttes de sueur qui lui perlaient au front.

— À présent, messieurs, veuillez m'excuser, mais il faut absolument que je boive une tasse de thé.

— Oh, très bien, abandonnez-nous ! s'écria lord Trelawny. Mais sachez que vous me brisez le cœur, lady Eleanor !

Elle éclata de rire et ôta ses épais gants de cuir.

— Je suis sûre que vous survivrez ! lança-t-elle avant de traverser la pelouse pour rejoindre les autres.

— Enfin ! s'exclama Selina. Aurais-tu atteint le statut d'expert en si peu de temps ? D'ici, on aurait dit que tu n'avais rien à envier à ces messieurs.

— J'ai des dispositions pour ce sport, semble-t-il, avoua Eleanor. Qui l'eût cru ?

Portant son lorgnon à son œil droit, la duchesse l'examina de la tête aux pieds.

— Personnellement, ça ne m'étonne guère, déclara-t-elle, son examen achevé. Vous paraissez plutôt robuste. Vous n'êtes pas une fleur de serre, n'est-ce pas, lady Eleanor ?

La jeune fille ne s'offusqua pas de sa remarque. Lord Trelawny lui ayant appris que sa mère était très sportive, il était évident que la duchesse lui faisait là un compliment.

— Pas le moins du monde, Votre Grâce, répondit-elle. J'aime marcher dans la campagne, et j'adore le grand air, surtout par une aussi belle journée que celle-ci.

— Je ne peux qu'être d'accord. Venez donc vous asseoir près de nous, proposa la duchesse en désignant une chaise à sa droite. Vous prendrez bien un peu de thé ? Cela nous permettra de faire connaissance. Ainsi, vous êtes la fille de lord Mandeville.

— En effet, répondit Eleanor en prenant la tasse que lui tendait Selina.

— Je le connais, intervint le duc. C'est un homme très bien.

— Il est aussi très beau, si ma mémoire est bonne, renchérit la duchesse.

Le duc poursuivit, ignorant la remarque de sa femme :

— J'ai entendu son discours au Parlement à propos de la réforme de l'éducation, l'an dernier. C'est un orateur inspiré, encore que je craigne qu'il ne soit un peu tôt pour les changements qu'il propose.

Eleanor hocha la tête, et reposa sa tasse dans sa soucoupe.

— Mon père est très attaché à cette réforme. Et mon frère aussi.

Elle laissa son regard s'attarder sur la duchesse. Celle-ci était beaucoup plus jeune qu'elle ne s'y attendait. Elle devait bien avoir vingt ans de moins que son époux. Petite et souple, la duchesse de Dandrige était d'une beauté saisissante. Ses cheveux blonds comme les blés encadraient un visage aux traits d'une exquise finesse, et ses yeux en amande, d'un vert changeant, lui conféraient un petit quelque chose d'exotique. Avec ses lèvres pleines, son teint frais et son absence de rides, elle paraissait de prime jeunesse. Quel contraste avec son corpulent mari à la moustache grisonnante et au crâne dégarni !

— Il ne va pas souvent à Londres, n'est-ce pas ? demanda le duc. En tout cas, on le voit rarement siéger au Parlement.

— Quand il était petit, mon frère était de santé fragile, si bien que nous avons dû nous installer à la campagne. Et mon père répugnait à l'abandonner pour aller à Londres.

Ce n'était pas tout à fait vrai, mais elle ne pouvait révéler que son père ne se déplaçait pas à cause des liaisons de sa mère. Et qu'il craignait qu'en son absence, elle ne néglige son fils, et seul héritier.

— Désormais, Henry est à Oxford, et je pense que mon père se rendra plus souvent au Parlement.

— C'est important, déclara le duc en se versant une rasade de porto. Et j'ai hâte d'écouter ses discours.

— Dites-moi, lady Eleanor, fit la duchesse en tournant le dos à son mari. Quand avez-vous été présentée à la reine ?

— Il y a deux ans. C'était très embarrassant. J'ai trébuché en reculant, et je suis tombée…

— En réalité, rectifia Selina, un page t'a rattrapée avant que tu ne heurtes le sol.

— Il n'empêche que je me suis ridiculisée ! J'ai perdu plusieurs plumes de mon turban, et j'ai lâché mon bouquet et mon mouchoir.

— Bah ! s'exclama la duchesse en agitant la main d'un air fataliste. Vous n'êtes ni la première ni la dernière ! Ce n'est pas facile de reculer lorsqu'on a une traîne… Surtout devant la reine. Je me suis laissé dire que plusieurs jeunes filles se sont évanouies d'émotion. À votre place, je ne m'inquiéterais pas de cet incident. Mais si vous avez fait votre entrée dans le monde il y a deux ans, j'imagine que vous êtes fiancée à l'heure qu'il est ?

— Oui.

— Non.

Eleanor et Selina avaient répondu en même temps. Eleanor se morigéna en silence. Pourquoi diable avait-elle répondu par l'affirmative ? N'était-elle pas censée garder ses fiançailles secrètes ?

La duchesse les dévisagea tour à tour, les lèvres pincées.

— C'est oui ou c'est non ? fit-elle sèchement. Ne me dites pas que vous êtes l'une de ces écervelées qui veulent un mariage d'amour ?

— Pas du tout, répondit Eleanor. Mon père a conclu un accord en mon nom, mais je ne suis pas encore fiancée… Enfin, pas officiellement.

— C'est une union inacceptable, Votre Grâce, déclara Selina d'un ton péremptoire.

À cet instant, le duc se mit à ronfler doucement. La duchesse lui donna un petit coup d'éventail sur l'épaule, et le vieil homme se redressa en sursaut.

— Oui, très important, marmonna-t-il avant de se rendormir.

La duchesse poussa un soupir exaspéré, et se tourna de nouveau vers Eleanor.

— Puis-je me permettre de demander pour quelle raison vous trouvez cette union inacceptable ? s'enquit-elle. Après tout, le mariage n'est qu'un contrat comme un autre. On ne peut laisser le cœur s'en mêler, surtout s'il s'agit d'un beau parti.

— C'est un débauché, déclara Selina avant même qu'Eleanor pût dire un mot. Un libertin !

— Votre père vous a fiancée à un libertin ? s'étonna la duchesse en arquant ses sourcils délicats. A-t-il vraiment des mœurs dissolues, ou est-ce seulement un jeune séducteur ? C'est très différent, vous savez.

Eleanor se sentit rougir, et baissa les yeux. Pourquoi Selina avait-elle éprouvé le besoin de déprécier Frederick à ce point ?

— Il n'est pas si méprisable que cela, Votre Grâce, ne put-elle s'empêcher de déclarer, incapable qu'elle était de ne pas le défendre.

Cela ne manqua pas d'intriguer la duchesse, qui regarda de nouveau tour à tour les deux jeunes femmes.

— Alors, est-il ou n'est-il pas méprisable ? s'enquit-elle.

— Il l'est.

— Il ne l'est pas.

Une fois de plus, Selina et Eleanor avaient répondu en même temps.

— Il ne l'est pas, répéta Eleanor d'un ton ferme. Lady Henley exagère. M. Stoneham a sans doute beaucoup de défauts, mais ce n'est pas un libertin.

— Stoneham ? fit la duchesse. Vous ne parlez pas de Frederick Stoneham, le fils du baron Worthington ?

Eleanor se serait giflée. Comment avait-elle pu laisser échapper son nom ?

Selina se pencha vers la duchesse.

— C'est bien lui, confirma-t-elle d'un ton confidentiel.

— Vous plaisantez ? Si l'on en croit la rumeur, c'est un propre à rien. Il faut absolument que quelqu'un parle à lord Mandeville avant qu'il ne soit trop tard. Et vous dites que le contrat de fiançailles a déjà été signé ?

— Oui, murmura Eleanor. Mais j'ai parlé à M. Stoneham, et nous en sommes arrivés à la conclusion que cet engagement n'était peut-être pas à notre goût.

Dieu que ces paroles lui coûtaient ! Elle éprouvait un regret si lancinant qu'elle en avait presque le vertige.

— Je vous comprends, approuva la duchesse.

— Cependant, nous n'avons pas encore pris notre décision finale, ajouta Eleanor avec humeur.

En quoi cela regardait-il la duchesse qu'elle épouse ou non cet homme ?

— Mais pourquoi donc restez-vous à Whitby Hall, à gaspiller votre temps au lieu de régler cette question ? insista cette dernière.

— M. Stoneham séjourne ici avec nous, expliqua Selina. Nous sommes arrivés tous ensemble, il y a deux semaines.

— Vraiment ? s'écria la duchesse. J'aimerais beaucoup le rencontrer afin de comprendre pourquoi on fait tout ce tapage autour de lui. Dites-moi, est-il aussi beau qu'on le prétend ?

Sa voix avait nettement changé, et Eleanor n'aimait guère la lueur qui venait de s'allumer dans ses yeux.

— Pour l'heure, il est à Plymouth avec Henley, répondit Selina, comme son amie se taisait. Mais je peux vous assurer que sa beauté est à la hauteur de sa réputation.

— Hum, fascinant… Sa réputation est presque légendaire alors que personne ne l'a vu à Londres depuis six mois ! Lady Eleanor, je ne saurais trop vous engager à rompre ce contrat le plus vite possible. Les hommes comme Frederick Stoneham conviennent mieux à des femmes, disons, plus… expérimentées. D'ailleurs, il n'a que vingt-trois ans, n'est-ce pas ?

La duchesse semblait savoir beaucoup de choses, nota Eleanor, de plus en plus mal à l'aise.

— C'est exact, répliqua-t-elle en l'examinant d'un regard soupçonneux.

— Il est beaucoup trop jeune pour se marier. Si je connaissais mieux votre père, je lui écrirais moi-même pour l'inviter à mettre un terme à ce projet.

« Ainsi, vous auriez Frederick pour vous toute seule », ajouta Eleanor à part soi. C'était peut-être ce type de femme, belle et expérimentée, dont Frederick recherchait habituellement la compagnie. N'avait-il pas mentionné une veuve dans le Shropshire ? Eleanor se sentit soudain fébrile. Succomberait-il aux avances de la duchesse, si elle parvenait à l'attraper dans ses filets ?

Non ! Elle ne pouvait croire qu'il ferait une chose pareille. Et pourtant, elle avait beau faire, le doute la rongeait.

— Monsieur Whitby ! appela la duchesse d'une voix si perçante qu'Eleanor sursauta. Posez donc ce satané arc et venez près de nous. Nous avons à peine échangé un mot depuis notre arrivée. Trelawny, vous accaparez notre invité.

Riant, M. Whitby les rejoignit à grands pas. Il se pencha pour embrasser la joue de son hôtesse, effleurant au passage le coin de ses lèvres.

— Chère duchesse, je m'étonne que vous ne nous ayez pas rejoints. Vous êtes si fière de vos talents d'archer…

— Certes, mais j'étais trop occupée à faire la connaissance de ces deux charmantes jeunes femmes. Je crois que je vais organiser une partie de campagne, et inviter lady Henley et lady Eleanor.

— Quelle bonne idée ! s'exclama lord Trelawny en arrivant à son tour. J'aimerais beaucoup zela.

— Oh ! mon cher, pourriez-vous cesser de zézayer ? C'est exaspérant ! Il croit que c'est à la mode, expliqua-t-elle. Dandridge, réveillez-vous ! ajouta-t-elle en enfonçant son éventail dans l'épaule de son mari, qui ronflait toujours.

Le duc se redressa en étouffant un bâillement.

— Hum, très bonne idée, marmonna-t-il. J'ai toujours aimé chasser.

— Ne l'écoutez pas, fit la duchesse avec un geste agacé de la main. J'aimerais également faire la connaissance de M. Stoneham, qui se trouve en ce moment dans la région. Nous l'inviterons aussi.

Elle posa distraitement la main sur le bras de M. Whitby, qui s'était assis près d'elle. Le geste était si intime qu'Eleanor détourna les yeux, gênée. Elle n'était pas la seule à être mal à l'aise ; elle aurait juré voir Selina froncer les sourcils. Soudain, la vision du cottage sur la falaise lui traversa l'esprit. Frederick avait suggéré presque ouvertement que Whitby y retrouvait une maîtresse.

Elle regarda de nouveau la duchesse, qui discutait tranquillement avec ce dernier, penché vers elle dans une attitude familière. Étaient-ils amants ? Elle maudit en silence Frederick de lui avoir fourré cette idée dans la tête ! À présent, grâce à son imagination fertile, elle imaginait le couple enlacé dans le grand lit à baldaquin.

Luttant pour chasser cette image, elle adressa un regard suppliant à Selina.

— C'est une charmante idée, Votre Grâce, déclara son amie, retrouvant enfin sa voix. Malheureusement, nous devons retourner dans l'Essex dès que M. Stoneham et Henley auront conclu l'affaire qui les a amenés ici, dans un jour ou deux.

— Ne pouvez-vous rester quelques jours de plus ? demanda la duchesse en se détournant à contrecœur de M. Whitby. Cela me ferait tellement plaisir ! Dites-leur de rester, Whitby.

— Mais oui, restez, renchérit ce dernier en ôtant un brin d'herbe de son pantalon. Vous ne trouverez pas hôtesse plus gracieuse que la duchesse, je vous assure.

— Je n'en doute pas, dit Eleanor. Mais nous devons vraiment rentrer le plus tôt possible. Une autre fois, peut-être, si vous avez l'amabilité de renouveler votre invitation.

— Oh, très bien ! Vous serez donc obligé de me distraire seul, Whitby ! déclara-t-elle en gratifiant celui-ci d'un sourire éblouissant qui ne fit que confirmer les soupçons d'Eleanor.

Qui trouvait tout de même curieux que son mari et son fils assistent à la scène sans paraître le moins du monde embarrassés.

— Mais j'aimerais tout de même faire la connaissance de M. Stoneham, ajouta la duchesse.

Tout le plaisir qu'Eleanor avait pris à cet après-midi en plein air s'était évaporé. Elle se sentait lasse, glacée à l'intérieur, mal à l'aise. Que faisait Frederick, en ce moment même, alors qu'ils buvaient le thé et parlaient de lui comme d'une bête curieuse ? Pour ce qu'elle en savait, il pouvait très bien avoir retrouvé M. Eckford et l'avoir provoqué en duel.

Sa gorge se noua soudain. Jamais encore elle n'avait éprouvé un tel sentiment d'impuissance. Son univers était sens dessus dessous, son avenir un gâchis confus. Elle ne pouvait faire confiance à l'homme qu'elle aimait, ni se confier à sa meilleure amie, et la seule personne qui aurait pu l'aider à y voir plus clair – son frère Henry – était à Oxford, jouissant des libertés offertes à son sexe tandis qu'elle se débattait dans le carcan que la société imposait aux femmes !

Elle se leva abruptement, au bord des larmes.

— Si vous voulez bien m'excuser, murmura-t-elle avant de s'éloigner, si vite qu'elle manqua de se tordre la cheville.

Il fallait absolument qu'elle fasse quelque chose. Elle ne savait quoi, mais elle n'en pouvait plus de rester assise à attendre que quelque miracle se produise. Que faire pour que tout se termine de manière satisfaisante ? Pour s'assurer qu'elle ferait le bon choix en ce qui concernait Frederick, et que celui-ci l'accepterait quel qu'il soit ? S'il n'était pas déjà mort, bien sûr, ce qui n'avait rien d'une hypothèse.

Elle gravit l'escalier à toute allure, et courut jusqu'à sa chambre.

— J'ai une affreuse migraine, Solange, dit-elle à sa femme de chambre. Je ne descendrai pas dîner ce soir.

Elle avait absolument besoin d'être seule, de sonder son cœur. Et peut-être qu'à force de réfléchir à sa situation, elle trouverait le moyen de sortir de cette impasse.

17

Debout à la fenêtre de sa chambre, Eleanor regarda la voiture du duc s'éloigner sous la lune.

Finalement, elle était descendue dîner. Solange l'avait convaincue que rester dans sa chambre serait terriblement offensant pour M. Whitby, et le mettrait dans une position délicate. Elle avait dû admettre, quoique à contrecœur, que sa domestique avait raison.

Donc, après s'être enfuie de manière si inconvenante, elle était descendue et s'était excusée, prétextant qu'une violente migraine l'avait clouée au lit pendant une heure.

Le dîner s'était déroulé dans une sorte de brouillard. Lord Trelawny, assis près d'elle, avait pourtant fait de son mieux pour la distraire. Mas elle était bien trop bouleversée pour suivre la conversation, et la duchesse l'avait plusieurs fois accusée d'être dans la lune. À raison.

Dès la fin du repas, lord Trelawny avait déclaré qu'Eleanor paraissait « épuizée », et l'avait entourée de mille attentions. Elle l'aurait volontiers embrassé lorsqu'il avait suggéré qu'elle aille se reposer.

Elle avait passé l'heure qui venait de s'écouler à scruter les ténèbres, et était arrivée à la conclusion qu'elle devait parler franchement à Selina. Elle lui avouerait son amour pour Frederick, ses inquiétudes, et la convaincrait qu'il n'était pas celui qu'elle imaginait, même s'il n'était pas dépourvu de défauts – loin s'en fallait.

Elle lui raconterait aussi ce qui s'était passé dans le cottage, au risque de la choquer. Elle ne pouvait qu'espérer que son amie saurait la conseiller, car elle n'avait personne d'autre vers qui se tourner.

Sa situation était devenue intolérable, et elle ne supportait plus d'y faire face seule.

« Inutile de remettre à plus tard », décida-t-elle en laissant retomber le lourd rideau.

Quelques secondes plus tard, elle frappait à la porte de la chambre de Selina.

— Puis-je te parler un instant, Selina ? demanda-t-elle d'une voix tremblante à travers le battant.

Elle entendit un bruit de pas, puis la porte s'ouvrit.

— Mon Dieu, comme tu es pâle ! s'exclama lady Henley. Entre, je t'en prie, et dis-moi ce qui se passe.

Eleanor obéit et referma doucement la porte derrière elle. Selina l'entraîna vers le sofa.

— Je n'aime pas la mine que tu as, reprit celle-ci. Tu ne dors pas bien, en ce moment ?

— Je ne dors plus, répondit Eleanor en se laissant tomber sur le sofa. Il faut que je te parle, mais d'abord, promets-moi de me faire totalement confiance.

— Voyons, Eleanor, je t'ai toujours fait confiance, tu le sais bien. Dis-moi vite ce qui te tourmente, car cela commence à m'effrayer.

— Il n'y a pas de quoi s'effrayer, rassure-toi. Il s'agit de ma propre indécision… à propos d'une question délicate.

— Cela concerne George ? Et la duchesse ? Moi aussi, j'ai été mal à l'aise en les voyant si familiers. Je viens justement de parler à George, et il jure qu'il n'y a rien…

— Non, cela concerne Frederick Stoneham, coupa Eleanor en serrant la main de son amie.

— Ô mon Dieu…

— En effet. Mais je peux t'assurer que ce n'est pas le vil débauché pour lequel tu le prends. Selina, je crois que je suis amoureuse de lui.

— Oh, non ! Tu ne vas pas recommencer ! Tu t'es déjà crue amoureuse de lui autrefois, non ?

Eleanor jeta un coup d'œil vers la fenêtre en entendant le martèlement de sabots dans la cour, puis répondit dans un soupir :

— Certes, mais ce n'était guère plus qu'un béguin de gamine. Je ne le connaissais pas à l'époque.

— Et tu le connais mieux aujourd'hui ? Tu as passé quoi ? quelques heures avec lui ? Comment as-tu pu devenir la proie…

— Je ne suis la proie de rien ni de personne. Crois-moi, Selina, je ne parle pas à la légère. J'ai toujours certaines réserves à son égard, mais je crois que sa réputation est très exagérée.

Son amie la dévisagea intensément.

— Tu en es sûre ?

— J'aimerais n'avoir aucun doute, justement. Je voudrais en être sûre…

— Mais tu ne l'es pas ! Cela devrait te suffire.

« Si seulement c'était aussi facile ! » songea Eleanor.

— Frederick n'est *pas* ce qu'il paraît être, s'entêta-t-elle. Il y a des aspects de sa personnalité qu'on ne peut qu'admirer, et je crois le connaître mieux que bien des gens, même après si peu de temps. Je peux te sembler naïve, mais… je sais que c'est vrai.

— Je veux bien te croire, murmura Selina.

— Tu ne penses qu'à mon intérêt, je le vois bien.

— Précisément, Eleanor. Je souhaite tant te voir heureuse, mariée, protégée et aimée comme Henley m'aime. George vient de m'assurer qu'il n'y a rien entre la duchesse de Dandrige et lui. En fait, la suggestion l'a fait rire. Mieux encore, il m'a dit sans détour que tu étais tout ce qu'il recherchait chez une épouse.

Eleanor eut un sourire amer.

— Mais tu te rends bien compte que je ne peux pas épouser M. Whitby vu les sentiments que j'éprouve pour Frederick. Ce serait injuste pour lui.

— Non, sans doute, soupira Selina. Oh ! Eleanor ! Tu l'aimes vraiment ?

— Oui, avoua Eleanor en soutenant le regard de son amie. Je dois avoir perdu l'esprit, mais je l'aime.

Un coup sec frappé à la porte arracha un sursaut aux deux amies.

— Lady Henley ? fit la voix de la gouvernante.

— Entrez ! répondit Selina en se levant.

La porte s'ouvrit sur la vieille femme, qui avait mis si hâtivement son bonnet de dentelle qu'il était de guingois.

— Pardonnez-moi de vous déranger, madame, mais M. Stoneham est en bas, et il demande… enfin, il insiste pour parler à lady Eleanor.

— Lord Henley est-il avec lui ? demanda Selina en pâlissant.

— Non, madame. M. Stoneham est arrivé seul, et dans un drôle d'état, si je puis me permettre.

Eleanor se précipita vers elle.

— Que voulez-vous dire ?

— Il empeste l'alcool, mademoiselle, répondit la gouvernante d'un air réprobateur.

Il était ivre ? Le cœur d'Eleanor se mit à battre à grands coups. Que faisait Frederick ici, en pleine nuit, et dans un état d'ébriété ? Cela n'avait aucun sens.

— Excusez-moi, dit-elle en contournant la gouvernante.

— Veux-tu que je t'accompagne ? cria Selina.

— Non, je te remercie ! répondit Eleanor tout en filant vers l'escalier, en proie à une sourde angoisse.

Frederick faisait les cent pas devant la cheminée. À chaque seconde qui passait, son anxiété augmentait. Bon sang, pourquoi mettait-elle si longtemps ? Ça faisait au moins un quart d'heure qu'il attendait.

Il secoua la tête, l'esprit encore légèrement embrumé par le gin qu'il avait bu avant de laisser Eckford sous la surveillance de Henley.

Il avait sauté sur son cheval et galopé jusqu'à Whitby Hall comme un possédé. Et peut-être l'était-il vraiment !

Il fourra la main dans la poche de sa veste et palpa la bourse en cuir brut qui contenait la bague ornée de rubis qu'il espérait glisser au doigt d'Eleanor avant le jour. Il avait compris, peut-être un peu trop tard, qu'il ne pouvait plus jouer les héros d'une patience à toute épreuve et tenir à distance la femme qu'il désirait plus que tout afin de la protéger de lui-même.

Dieu seul savait ce qui arriverait le lendemain, c'est pourquoi il voulait régler les choses sans attendre. Certes, il était un excellent tireur. Il n'aurait pas la moindre difficulté à régler son compte à Eckford avec une seule balle bien placée. Encore fallait-il que son beau-frère respecte les règles du duel. De la part d'un tel lâche, on pouvait s'attendre à tout.

S'il devait mourir, il voulait absolument qu'Eleanor sache qu'il avait eu l'intention d'honorer leur contrat de fiançailles. Et de respecter les serments qu'échangeaient les époux, y compris celui de lui rester fidèle jusqu'à ce que la mort les sépare.

Il allait demander à Molly de faire ses bagages, et il n'aurait plus jamais de maîtresse. Avec Eleanor à ses côtés, il n'aurait besoin de personne d'autre, il en avait la certitude comme jamais encore cela ne lui était arrivé au cours de sa triste vie.

Il avait passé la plus grande partie de la journée à essayer de ne pas penser à la jeune femme ; sans succès. Le malentendu qui subsistait entre Eleanor et lui l'empêchait de se concentrer sur la tâche qu'il avait à accomplir : débarrasser le monde de cette ordure d'Eckford !

Henley l'avait finalement convaincu qu'il ne ferait rien de bon tant qu'il n'aurait pas mis les choses au clair avec Eleanor. Et c'est ce qu'il allait faire, bon sang ! Ce soir même !

Il sortit sa montre, la consulta, puis la remit dans la poche de son gilet. Où diable cette gouvernante était-elle allée ? Et où était Eleanor ? Pour ce qu'il en savait, elle pouvait tout aussi bien être avec ce crétin de Whitby, lui récitant de la poésie tandis qu'il la regardait, béat d'admiration.

Cette seule pensée lui fit serrer les poings.

— Que faites-vous ici, Frederick ?

Il pivota au son de la voix familière, et son agitation cessa comme par magie. Jamais il ne s'était senti aussi calme.

Dieu qu'elle était belle ! songea-t-il en la dévorant des yeux, le souffle court. Son regard passa lentement de la masse de boucles sombres rassemblées en chignon à ses yeux d'encre, légèrement cernés, puis à ses lèvres, et plus bas, à sa gorge pleine. Elle portait sa robe incroyablement décolletée. Était-ce en l'honneur de Whitby ? En tout cas, ce n'était pas pour lui puisqu'elle ne l'attendait pas ce soir !

Un flot de jalousie le submergea et il se détourna pour fixer le feu.

— Répondez-moi, Frederick, reprit-elle d'un ton coupant. Que faites-vous ici, à cette heure, les cheveux en bataille et empestant l'alcool ?

— Fermez la porte, Eleanor ! ordonna-t-il en lui faisant de nouveau face.

— Non !

— Bon sang ! rugit-il. Fermez cette fichue porte !

Elle écarquilla les yeux, de peur, peut-être ? s'inquiéta-t-il. Il n'avait pas voulu l'effrayer. Nom de Dieu, il était en train de perdre la tête !

Il s'avança vers elle.

— À moins que vous ne souhaitiez que toute la maisonnée nous entende parler de ce qui s'est passé dans la chaumière, je vous suggère de fermer cette porte, mon ange, reprit-il avec douceur.

Eleanor le scruta pendant quelques secondes, puis se décida à fermer la porte.

— À clé ? s'enquit-elle froidement.

— C'est inutile.

Comme il s'avançait encore, elle alla se réfugier derrière le canapé.

— Je ne vois pas de raison de discuter de ce qui s'est passé la nuit dernière, observa-t-elle, les mains crispées sur le dossier du siège. Ce n'était certes pas nécessaire de revenir de Plymouth pour cela.

— J'ai retrouvé Eckford. Pour l'heure, Henley le surveille.

— Alors... alors, vous ne l'avez pas tué ?

— Je l'ai provoqué en duel. Demain à l'aube.

— Et vous voulez toujours le tuer ?

— Oui.

— Vous avez fait tout ce chemin pour me dire cela ?

— J'ai fait tout ce chemin pour vous remettre ceci, fit-il en sortant de sa poche une bourse de velours.

Elle l'enveloppa d'un regard méfiant.

— Qu'est-ce que c'est ?

Il tira sur le cordon de la bourse et fit glisser le bijou dans sa paume.

— Une bague de fiançailles.

— Pourquoi m'offrir une bague de fiançailles ? demanda-t-elle d'une voix sourde, les mains crispées sur le dossier du canapé. Pourquoi maintenant ?

— Parce que je veux que mes intentions soient claires. Je veux vous épouser, Eleanor.

— Vous êtes ivre, souffla-t-elle en secouant la tête. Vous ne savez pas ce que vous dites.

Il éclata de rire.

— Je ne suis pas si ivre que ça. J'ai trouvé mon chemin jusqu'ici, non ? Je sais ce que je dis, mon ange. Je veux vous épouser, et j'ai bien l'intention d'être un bon mari. Un mari fidèle, ajouta-t-il, sachant combien cela comptait à ses yeux.

Jamais il n'avait été plus sincère.

— Vous voulez bien venir ici ? reprit-il. Je n'ai pas l'intention de vous toucher, encore que si c'était le cas, le canapé ne suffirait pas à vous protéger de mes ardeurs.

— Je… je ne sais que dire, balbutia-t-elle.

— Dites que vous acceptez cette bague. Prenez-la, et réfléchissez à ma proposition. Rappelez-vous ce que vous avez ressenti hier soir, lorsque nous étions dans les bras l'un de l'autre.

Elle frissonna, et il sut qu'elle s'en souvenait avec autant d'acuité que lui. Et comment oublier, en effet ?

— Pensez à ce que vous ressentiez lorsque vous étiez perchée dans l'arbre sur la falaise, près de moi, poursuivit-il. À la sonate de Beethoven que vous avez jouée pour moi seul, avec tant de passion…

Lentement, il se dirigea vers elle, contourna le canapé.

— Demain, poursuivit-il, je m'occuperai d'Eckford. Si tout se passe bien, nous serons de retour dans l'Essex en moins de temps qu'il n'en faut pour le dire. Je vous donne trois jours, pas un de plus, pour réfléchir à ce que je vous ai dit ce soir, et décider de m'accorder votre confiance, de croire qu'un homme ne se réduit pas à sa réputation, et qu'on peut chasser le naturel.

— Vous disiez pourtant le contraire il y a peu.

— C'est vrai. Et je me trompais. Je me suis trompé sur beaucoup de choses, apparemment. Je ne voyais pas la nécessité de changer. Mais à présent, ajouta-t-il en s'approchant davantage encore, j'ai toutes les raisons de vouloir changer. Et si vous aussi, vous pensez que c'est possible, si vous le croyez vraiment, alors vous porterez cette bague et nous nous marierons à Noël, comme le stipule notre contrat.

Il lui prit la main et déposa le bijou au creux de sa paume.

— Et si jamais les choses ne se déroulent pas comme prévu demain, murmura-t-il, vous ferez ce que vous voulez de cette bague, personne n'en saura rien.

— Comment pouvez-vous dire cela et demeurer aussi calme ? souffla-t-elle, les larmes aux yeux. Je vous en prie, Frederick, renoncez à ce duel ! Emmenez Eckford à Londres, obligez-le à rembourser ce qu'il a pris, punissez-le comme il le mérite, mais renoncez à cette folie !

— Je n'ai pas le choix, ma chérie, répondit-il en lui caressant la joue du dos de la main. Vous devez le comprendre.

— Non ! fit-elle en secouant si vivement la tête que quelques mèches s'échappèrent de sa coiffure. Non, je ne peux pas le comprendre. Je ne pourrai pas vous épouser si vous tuez un homme.

Vaincu, il laissa retomber sa main.

— J'en serai infiniment désolé, déclara-t-il d'une voix blanche. À présent, si vous voulez bien m'excuser, je dois partir.

— C'est cela, partez ! s'écria-t-elle. Partez ! J'espère que vous ne reviendrez jamais !

Les larmes ruisselaient sur ses joues, et elle ne cherchait nullement à les retenir. Des larmes de colère, de tristesse, de peur ? Il n'aurait su le dire, et n'avait plus le temps d'essayer de le découvrir. L'aube serait vite là, et il devait être prêt.

Il pivota abruptement, une douleur sourde lui lacérant la poitrine, et gagna la porte. Là, il s'arrêta un instant, la main sur la poignée. Peut-être ne reverrait-il jamais Eleanor ! Maudit soit Eckford et sa lâcheté !

18

Pétrifiée, Eleanor regarda Frederick sortir du salon sans un regard en arrière. Il l'aimait. Elle l'avait vu dans ses yeux. Mais il ne l'aimait pas assez pour renoncer à ce duel. Oh, Seigneur, que devait-elle faire, à présent ?

— Frederick ! cria-t-elle.

Empoignant ses jupes, elle se rua vers la porte, traversa le hall en courant, les talons de ses mules claquant sur le marbre. Elle ne pouvait pas le laisser partir, pas ainsi, pas sans qu'il sache ce qu'elle ressentait. Elle ne serait *jamais* heureuse sans lui, elle le savait !

Elle passa devant la gouvernante médusée, et fila vers la porte d'entrée, qu'elle ouvrit d'une main tremblante. Juste à temps pour voir Frederick descendre l'allée à toute allure sur son immense étalon noir, les pans de son manteau flottant derrière lui.

Elle demeura immobile, le cœur gonflé de chagrin, le suivit des yeux jusqu'à ce qu'il disparaisse entièrement à la vue. Il était parti. *Parti.* Un instant, elle songea à courir jusqu'aux écuries pour demander une monture afin de se lancer à sa poursuite. Mais bien sûr, elle n'en fit rien.

Une douleur aiguë dans la main lui fit détourner les yeux de la route. Ouvrant le poing, elle découvrit la bague au creux de sa paume. Elle était d'une simplicité exquise : un rubis rond flanqué de deux diamants plus petits, le tout enchâssé dans une monture en filigrane d'or. Jamais encore elle n'avait possédé de bijou d'une telle beauté, d'une telle pureté. Où Frederick avait-il acheté cette bague, et quand ? C'était l'œuvre d'un orfèvre de talent, et elle doutait qu'on trouve un tel artisan ailleurs qu'à Londres. En pleine confusion, elle secoua la tête et referma les doigts sur le bijou.

Les larmes roulèrent sur ses joues, et elle eut l'impression de suffoquer. Seigneur, elle n'était pas en état d'affronter Selina ! Pas tout de suite, en tout cas. Elle décida d'aller faire quelques pas dans le parc afin de se calmer et de tenter d'y voir plus clair.

Rentrant en hâte dans la maison, elle regagna le salon et ouvrit l'une des portes-fenêtres. Quelques secondes plus tard, elle s'avançait au milieu des parterres de chrysanthèmes et de soucis, dont la lune accentuait les contours en les parant d'ombres étranges.

Son esprit était trop engourdi, ses pensées trop confuses pour qu'elle puisse penser à quoi que ce soit. Peu à peu, les battements de son cœur ralentirent, son souffle se calma. La nature l'apaisait comme toujours, que ce soit ici dans le Devon ou chez elle dans l'Essex.

Apercevant un banc de marbre sous un pommier sauvage, elle s'en approcha et s'y laissa tomber en frissonnant. Il fraisait frais, et elle regretta de ne pas avoir pensé à emporter un châle. À contrecœur, elle rouvrit le poing et contempla la bague. Elle se rappela les paroles de Frederick lorsqu'il l'avait déposée dans sa main, son insistance pour qu'elle se souvienne de choses qu'elle s'efforçait d'oublier. Mais comment oublierait-elle jamais ce qu'elle avait ressenti entre ses bras, la chaleur de son corps contre le sien, l'impression de sécurité qu'elle éprouvait en sa compagnie ? Comment oublierait-elle jamais les frissons que sa proximité faisait immanquablement naître en elle ? Comment survivrait-elle, si elle ne devait plus jamais éprouver cela ?

Elle avait besoin de ses caresses, de ses baisers, comme on a besoin d'air pour respirer, d'eau pour étancher sa soif… Que deviendrait-elle si Eckford le tuait ? La douleur qui la traversa à cette pensée lui coupa le souffle. Levant les yeux vers la lune, elle pria en silence : « Mon Dieu, faites que Frederick sorte indemne de ce duel. » Elle ne supporterait pas qu'il meure, qu'elle choisisse de porter sa bague ou non. Elle ne pouvait imaginer un monde sans Frederick, sans son rire moqueur, sans le pétillement espiègle de ses prunelles d'ambre, sans son sourire ironique. Durant quatre longues années, elle n'avait rêvé que de lui… À quoi rêverait-elle s'il disparaissait subitement ?

— Puis-je m'asseoir près de vous, lady Eleanor ?

Eleanor leva les yeux, surprise de découvrir M. Whitby à moins d'un mètre d'elle. L'espace d'un instant, elle avait cru que Frederick était revenu. Elle s'efforça vaillamment de dissimuler sa déception.

Son hôte ne pouvait plus mal tomber.

— J'ai pensé que vous auriez froid, et je vous ai apporté votre cape, expliqua-t-il en la lui tendant. Mais je ne voudrais pas être importun.

Elle avait froid, en effet, et s'empara de la cape avec gratitude.

— Merci, monsieur Whitby, murmura-t-elle en s'en enveloppant. Je vous en prie, asseyez-vous, encore que je crains de ne pas être de très joyeuse compagnie, ce soir.

— Cela ne me surprend pas, dit-il. J'ai vu M. Stoneham partir.

Il s'installa si près d'elle que leurs épaules se frôlaient. Étonnamment, Eleanor trouva sa présence réconfortante. Il avait beau ne pas lui plaire, elle devait admettre que George Whitby était un homme bon et généreux. Selina n'avait pas exagéré sur ce point.

— J'ai pensé que nous pourrions peut-être parler franchement, reprit-il après s'être éclairci la voix. J'ai parlé avec Selina après le départ de nos invités, voyez-vous. Elle m'a informé qu'un contrat de fiançailles vous liait à M. Stoneham, et que vous souhaitiez le rompre. Je me demande cependant si elle ne s'est pas méprise sur vos intentions.

Eleanor mit quelques secondes à répondre.

— Je l'avoue, j'ai commencé par contester ce contrat. Je le trouvais inacceptable. Mais, à présent, je... je n'en suis plus si sûre.

— Je vous en prie, lady Eleanor, ne soyez pas embarrassée. Je dois aussi vous avouer que Selina m'a confié qu'elle espérait que vous et moi pourrions peut-être nous entendre.

— Monsieur Whitby, je ne voudrais pas que vous pensiez que ma visite ici était une tentative de vous séduire, répondit-elle en baissant les yeux, mal à l'aise. J'espérais seulement faire votre connaissance afin de voir si, peut-être, nous pourrions nous entendre, comme Selina tentait de m'en convaincre.

— Je suis très flatté qu'elle ait pu penser qu'une jeune fille aussi ravissante, chaleureuse et intelligente que vous pourrait me considérer comme un parti possible. Sincèrement.

Eleanor hésita, indécise. Que répondre à cela ? Elle ne voulait ni lui donner de faux espoirs ni le blesser. Se rappelant les instructions de sa mère, elle opta pour une prudente politesse.

— Merci, monsieur Whitby.

— Mais vous êtes amoureuse de Frederick Stoneham, n'est-ce pas ? ajouta-t-il, la prenant de court.

— Je... je suppose que oui, avoua t-elle, mortifiée.

C'était tellement étrange de parler de cela avec un gentleman.

— Et croyez-vous qu'il mérite votre amour ? insista Whitby. Je dois confesser que je n'en ai pas eu l'impression, à première vue.

— Je… je n'en suis pas absolument certaine. Je veux le croire, cependant, répondit Eleanor. Cela dit, il doit se battre en duel à l'aube et, quelle que soit l'issue, je… je crains de le perdre. Je ne peux admettre qu'on prenne la vie d'un homme, quoi qu'il ait fait. Mais s'il arrive quelque chose à Frederick…

Sa voix se brisa.

— Je vous propose une alternative, lady Eleanor, déclara Whitby. Un plan d'évasion, en quelque sorte, précisa-t-il en lui prenant la main.

Elle le laissa faire, étrangement réconfortée par son contact.

— Si vous décidez de ne pas épouser M. Stoneham, je vous demanderai de devenir ma femme.

Eleanor eut un mouvement de recul stupéfait.

— Vous êtes à mes yeux l'épouse idéale, continua-t-il, et je vous jure que je serai un bon mari et un compagnon dévoué. Voyez-vous, je me trouve, moi aussi, dans une situation fort difficile. Je ne vous cacherai pas que mon cœur est déjà pris, depuis des années, et probablement pour toujours. Nous serions donc à égalité sur ce point, et je suis convaincu que nous pourrions être heureux en dépit des circonstances.

» J'ai l'infortune d'aimer quelqu'un que je ne puis épouser. Si vous êtes vous-même dans la même situation, nous pourrions peut-être nous réconforter mutuellement.

— Je… je ne sais que dire, balbutia-t-elle, déconcertée.

— Je ne doute pas d'en venir à vous aimer tendrement, Eleanor. Un amour complice, disons. Voilà ce que je vous offre si vous décidez de ne pas épouser M. Stoneham.

Jamais elle ne se serait attendue à une proposition pareille ! George Whitby, amoureux d'une autre. Mais de qui ?

— Est-ce la duchesse de Dandridge ? fit-elle, se rendant à peine compte qu'elle avait parlé à voix haute.

Il éclata d'un rire sonore.

— Ainsi, vous êtes arrivée à la même conclusion que Selina. Non, je puis vous assurer que ce n'est pas elle que j'aime, répondit-il, le regard perdu dans les étoiles. Vous êtes à la fois si près et tellement loin de la vérité, ajouta-t-il en plongeant le regard dans celui d'Eleanor.

— Mais... êtes-vous certain qu'elle et vous...

— Entièrement certain. Il n'y a aucun espoir. La situation est bien pire que si j'aimais la duchesse et non...

Il s'interrompit brusquement. Eleanor fronça les sourcils, intriguée. De qui parlait-il ? D'une amie de la duchesse ? De sa fille ? À sa connaissance, la duchesse n'avait qu'un enfant, et c'était un fils, lord Trelawny, et...

Elle se figea. Non, c'était impossible !

— Peu importe, reprit M. Whitby en soupirant. J'ai toujours voulu me marier, et peu de temps après votre arrivée, je me suis rendu compte combien c'était agréable de vous avoir sous mon toit. Whitby Hall semble revivre grâce à vous !

— Vous suggérez un mariage blanc ? hasarda-t-elle.

— Non, pas du tout. J'aimerais avoir des enfants. Et je ne doute pas de pouvoir accomplir... euh... mon devoir conjugal lorsque ce sera nécessaire.

Eleanor devint cramoisie.

— Mais avant que vous renonciez à M. Stoneham, enchaîna George, laissez-moi vous donner un conseil. C'est une chose bien triste de ne pouvoir épouser la personne que l'on aime. On se sent seul et désespéré, j'en sais quelque chose. Moi, je n'ai pas le choix, mais ce n'est pas votre cas. Si vous aimez sincèrement Frederick Stoneham, ne vous condamnez pas au sort qui est le mien. Sauf si vous pensez qu'il risque de vous maltraiter ou de vous humilier, bien sûr.

— Je n'en crois rien, déclara-t-elle, étonnée d'être aussi sûre d'elle.

Frederick n'avait-il pas promis d'être un mari fidèle ? Elle le croyait de tout son cœur.

— Moi non plus, avoua M. Whitby. À écouter Henley, c'est un homme qui a été fort peu aimé et rejeté. Peut-être l'amour que vous lui portez l'a déjà changé, et pour le meilleur. Henley semble le penser, et il le connaît très bien.

Henley savait donc ce qu'elle éprouvait pour Frederick ? Comme c'était humiliant ! songea Eleanor. Les choses allaient décidément de mal en pis. Et ce n'était peut-être pas terminé…

— Puis-je vous demander une faveur, monsieur Whitby ? Je me rends compte que j'abuse de votre gentillesse, mais c'est très important.

— Je vous en prie, dit-il en se levant. Vos désirs sont des ordres, lady Eleanor.

Elle se leva à son tour, vacillante, et regarda en direction des écuries.

— Il faut que j'aille à Plymouth, et cela bien avant l'aube. Je dois découvrir où a lieu ce duel, et arriver là-bas à temps pour l'empêcher.

Whitby hésita.

— Est-ce bien raisonnable, lady Eleanor ? Je ne pense pas qu'une dame ait sa place là où se dispute un duel. En fait, je suis persuadé qu'en vous conduisant là-bas, je risque d'aller à l'encontre du code de l'honneur qui régit les rapports entre gentlemen. Ce ne serait pas très prudent de ma part, vous ne croyez pas ?

— Le code de l'honneur ? répéta-t-elle. Allons donc, tout cela est d'une stupidité ! Le duel est une pratique barbare et archaïque ! Un jeu de massacre dépourvu de noblesse !

— Possible, mais il n'en reste pas moins que cet homme a abandonné la sœur de M. Stoneham, et l'a laissée dans une situation catastrophique. Il la battait, et a contracté d'énormes dettes.

— Est-ce une raison suffisante pour tuer un homme ? Sans parler de risquer sa propre vie ?

C'était là sa terreur, devait-elle admettre : que Frederick ne tienne pas à elle au point d'éviter de mettre sa vie en danger, au point de tout faire pour qu'elle n'en soit pas réduite à le pleurer. Cela faisait-il d'elle une égoïste ?

— La plupart des hommes vous diraient que c'est une raison suffisante, répondit George Whitby.

— Et vous, quelle est votre opinion ?

Il réfléchit à la question durant une bonne minute.

— Je ferais probablement la même chose s'il s'agissait d'une de mes sœurs, déclara-t-il enfin. Et pourtant, je n'ai guère d'affection pour ces sottes.

Eleanor secoua la tête.

— Je ne comprendrai jamais les hommes ! s'exclama-t-elle.

— Consolez-vous, Eleanor, nous avons le même problème avec les femmes.

Elle regarda la bague qu'elle serrait encore dans sa main. Quoi qu'il arrive le lendemain, elle voulait en être témoin… et porter ce rubis au doigt.

— Acceptez-vous de m'accompagner à Plymouth, monsieur Whitby ? demanda-t-elle.

— Eh bien soit ! Je vais faire préparer la voiture pour 4 heures. Je suppose que cela signifie que vous rejetez ma proposition de mariage.

— Je le crains. Mais vous le saviez en me donnant ce conseil, n'est-ce pas ? Vous êtes un homme bon et généreux, monsieur Whitby.

— On m'a fait pires reproches, plaisanta-t-il. Essayez de dormir un peu, à présent. Nul doute que vous aurez besoin de toutes vos forces, demain.

Frederick laissa tomber son manteau dans l'herbe, près du coffret d'acajou contenant les pistolets. Une aube maussade se levait. Comme s'il se préparait simplement à aller au lit, il déboutonna sa veste. Sa main était remarquablement ferme vu son manque de sommeil.

Il ajusta son col tandis que le témoin d'Eckford, un homme à tête de fouine du nom de Blackburn, examinait les pistolets. Henley, pour sa part, les avait déjà inspectés et avait donné son approbation.

Une poignée de badauds se tenait de l'autre côté du pré couvert de rosée, ainsi qu'un chirurgien. Tous bavardaient avec excitation. Eckford se tenait près de Blackburn, et fusillait ouvertement Frederick du regard.

Ce dernier était quelque peu étonné qu'il y ait tant de monde. Personne ne le connaissait dans la région, et ni lui ni Henley n'avaient parlé du duel à quiconque en dehors du chirurgien. Étant donné la nature illégale de l'événement, ils n'avaient pas voulu attirer l'attention. Cela dit, et en dépit de tous ces témoins, Frederick était déterminé à aller jusqu'au bout.

Voyant Blackburn hocher la tête en signe d'assentiment, puis tendre le pistolet à Henley, il bâilla, et tira sur les poignets de sa chemise. Il était prêt, et avait hâte que cette affaire soit réglée.

Henley le rejoignit et lui tendit l'un des deux pistolets à crosse d'argent que Frederick avait achetés chez les frères Manton, à Berkeley Square. Ils lui avaient coûté une petite fortune, mais ils le valaient amplement.

— Combien Eckford a-t-il donné à Blackburn pour l'assister dans ce duel ? lui demanda Henley.

— Pas assez, si tu veux mon avis.

Frederick tourna l'arme dans sa main et l'admira encore une fois. Oui, c'était là un objet qui ferait du bon travail !

Henley regarda par-dessus son épaule le sieur Eckford, qui se débarrassait de sa veste avec une mine renfrognée.

— Tu as vraiment l'intention de le tuer ? s'enquit-il en fronçant les sourcils. S'il tire le premier et rate sa cible, s'arrêter sera une insulte suffisante, non ?

— Je ne suis pas là pour l'insulter, rétorqua Frederick d'un ton coupant. Va dire à Blackburn qu'ils ont assez tergiversé comme ça.

Henley retraversa le pré pour s'entretenir avec le témoin d'Eckford. Il revint quelques instants plus tard, et se tamponna le front avec un mouchoir en dépit de la fraîcheur de l'aube.

Eckford prit enfin place. Frederick l'imita et se dirigea vers le centre du pré. Là, il tourna le dos à son opposant, prêt à compter le nombre de pas réglementaires. Le soleil levant lui réchauffait la peau, un oiseau lança un trille. Frederick se sentait calme et détendu.

C'est alors que, sans prévenir, le visage d'Eleanor s'imposa à son esprit. Son odeur, la douceur de sa peau, le poids de son corps pressé contre le sien, tout lui revenait. L'image qu'il gardait d'elle, les joues baignées de larmes, serait-elle la dernière ?

Étouffant un juron, il s'efforça de chasser ces images de son esprit. Bon sang, ce n'était pas le moment de penser à elle ! Il ne pouvait se permettre une telle distraction. Pas maintenant.

Enfin, l'appel fut donné. Le silence se fit parmi les badauds comme les deux duellistes commençaient à compter lentement leurs pas. Une fois qu'il eut atteint la distance requise, Frederick pivota, les pieds bien écartés, et visa.

Le sang fila dans ses veines, son pouls se mit à rugir, assourdissant, tandis qu'il se concentrait sur son adversaire, attendant que Blackburn abaisse le mouchoir.

Soudain, une détonation retentit. Frederick sentit une vive brûlure à l'épaule et entendit des cris de protestation.

— Quelle honte !

— Jamais vu ça !

L'odeur de poudre emplissait l'air et Frederick, stupéfait, vit une tache rouge s'élargir lentement sur la manche de sa chemise.

— Espèce de lâche ! gronda-t-il en chargeant sur son adversaire.

Il y eut une grande confusion parmi les spectateurs lorsqu'il éjecta l'arme de la main d'Eckford et le saisit à la gorge.

— Sale vermine ! Je vais te faire sauter la cervelle !

Les yeux d'Eckford étaient aussi froids et durs que de l'acier.

— Pourquoi ? répliqua-t-il. Parce que je me suis lassé de baiser ta sœur ?

Aveuglé par la rage, Frederick resserra son étreinte et pressa le canon de son pistolet sur la tempe d'Eckford.

— Je t'enverrai en enfer pour avoir dit ça, siffla-t-il.

Comprenant enfin que Frederick ne plaisantait, Eckford perdit de sa superbe et se mit à trembler. Il regardait de tous côtés tel un lièvre pris au piège.

— Ne me tue pas, balbutia-t-il, les yeux exorbités. Je ferai tout ce que tu me demanderas. Je t'en supplie !

L'homme souilla son pantalon sous le regard écœuré de Frederick. Soudain, ce dernier eut l'impression d'entendre Eleanor le supplier d'épargner la vie de ce gredin. Sa détermination vacilla et il relâcha son emprise sur la gorge d'Eckford.

— Nous sommes pareils, toi et moi, fit Eckford d'une voix rauque en tentant de se dégager. Nous sommes de la même espèce. Tu aimes les femmes autant que moi...

Frederick le serra de nouveau à la gorge, et le souleva si bien que les bottes de cette ordure touchaient à peine le sol.

— Bon sang, tu ferais mieux de la fermer, canaille ! Je n'ai rien de commun avec toi, tu m'entends ? *Rien !*

Les tempes de Frederick bourdonnaient si fort qu'il parvenait à peine à entendre, et la brûlure à son épaule était devenue insupportable. Nom de Dieu, il fallait en finir ! Il leva son pistolet et visa, mais hésita une fois de plus comme Eckford se mettait à gémir de façon pitoyable.

Une vague nauséeuse submergea Frederick. Il vacilla, lâcha Eckford qui s'affala dans l'herbe, cherchant sa respiration. L'odeur de chair brûlée, de terre humide et d'urine lui arracha un haut-le-cœur.

Seigneur, il n'y arrivait pas ! Il ne parvenait pas à tuer l'homme qui avait maltraité Maria et l'avait abandonnée. Qu'est-ce qui ne tournait pas rond chez lui ? Il était donc devenu si faible ? Lâchant un juron, il jeta le pistolet dans l'herbe.

— Je dis la vérité et tu le sais, beau-frère, insista Eckford, redevenu courageux maintenant qu'il n'était plus menacé. On est pareils toi et moi. Deux faibles, esclaves de nos vices. Sais-tu ce qui est arrivé à ta dernière conquête, Mme Cornelia Darby, la veuve du Shropshire ? Elle a fait une fausse couche et elle est morte d'une hémorragie peu de temps après que tu as quitté son lit, m'a-t-on dit. Alors qui es-tu pour me juger ? cracha-t-il, le regard brûlant de haine.

— Non, lâcha Frederick d'une voix étranglée.

Cornelia Darby avait fait une fausse couche ? Elle était morte ? Ce n'était pas possible. Elle lui avait juré qu'elle ne pouvait concevoir, qu'il n'avait pas à s'inquiéter. Il recula en chancelant, les poumons en feu. Il ne sentait plus son bras, et sa manche était tachée de sang jusqu'au coude, à présent. Si Eckford avait dit vrai, alors oui, il ne valait pas mieux que lui... Il tomba à genoux en grognant.

Dans le chaos qui s'ensuivit, le chirurgien se précipita vers Frederick, tandis que la foule de badauds les entourait tel un essaim de sauterelles.

— L'os n'est pas touché, annonça le médecin, et Frederick se rendit soudain compte qu'on lui avait ôté sa chemise. La balle n'a fait que vous effleurer, mais vous perdez beaucoup de sang...

Il cessa d'écouter et regarda Henley, qui pointait un pistolet sur Eckford d'un air assuré.

— Vous allez rentrer immédiatement à Londres et restituer ce que vous avez volé, ainsi que tous les bijoux que vous avez encore, disait son ami. Et je me fiche que vous en soyez réduit à travailler comme docker ! Vous rendrez à Mme Eckford ce qui lui appartient, rembourserez vos créanciers, et paierez une pension à votre femme et à vos enfants. Vous m'entendez, Eckford ? Et si vous ne le faites pas, c'est moi-même qui vous ferai sauter la cervelle Tenez-vous-le pour dit !

Pour faire bonne mesure, Henley tira un coup dans l'herbe, à quelques centimètres du genou d'Eckford. La foule recula en criant.

Frederick regarda de nouveau sa blessure, sur laquelle le chirurgien versait un liquide nauséabond qui lui brûlait les chairs.

— Ma parole, vous essayez de me tuer ! rugit-il.

Il avait l'impression qu'on lui enfonçait un tisonnier chauffé à blanc dans l'épaule. La tête commença à lui tourner.

— Allongez-vous, ordonna le chirurgien. Il faut que j'arrête l'hémorragie, et je n'y arriverai pas si vous bougez tout le temps. Buvez cela, ajouta-t-il en versant une généreuse rasade d'un alcool impossible à identifier dans la gorge de Frederick.

Ce dernier l'avala docilement, incapable de penser à autre chose qu'à la douleur aiguë que le linge pressé fortement sur sa blessure par le médecin provoquait. Un linge qui provenait de la doublure de sa veste, se rendit-il compte. La situation était si absurde qu'il faillit en rire.

Puis il se souvint des paroles d'Eckford : Cornelia Darby était morte. Par sa faute.

— Tiens, bois encore un peu, fit Henley en pressant la bouteille d'alcool contre ses lèvres.

Frederick avala avec avidité dans l'espoir d'atteindre un bienheureux engourdissement qui annihilerait toute douleur.

Il en était à se dire que la situation ne pourrait être pire lorsqu'il crut entendre la voix d'Eleanor s'élever au-dessus du brouhaha. Elle l'appelait !

19

Laissant M. Whitby s'occuper de la voiture, Eleanor empoigna ses jupes et s'élança dans le pré en courant, le cœur battant à un rythme effréné. « Vite, vite, vite, » se répétait-elle encore et encore.

Ils avaient entendu une détonation tandis qu'ils approchaient. Puis une autre. Une voix avait hurlé dans sa tête : « Tu arrives trop tard ! » et sa peur n'avait fait que grandir depuis, menaçant de l'étouffer.

— Frederick ! cria-t-elle, d'une voix si haut perchée qu'elle ne la reconnut pas.

Elle s'arrêta un instant pour balayer du regard la scène chaotique qui s'offrait à sa vue. Où était Frederick ? Et où était Henley ? Que s'était-il passé ?

Soudain, elle porta la main à la bouche pour étouffer un cri. Elle venait d'apercevoir un homme allongé dans l'herbe, à une trentaine de mètres. Plusieurs individus étaient agenouillés autour de lui, l'empêchant de distinguer autre chose que son épaisse chevelure brune. Ce *devait* être Eckford ! Elle ne pouvait accepter d'alternative.

Elle allait s'autoriser un soupir de soulagement quand elle se souvint tout à coup d'avoir vu M. Eckford lors d'une partie de campagne dans le Kent. Il était blond. Le sang d'Eleanor se glaça dans ses veines.

C'était Frederick. L'homme étendu à terre ! Touché par une balle…

— Frederick, souffla-t-elle, incapable de bouger, terrifiée à l'idée de ce qu'elle risquait de découvrir.

Son corps sans vie ? Non ! C'était impossible. Elle ne le supporterait pas. Elle plaqua la main sur sa bouche. Le sol tanguait dangereusement et elle inspira à fond pour tenter de juguler la nausée qui menaçait.

Comme dans un brouillard, elle revoyait Frederick dans le salon de Whitby Hall, quelques heures auparavant, debout dans son grand manteau sombre. Fort. Solide. Vivant.

Quelqu'un se tourna vers elle, et elle reconnut Henley. Oui, c'était bien lui, en manches de chemise, la crosse d'argent du pistolet coincé dans sa ceinture étincelant au soleil.

— Lady Eleanor ? cria-t-il, une note d'incrédulité dans la voix.

Les hommes présents s'écartèrent pour le laisser passer, révélant l'homme étendu à terre – à présent appuyé sur le coude ! Le cœur d'Eleanor manqua un battement, puis bondit de joie dans sa poitrine. Il était *vivant* ! Exultant, les larmes aux yeux, elle murmura une prière de remerciement.

— Au nom du ciel que faites-vous ici ? demanda Henley. Où est Selina ?

Puis il aperçut un homme qui s'approchait, et fronça les sourcils.

— George ? Que se passe-t-il ?

Ignorant ses questions, Eleanor le contourna, et s'avança vers Frederick. Il était blessé, de toute évidence, mais elle n'aurait su dire quel était le degré de gravité de sa blessure. Un homme aux cheveux gris, un chirurgien, peut-être, était agenouillé près de lui, et pressait quelque chose contre son épaule.

Seigneur, il y avait du sang partout ! Elle en sentait l'odeur cuivrée. Elle s'immobilisa, l'estomac révulsé, luttant pour garder l'équilibre. Ce n'était pas le moment de s'évanouir ! Pas maintenant.

— Ce n'est qu'une blessure superficielle, fit la voix de Henley près d'elle.

Il avait dû s'apercevoir qu'elle chancelait, car il lui prit le coude fermement.

— Laissez le chirurgien faire son travail, lui conseilla-t-il.

Se dégageant, elle secoua la tête. Pour autant qu'elle sache, il perdait son sang. En ce moment même.

— Il faut que je lui parle, murmura-t-elle.

— Eleanor ? appela Frederick d'une voix pâteuse. Que diable faites-vous ici ?

En quelques secondes, elle fut près de lui. Elle s'agenouilla dans l'herbe tachée de sang sans se soucier de sa robe.

— Il fallait que je vienne, souffla-t-elle en lui prenant la main, luttant pour ne pas éclater en sanglots. Que s'est-il passé ?

— Cette canaille a tiré avant le signal, répondit-il, le regard trouble.

Une mèche humide lui barrait le front, et Eleanor la repoussa avec douceur, avant de s'apercevoir qu'il était nu jusqu'à la taille. Un frisson la secoua.

— Où est... M. Eckford, à présent ? s'enquit-elle.

L'avait-il tué ? Une partie d'elle-même l'espérait presque, se rendit-elle compte dans un sursaut de culpabilité, qu'elle s'empressa de chasser. Après tout, ce gredin avait blessé Frederick, et s'était montré d'une lâcheté sans nom.

— Il est là-bas, ce poltron ! répondit-il avec un mouvement du menton.

Elle regarda dans la direction qu'il indiquait. Deux hommes maintenaient un individu en manches de chemise, aux courts cheveux blonds. Elle reconnut Eckford.

Elle reporta son attention sur Frederick. Le chirurgien était en train de panser la blessure à l'aide d'un linge qui empestait le camphre.

— Vous ne devriez pas être ici, Eleanor, articula Frederick en grimaçant de douleur. Retournez à Whitby Hall. Henley vous ramènera à Covington Hall.

— Et vous, où irez-vous ?

— À Londres, avec Eckford. Tonnerre, mon vieux, c'est douloureux ! grogna-t-il en adressant un regard noir au médecin qui terminait de lui bander l'épaule.

— Vous devriez cicatriser vite dès lors que cela ne s'infecte pas. Il faudra changer le pansement tous les jours, madame, ajouta-t-il en se tournant vers Eleanor. Nettoyez la plaie chaque soir avec de l'eau chaude savonneuse. Et ne serrez pas trop la bande.

Eleanor secoua la tête, ne sachant trop comment rétablir la situation.

— Je… je crains que vous ne vous mépreniez…

Elle baissa les yeux en rougissant. Mais la vue du torse musclé de Frederick, sa peau dorée, ne fit qu'accroître son trouble. Malgré elle, son regard glissa vers la fine ligne sombre qui disparaissait dans sa ceinture.

Elle s'obligea à détourner les yeux, affolée par son audace.

— Je ne suis pas sa femme, reprit-elle. Nous… nous sommes fiancés.

Son cœur se gonfla de joie comme elle prononçait ces mots. Quel bonheur de pouvoir enfin les dire à voix haute !

— Vraiment ? fit Frederick.

Un sourire ironique aux lèvres, il se redressa en position assise.

— Oui, murmura-t-elle en lui tendant la main.

Dans sa précipitation, elle avait oublié de prendre ses gants et le rubis étincelait à son doigt.

— Bonjour, monsieur Stoneham, lança Whitby qui s'était approché en compagnie de Henley. Je suis fort aise de voir que vous êtes encore entier.

— Je devrais vous étrangler pour l'avoir amenée ici, grommela Frederick, qui pâlit lorsque Henley l'aida à se mettre debout.

— Vous avez mieux à faire, Stoneham, avec une compagne aussi remarquable. J'espère que vous vous rendez compte de votre chance !

De plus en plus blême, Frederick murmura :

— Plus que vous ne l'imaginez. Vous voulez bien la ramener, Whitby ? Je vais avoir besoin de Henley pendant quelques heures.

— Avec plaisir, répondit Whitby, jovial, en offrant le bras à Eleanor.

— Allez-y, mon cœur, ordonna Frederick avant de pivoter et de s'éloigner d'un pas raide sans même lui jeter un dernier regard.

Eleanor grimpa jusqu'au promontoire d'un pas vif, espérant que la vue de la mer la calmerait. Elle avait tellement envie d'oublier les événements de la journée, de se perdre dans la contemplation de ce superbe panorama. Que pouvait-elle faire d'autre, de toute façon ?

Frederick était parti à Londres avec M. Eckford. Mais auparavant, tous deux s'étaient querellés. Une heure durant. Frederick insistait pour qu'elle reste à Whitby Hall jusqu'au lendemain, puis rentre chez elle dans l'Essex et l'y attende. Mais Eleanor voulait le suivre à Londres. Il était blessé. Qui changerait ses pansements ?

Ce n'était pas sa place, avait-il rétorqué. En outre, il ne voulait pas se laisser distraire de sa tâche qui consistait à obliger Eckford à régler ses dettes et rendre à Maria ce qui lui appartenait. Il avait été jusqu'à lui ordonner de lui obéir.

Il avait eu des mots très durs. Sans parler de son regard tandis qu'il les prononçait – un regard lointain, vaincu. Il l'avait à peine regardée, et cela avait inquiété Eleanor davantage encore que ses paroles. Plus alarmant, il était demeuré à bonne distance d'elle, comme s'il était soudain devenu un modèle de bienséance. Pas une étreinte, pas un baiser pour lui dire au revoir. Pas la moindre caresse.

Qu'est-ce qui l'avait transformé à ce point, dans ce pré de Plymouth ? s'interrogeait-elle. Il était tellement différent de l'homme qui l'avait embrassée avec passion.

Elle atteignit enfin le sommet du promontoire, et le vent s'engouffra dans sa cape en guise d'accueil. Le soleil commençait à descendre à l'horizon, laissant dans son sillage de longues bandes orange et roses. Elle contempla la mer, et un sentiment de totale impuissance l'envahit. Cette immensité lui donnait l'impression d'être minuscule, insignifiante – et si seule sans Frederick à ses côtés.

Elle s'approcha de l'arbre tordu par le vent, et fut prise d'une envie irrépressible d'y grimper pour éprouver une fois encore cette merveilleuse impression de liberté. Mais au fond de son cœur, elle savait que ce ne serait pas la même chose. Rien dans sa vie ne serait plus jamais pareil sans Frederick à ses côtés.

Elle enfouit le visage entre ses mains et laissa échapper un soupir de désespoir. Quelque chose clochait. Elle voyait bien que Frederick n'était pas lui-même. Elle aurait tellement aimé le suivre à Londres, pour tenter de comprendre pourquoi il avait à ce point changé. Comment allait-elle supporter le long voyage de retour dans l'Essex, et l'interminable attente alors que des questions insidieuses lui faisaient douter de l'affection que Frederick lui portait.

— Je pensais bien te trouver ici ! s'exclama une voix familière.

Eleanor sursauta si violemment qu'elle se cogna contre le tronc de l'arbre. Elle fit volte-face. Selina se tenait devant elle, ses boucles blondes voletant autour de son visage empourpré par l'effort.

— C'est beau, n'est-ce pas ? reprit Selina en serrant sa cape. Un peu frais, peut-être. Désolée de t'avoir fait peur. J'espère que je ne te dérange pas.

Eleanor était montée ici pour être seule, mais la compagnie de son amie lui mettait du baume au cœur, soudain.

— Pas le moins du monde, répondit-elle avec un faible sourire. Je suis ravie que tu m'aies trouvée. Je songeais à grimper dans cet arbre, figure-toi. Tu devrais te joindre à moi ; la vue est extraordinaire de là-haut.

Selina éclata d'un rire joyeux.

— Grimper dans un arbre ? As-tu perdu la tête, Eleanor ? Pourquoi ferais-tu une chose pareille ?

— Parce que j'en ai envie, répondit Eleanor, ce qui était la stricte vérité.

Selina se mordilla la lèvre, puis haussa les épaules.

— Dans ce cas, vas-y, je t'en prie. Mais que ferais-je si tu tombes ?

Elle regarda par-dessus son épaule, en direction de Whitby Hall, comme pour calculer le temps nécessaire pour aller chercher de l'aide.

— Ne t'inquiète pas, je te promets de ne pas tomber ! Je suis assez douée, à vrai dire.

Selina s'approcha et laissa courir sa main sur le tronc noueux, l'air perplexe.

— Franchement, je ne comprends pas ce qui te pousse à faire cela.

— La vue est encore plus belle, expliqua Eleanor. Et puis, c'est très agréable d'être au-dessus de la terre ferme, et… et j'en ai envie, voilà tout. N'as-tu jamais fait une chose simplement parce que tu en avais envie ?

Elle se rendit compte qu'elle répétait mot pour mot une question de Frederick.

— Je ne suis pas sûre, avoua Selina. Bon, allez, monte à ton arbre ! Veux-tu que je te fasse la courte échelle ? C'est ainsi qu'on dit, n'est-ce pas ?

— Selina, tu frissonnes. On devrait rentrer.

— Et ton arbre ? demanda son amie en tapotant le tronc. Nous partons demain matin, et tu n'auras plus l'occasion d'y grimper.

— Ça ne fait rien, je t'assure. Et puis, ce ne serait pas la même chose, poursuivit Eleanor en laissant son regard errer sur la mer, se souvenant du bateau aux voiles de couleurs vives.

— Cela a-t-il un rapport avec Frederick ? J'avoue vous avoir entendus vous disputer avant ton départ. Est-ce que… tout est réglé entre vous ?

— Oui… non. Peut-être. Je porte sa bague de fiançailles, je suppose donc que ça l'est.

— Et c'est vraiment ce que tu désires ? L'épouser ?

— Oui, Selina. Je l'aime. Tu dois avoir du mal à comprendre, après m'avoir entendue clamer durant toutes ces années que je ne souhaitais pas me marier par amour. Mais, aujourd'hui, c'est mon plus cher désir. Je ne saurais être heureuse autrement. Frederick est un homme bien, crois-moi. Il aurait pu tuer M. Eckford, mais il l'a épargné. Cela en dit long sur son caractère, non ?

Selina approuva d'un signe de tête.

— Oui, en effet. Henley assure que la plupart des hommes n'auraient pas fait preuve d'une telle retenue. Si tu l'aimes, je suis heureuse pour toi. Je le suis si tu es certaine qu'il t'aime autant en retour.

Eleanor détourna les yeux. Frederick ne lui avait pas dit qu'il l'aimait, du moins, il n'avait pas prononcé les mots. Mais il l'aimait, elle en était certaine. Et c'était précisément pour cela qu'elle avait besoin d'aller à Londres, plutôt que de tourner en rond à Covington Hall, le cœur rongé de doutes.

Pourquoi avait-il refusé qu'elle le suive ? Elle ne pouvait attendre, pas après s'être séparés dans des circonstances aussi difficiles.

— Eleanor ?

Elle tressaillit.

— Il t'aime aussi, n'est-ce pas ? insista Selina.

— Bien sûr, murmura-t-elle. Oh, ma chère Selina, il faut que tu fasses quelque chose pour moi ! Demande à Henley de nous emmener à Londres plutôt que dans l'Essex. Je ne peux t'expliquer pourquoi, mais il faut absolument que nous y allions, crois-moi.

— Mais Henley a dit…

— Que Frederick voulait que je l'attende à Covington Hall, je sais. Seulement, je dois le voir de toute urgence. Du reste, Londres est sur notre route, et je ne veux y rester qu'un jour ou deux.

— Est-ce vraiment si important pour toi ? voulut savoir Selina en lui prenant la main. Que veux-tu faire, une fois là-bas ?

Comment lui expliquer qu'elle avait simplement besoin de *voir* Frederick, de s'assurer qu'il n'y avait aucun malentendu entre eux ? Que ce regard vaincu – coupable, se rendait-elle compte – ne signifiait rien ? Que son attitude avant son départ était due à sa blessure et n'avait rien à voir avec elle ?

Dieu que ces raisons paraissaient stupides, y compris à ses propres yeux ! Qu'elle semblait égoïste ! Frederick avait reçu une balle, la situation de sa sœur était préoccupante. Qu'espérait-elle donc ? Une déclaration d'amour ? Mille et une attentions ? Bien sûr qu'il était ailleurs. Comment ne pas l'être ? Il était venu dans le Devonshire pour mettre un terme aux tourments de sa sœur et rien d'autre !

Malgré tout, elle avait envie de se rendre à Londres. Et c'était en soi une justification suffisante si elle se fiait au raisonnement de Frederick.

Elle hocha la tête. Sa décision était prise.

— C'est important que j'y aille, affirma-t-elle. Sinon, je ne te le demanderais pas.

— Fort bien, murmura Selina en lui pressant la main avec un sourire déterminé. Je saurai convaincre Henley, ajouta-t-elle, un regard espiègle aux lèvres.

— Vraiment ? la taquina Eleanor, qui se sentait tout à coup d'humeur soudain plus légère.

— Vraiment, confirma son amie. J'ai des arguments de poids. Mais je t'en parlerai quand Frederick et toi serez mariés, pas avant !

Eleanor ne put s'empêcher de rougir, consciente d'en savoir peut-être plus long sur la question qu'une jeune fille ne l'aurait dû.

20

Frederick se baissa pour éviter un vase de porcelaine, qui le manqua de quelques centimètres. Molly prenait très mal les choses… Il s'y attendait, certes, mais pas à ce point. Elle dépassait les bornes, même pour une femme aussi capricieuse !

L'équivalent d'une petite fortune en porcelaine et en cristal gisait aux pieds de Frederick, en mille morceaux. Des assiettes, des vases, des brocs… rien n'avait échappé au courroux de sa maîtresse. Et tous ces objets avaient, bien sûr, été payés par lui.

Il venait de passer des journées fort désagréables, à s'occuper du cas Eckford. Il avait réglé le problème rapidement et efficacement, puis s'était attaqué au suivant : Molly. Il avait prévu une scène alternant moues méprisantes et larmes savamment dosées. Qu'elle tente d'utiliser toutes les armes à sa disposition, dont ses charmes physiques, pour le faire changer d'avis. Il s'y était préparé, se sentait de taille à repousser ses avances. Mais cela ? Cette violence, cette fureur ! Bon sang ! Il était plus que jamais pressé de retrouver Eleanor. De mettre un terme à cette comédie.

— Comment osez-vous me chasser ainsi ? hurla Molly en lançant une dernière tasse dans sa direction.

— Allons, Molly, calme-toi ! Je ne te chasse pas, c'est moi qui m'en vais, ajouta-t-il en désignant ses bagages dans l'entrée.

— Salaud !

Crac ! Une soucoupe alla s'écraser contre la cheminée.

— Nom de Dieu, tu vas m'écouter, à la fin ! Je te donne largement le temps de trouver un autre logement. Je ne te jette pas à la rue.

— Vous me flanquez dehors comme un vulgaire tas de linge sale, espèce de… de…

— De quoi ? Tu as épuisé ton stock d'insultes pour ce soir, je crois.

Il était las. Vidé, même. Il voulait que cela cesse. *Sur-le-champ.* Lorsqu'il la vit s'emparer d'une théière, il fonça sur elle et lui saisit les poignets avant qu'elle ait le temps de la lancer.

— Ça suffit ! Je t'ai promis de payer le loyer pendant encore un mois, pas plus. C'est fini, toi et moi. Tu comprends ?

— Vous me faites mal, espèce de brute ! Lâchez-moi, cria-t-elle en se dégageant.

Nom d'un chien, il n'avait pas l'intention de lui faire du mal. Il en avait fait assez comme cela. Il se passa la main dans les cheveux, s'efforçant d'ignorer la douleur qui lui traversait l'épaule.

Ce matin, il avait reçu confirmation de la mort de Cornelia Darby, décédée trois mois auparavant d'une fausse couche. Un bébé qu'ils avaient probablement conçu ensemble. Il s'assurerait que Molly ne subirait pas le même sort, mais cela ne signifiait pas que, ce faisant, il trahirait la confiance d'Eleanor.

— Vous m'aviez dit que votre fiancée était dénuée de charme, que vous passeriez du temps avec moi, que vous vous serviriez de son argent pour m'acheter des…

— Bon sang, je sais ce que j'ai dit !

Il n'avait pas besoin qu'on lui rappelle ses propos cruels et indignes.

— La situation a changé, poursuivit-il.

— Comment cela ? Vous avez eu des scrupules, tout à coup ? Votre conscience vous tourmente ? Ne soyez pas hypocrite, Frederick. Vous ne seriez pas le premier homme marié à avoir une maîtresse.

— La situation a changé, répéta-t-il.

Il la fixait d'un regard glacial, détestant l'homme qu'il était seulement un mois auparavant.

— C'est à cause de cette catin du Shropshire ? jeta Molly méchamment. Vous me rejetez pour une vieille femme flétrie ?

Il crut étouffer de rage. Les poings serrés, il s'efforça de se calmer avant de faire un geste qu'il regretterait.

— Tu as intérêt à te taire, bon sang, ou je vais...

— Ne me menacez pas, Frederick Stoneham ! coupa-t-elle. C'est à cause de votre fiancée, alors ? enchaîna-t-elle. Elle vous tient déjà en laisse ? Elle veut vous empêcher d'aller chercher votre plaisir où bon vous semble ?

Il ne répondit pas, atterré. Comment avait-il pu trouver le moindre charme à cette mégère ?

— Mais peut-être êtes-vous amoureux d'elle ? C'est ça ? Vous n'êtes resté absent qu'un mois, Frederick. Vous la connaissez à peine. Je ne peux pas l'accepter !

— Tu n'as pas le choix. Non seulement tu vas l'accepter, mais tu vas commencer à chercher un autre logement dès aujourd'hui.

— C'est donc ça ? Vous vous croyez épris de votre jeune fille de bonne famille. Dites-moi, combien de temps lui a-t-il fallu pour écarter les jambes devant vous ? J'imagine qu'elle n'a pas pu résister à un homme aussi expérimenté.

Elle s'exprimait d'une voix rauque et sensuelle, tout en caressant le revers de la veste de Frederick de l'index.

En un éclair, il lui agrippa le poignet.

— Je t'interdis de dire un mot de plus sur elle, tu entends ? gronda-t-il. J'ai essayé d'être juste et conciliant, mais tu abuses de ma patience. Je paierai le loyer pendant un mois. Si tu as des difficultés par la suite, contacte mon notaire.

Il la lâcha et sortit une carte de visite de sa poche, qu'il posa sur la table.

— Je te suggère de te dénicher un autre protecteur le plus vite possible. Ai-je été assez clair ?

— Vous êtes un imbécile, Frederick Stoneham, cracha-t-elle, le regard haineux. Je vous souhaite de brûler en enfer !

— Dans ce cas, tu as de la chance, répliqua-t-il en coiffant son chapeau, car c'est probablement ce qui m'arrivera.

— Jermyn Street ? répéta Eleanor, incapable de cacher son étonnement.

Relâchant la lourde tenture, elle se détourna de la fenêtre devant laquelle elle se tenait depuis une heure.

— Tu en es sûre ? Ce n'est pas un quartier très... convenable, non ?

Selina se contenta de hausser les épaules, puis piqua son aiguille dans sa broderie.

— Henley m'a dit mot pour mot : « C'est au 12, Jermyn Street, mais il n'est pas question que vous alliez là-bas. » J'en déduis donc que c'est un endroit louche.

— Pourquoi ne l'as-tu pas dit plus tôt ? voulut savoir Eleanor. J'ai quasiment perdu tout l'après-midi à ne rien faire.

— Parce que Henley ne veut pas que nous y allions, je viens de te le dire, il me semble. En fait, il ne voulait même pas m'en parler ; cela lui a échappé dans la conversation. Il m'a du reste fait promettre que je ne te le dirai pas. Je ne connais pas ses raisons, vu qu'il ne me les a pas révélées.

Eleanor était de plus en plus perplexe. À quoi jouaient Henley et Frederick ? C'était à croire que ce dernier avait quelque chose à cacher. À *lui* cacher.

— Je vais m'y rendre, déclara-t-elle. Mais ne t'inquiète pas, Selina, je ne t'impliquerai pas. Je raconterai à Henley que j'ai trouvé l'adresse par un autre moyen. Tu m'accompagneras, néanmoins, n'est-ce pas ? Tu sais que je ne peux y aller sans chaperon.

Fiancée ou pas, il n'était pas convenable pour une jeune fille d'aller seule chez un gentleman. Elle avait certes hâte de voir Frederick, mais pas au point de ruiner complètement sa réputation.

Selina leva les yeux de son ouvrage, l'air dubitatif.

— Nous devrions peut-être attendre le retour de Henley. Après tout, il est censé trouver Frederick et le ramener aujourd'hui même.

— J'en ai assez d'attendre ! Du reste, Henley risque de ne pas arriver avant ce soir. Il a dit qu'il passait chez son notaire, non ? Selina, je t'en prie, c'est l'heure des visites. Après, il sera trop tard.

Le voyage de retour avait été d'une lenteur torturante. Perdue dans ses pensées, Eleanor n'avait pratiquement pas ouvert la bouche. Et plusieurs nuits sans sommeil dans de miteux relais de poste l'avaient laissée épuisée et les nerfs à vif.

Cela faisait maintenant deux jours qu'ils étaient à Londres, dans l'élégante petite maison des Henley, à Hanover Square, et ils n'avaient pas eu la moindre nouvelle de Frederick. Rien de plus normal puisque celui-ci ignorait qu'ils étaient en ville.

Si elle avait su où il logeait dans la capitale, elle lui aurait envoyé un mot dès leur arrivée. Mais elle n'avait jamais songé à lui demander son adresse, et elle était certaine que Henley la connaissait.

C'était le cas, apparemment. Alors pourquoi l'avait-il gardée pour lui ?

— S'il te plaît, Selina, insista Eleanor.

Son amie se leva, lissa sa jupe, et poussa un soupir résigné.

— Très bien. Je vais demander qu'on avance la voiture.

Une demi-heure plus tard, les deux jeunes femmes descendaient Bond Street en cabriolet.

Alors qu'Eleanor se demandait si Frederick serait content de la voir – s'il était chez lui, bien sûr, ce qu'elle ignorait –, elle fut soudain prise d'un doute. Peut-être aurait-elle mieux fait d'attendre le retour de Henley, finalement.

— Nous pouvons faire demi-tour, si tu veux, proposa son amie, comme si elle lisait dans ses pensées.

— Non… Je dois y aller, s'entêta-t-elle.

Ôtant ses gants, elle contempla la bague qui scintillait à son doigt. D'avoir enfin admis ses sentiments pour Frederick était si nouveau, si troublant… Elle avait besoin de le voir, de le toucher, afin d'y croire vraiment. Elle ne pouvait attendre une heure de plus, ni même une minute. Avait-elle tort ?

Les deux amies demeurèrent silencieuses. La voiture finit par ralentir, puis s'arrêter devant une étroite maison de ville identique à celles qui la flanquaient. Pourquoi l'héritier d'un pair du royaume avait-il choisi d'habiter une maison aussi quelconque, dans un quartier aussi peu élégant ? ne put s'empêcher de se demander Eleanor en posant le pied sur le trottoir.

— C'est bizarre qu'il vive ici, non ? commenta Selina, faisant de nouveau écho à ses pensées. J'espère que Henley ne s'est pas trompé. Je ne connais personne dans ce quartier.

— Moi non plus.

Eleanor ajusta son chapeau, regrettant soudain de ne pas s'être changée avant de partir.

— Mais Frederick a le don de surprendre, reprit-elle d'un ton faussement enjoué. Cela fait partie de son charme. Tu veux bien frapper ? ajouta-t-elle tandis qu'elles gravissaient les marches du perron. Je me sens trop nerveuse.

— Je ne vois pas pourquoi. Vous êtes fiancés, après tout. Notre visite n'a rien d'extraordinaire. Vas-y, fit-elle en désignant la porte. C'est toi qui as insisté pour venir.

— Oh zut ! s'écria Eleanor. J'ai oublié mes gants dans la voiture...

Elle souleva tout de même le heurtoir. Presque aussitôt, la porte s'ouvrit sur une femme âgée vêtue d'une robe grise et d'un tablier blanc. La gouvernante, sans doute. Elle examina les deux amies de la tête aux pieds.

— Vous avez l'intention de rester plantées là tout l'après-midi ? demanda-t-elle d'un ton impertinent. Ou vous cherchez quelque chose ?

— Oui, quelqu'un, déclara Selina en passant devant elle pour pénétrer dans la maison.

Eleanor lui emboîta le pas, reconnaissante à son amie de sa présence d'esprit. Selina sortit une carte de visite de son réticule et la tendit à la gouvernante.

— Je suis lady Henley et voici lady Eleanor Ashton. Nous aimerions savoir si M. Stoneham est chez lui.

— Ha ! M. Stoneham ! répéta la gouvernante d'un air bougon. Je ne sais pas où il est parti, ni pourquoi il a laissé la maîtresse dans un tel état !

— La... la maîtresse ? balbutia Eleanor, incrédule. Vous devez vous tromper.

— Merci, madame Wardley, fit une voix féminine.

Eleanor leva les yeux vers l'escalier en haut duquel se tenait une jeune femme menue en kimono de soie rouge. Ses longs cheveux blonds cascadaient sur ses épaules.

— Je vais m'occuper des invités de Frederick, ajouta-t-elle.

La gouvernante fit une brève révérence et disparut dans le couloir.

Le souffle coupé, Eleanor ne pouvait détacher les yeux de l'inconnue. « Ne tire pas de conclusions trop hâtives ! s'ordonna-t-elle. C'est peut-être une erreur. Un malentendu. Oui, c'est ça. C'est sûrement ça. »

— Pardonnez notre étonnement, commença Selina. Nous ignorions qu'une dame… enfin qu'une femme habitait ici.

— Bien sûr, observa leur hôtesse qui descendait lentement les marches en les étudiant tour à tour. Sinon, vous ne seriez pas venues, n'est-ce pas ?

— Nous devrions peut-être prendre congé, mademoiselle… Excusez-moi, mais je ne crois pas que nous nous connaissions.

— Delacorte. Mlle Molly Delacorte. Frederick et moi sommes… hum, de très bons amis, dirons-nous. Très proches.

Elle était très belle, bien entendu. Petite et délicate, avec de grands yeux pervenche et une bouche parfaitement dessinée. Elle s'exprimait comme une dame, mais il était clair qu'elle n'en était pas une. Aucune dame n'aurait accueilli ses visiteurs en kimono !

C'était de toute évidence la maîtresse de Frederick. Eleanor n'avait plus aucun doute. Voilà qui expliquait pourquoi Henley ne voulait pas qu'elles viennent. Il était au courant !

— Nous devons partir, articula-t-elle d'une voix rauque.

Ellc luttait pour retenir les larmes qui lui montaient aux yeux. Pas question de pleurer devant cette femme !

— Déjà ? s'écria Mlle Delacorte avec une moue. Vous ne voulez pas prendre une tasse de thé ? Frederick ne devrait pas tarder à rentrer. Je crois qu'il est allé à son club. Vous savez à quel point les hommes sont attachés à leurs habitudes, ajouta-t-elle avec un sourire.

Un sourire de vipère. Eleanor recula de deux pas et heurta un portemanteau qui menaça de se renverser. Elle le rattrapa de justesse, maudissant sa maladresse.

— Je crains que nous ne puissions l'attendre, déclara Selina.

— Très bien. Dans ce cas, je lui donnerai votre carte. Oh ! Quelle jolie bague ! ajouta-t-elle, les yeux rivés sur le rubis au doigt d'Eleanor. Et quelle monture particulière ! Je jurerais qu'elle est assortie à mon bracelet.

Sur ce, elle remonta la manche de son kimono, révélant le bracelet orné de rubis et de diamants qui brillait à son poignet.

— Quelle coïncidence, vous ne trouvez pas ? Frederick me l'a offert ce matin même. Je le trouve splendide.

Eleanor battit des paupières. Non, elle ne rêvait pas ! Le bracelet de Mlle Delacorte était le pendant de sa bague de fiançailles : des rubis flanqués de diamants dans une monture en filigrane d'or. Les deux bijoux faisaient de toute évidence partie d'une parure, et Frederick les avait probablement achetés ensemble. Il lui avait offert la bague, et avait donné le bracelet à sa maîtresse. Comme c'était pratique !

Une vague de nausée la submergea, et elle dut se retenir à la console de marbre de l'entrée. Elle avait commis une terrible erreur. Frederick ne l'aimait pas. Elle en avait la preuve vivante devant elle : Mlle Delacorte admirant son bracelet avec un sourire triomphant.

— Viens, Eleanor, murmura Selina en lui prenant le coude pour l'entraîner vers la porte. Il faut partir.

— Quel dommage que vous ayez manqué Frederick ! lança Molly Delacorte. Il sera très déçu.

Incapable de prononcer le moindre mot, Eleanor leva les yeux. Son regard croisa celui de Mlle Delacorte, et elle fut prise d'une furieuse envie de la gifler pour effacer ce sourire faussement timide de ses lèvres peintes. Serrant les poings, elle se redressa de toute sa hauteur et la gratifia de son sourire le plus dédaigneux. Après quoi, elle tourna les talons et suivit Selina.

Dieu merci, elle avait découvert la vérité avant de se marier ! songea-t-elle tandis que la voiture s'ébranlait. Son cœur était en miettes, mais elle avait évité le pire.

Jamais plus elle ne se montrerait aussi sotte, aussi vulnérable, aussi incroyablement naïve… Elle en avait fini avec Frederick Stoneham, mais aussi avec l'amour. À partir de maintenant, elle dresserait autour de son cœur une muraille impénétrable, et l'y maintiendrait jusqu'à son dernier souffle.

Et peut-être accepterait-elle la proposition de M. Whitby, finalement.

21

— Je n'ai pas la moindre idée de ce qui se passe, mon vieux ! admit Henley en levant les yeux vers le plafond, d'où provenaient des bruits sourds. Tout ce que je sais, c'est que lady Eleanor est à l'étage en train de tout flanquer par terre, et que Selina sanglote dans son mouchoir en répétant qu'il faut rentrer dans l'Essex dès demain.

Frederick se massa les tempes. Il avait l'impression que sa tête allait exploser. Bon sang, quelle atroce journée ! Il avait d'abord eu la surprise d'apprendre que Henley, Selina et Eleanor étaient à Londres. Et voilà qu'à présent, sa fiancée refusait de le voir, sans qu'il sache pourquoi.

Si quelqu'un avait une bonne raison d'être en colère, c'était pourtant lui ! Il lui avait ordonné de rentrer chez ses parents dans des termes on ne peut plus clairs. Il savait que l'avoir près de lui l'aurait distrait de la tâche qu'il s'était fixée, à savoir, obliger Eckford à rembourser ses créanciers et à prévoir une rente permettant à Maria de vivre décemment. Il voulait tenir Eleanor aussi loin que possible de cette histoire sordide.

Il lui avait en outre fallu rompre avec Molly, et se mettre en quête d'un nouveau logement. La résidence de Grosvenor Square lui reviendrait en même temps que le titre de baron, mais en attendant, il devait trouver une maison pour sa femme et lui. Il avait finalement déniché une charmante demeure près de Brook Street, et avait passé un accord avec le notaire. Mais il n'avait pas encore eu le temps de faire rédiger le contrat. En fait, il lui faudrait encore quelques jours pour régler ses affaires avant de se rendre dans l'Essex.

Et maintenant, Eleanor faisait une crise.

— Ça suffit ! s'exclama-t-il, à bout de patience. Va lui demander qu'elle descende immédiatement !

— Je ne crois pas que ce soit la meilleure chose à faire, Stoneham. C'est...

Un autre bruit sourd l'interrompit.

— Hum... reprit-il, elle m'a l'air très énervée.

— Je me moque...

Frederick se tut comme lady Henley apparaissait sur le seuil. Elle avait les yeux rouges et gonflés, et tenait son mouchoir pressé contre sa bouche.

— Bonsoir, lady Henley, fit-il en s'inclinant. Auriez-vous l'amabilité de demander... plutôt de persuader ma fiancée de venir me rejoindre ? Je vous en serais très reconnaissant.

— Comment osez-vous venir ici ? répliqua la vicomtesse, le visage déformé par la colère. Avez-vous idée de l'état dans lequel se trouve Eleanor ? Je lui avais pourtant dit que vous n'étiez qu'un gredin, mais elle ne voulait rien entendre. Elle refusait de croire que...

— Pardonnez-moi, madame, mais je n'ai pas la moindre idée de ce dont vous m'accusez !

— Bien sûr ! J'imagine que pour vous, c'est tout à fait normal, n'est-ce pas ? Vous pensiez que votre femme ne saurait jamais rien de vos activités à Jermyn Street ! Que vous pourriez continuer à...

— Jermyn Street ! répéta-t-il, livide. Comment diable... Pardon, mais que savez-vous de Jermyn Street ?

— Nous y étions aujourd'hui, Eleanor et moi. Nous avons rencontré votre Mlle Delacorte.

— Selina ! Je t'avais pourtant dit de ne pas y aller ! s'écria Henley, rouge de colère. J'avais été très clair…

— Je sais, Henley, et je suis affreusement désolée de t'avoir désobéi. Si seulement tu m'avais dit *pourquoi*, nous n'y serions jamais allées !

Selina éclata en sanglots.

Frederick se racla la gorge.

— Et que vous a dit Mlle Delacorte, exactement ? demanda-t-il, en proie à une terreur sans nom.

— Que vous étiez sorti… Et elle nous a montré le bracelet. C'était abominable. Si vous aviez vu l'expression d'Eleanor… Vous lui avez brisé le cœur !

Il cilla. Le bracelet ? De quoi diable parlait-elle ?

— Frederick, je croyais que tu avais… hum… réglé cette histoire ? intervint Henley, mal à l'aise, tout en tapotant l'épaule de sa femme. Allons, chérie, ne pleure pas, murmura-t-il.

— Je l'ai réglée ce matin même, répliqua Frederick. Je ne peux pas croire que Molly ait prétendu le contraire.

Mais à l'instant où il prononçait ces mots, il se rendit compte de leur absurdité. Évidemment, Molly avait saisi cette occasion pour se venger de lui. Et le plus cruellement qui soit. Bon sang ! Jamais il n'aurait cru possible que les deux femmes se rencontrent ! Maudit soit Henley pour avoir donné l'adresse de sa maison de Jermyn Street à sa femme ! À quoi diable avait-il pensé ?

— Lady Henley, je vous assure qu'il n'y a plus rien entre Mol… entre Mlle Delacorte et moi. J'ai mis un terme à notre relation ce matin. C'était la première fois que je la voyais depuis mon arrivée à Londres, et j'ai été parfaitement clair avec elle.

Lady Henley le fusilla du regard.

— Dans ce cas, pourquoi lui avoir offert un bracelet justement ce matin, comme elle l'a affirmé ? Un bijou assorti à la bague d'Eleanor, qui plus est.

Le bracelet ? *Bon Dieu, non !* Il avait en effet acheté une parure avant de partir dans l'Essex. Un bracelet et une bague. Il avait donné le bracelet à Molly pour la calmer. Un présent qui avait si peu de signification à ses yeux qu'il l'avait tout bonnement oublié.

— Je le lui ai offert il y a des semaines, expliqua-t-il. Avant mon départ pour l'Essex. Avant que je revoie Eleanor. Il ne signifiait rien…

— Pourquoi vous croirais-je ? l'interrompit Selina. Et pourquoi Eleanor vous croirait-elle ?

— Vous accordez plus d'importance à la parole d'une catin qu'à la mienne ? rugit Frederick, furieux contre lui-même, contre Henley, contre le monde entier.

— Mon Dieu ! s'exclama Selina en pâlissant. Partez, monsieur ! Immédiatement ! Henley, je t'en prie, supplia-t-elle en se tournant vers son mari.

— Laisse-nous, ma chérie, ordonna Henley. Je vais raccompagner M. Stoneham.

Sans un mot, lady Henley quitta le salon, sanglotant de plus belle. Tremblant de rage, Frederick se tourna vers son ami.

— Pourquoi diable lui as-tu parlé de Jermyn Street ? Je t'avais pourtant dit que je m'en occuperai dès que possible !

— Et je t'ai cru, mon vieux. Je tiens lady Eleanor dans la plus haute estime, et je ne supporterai pas que tu la traites à la légère. S'il y a un mot de vrai dans…

— Quoi ? Tu penses vraiment que j'ai offert un bijou à Molly ce matin ? Que j'ai l'intention d'avoir une double vie ? Tu me crois donc capable de faire une chose pareille à Eleanor ?

— Tu ne serais pas le premier, répondit Henley avec un haussement d'épaules. Mais lady Eleanor est la meilleure amie de Selina, et je ne puis permettre…

— Que le diable t'emporte ! rugit Frederick en pointant sur lui un doigt accusateur. Je m'imaginais que toi, plus que quiconque, comprendrais ce que je ressens pour Eleanor. Tu crois que je prendrais le risque de perdre ce que nous partageons pour quelqu'un comme Molly ? Ou n'importe quelle autre femme, d'ailleurs ?

— Écoute, mon vieux, fit Henley d'un ton apaisant. Je te crois. Mais je pense tout de même qu'il vaut mieux que tu partes. Tout de suite. Demain, je ramènerai Selina et lady Eleanor dans l'Essex, et tu pourras en terminer avec les affaires qui te retiennent ici. Nous mettrons les choses au clair quand tu viendras dans l'Essex. En attendant, j'essayerai d'arranger les choses.

Frederick se contenta de secouer la tête, s'efforçant de contrôler la rage qui menaçait de le submerger.

— Nom de Dieu, j'en ai assez de vous tous. Combien de preuves devrais-je lui donner, et à toi aussi ? hurla-t-il.

Eleanor ne cessait de douter de lui, comme les autres. Qu'elle aille au diable ! Qu'ils aillent tous au diable !

Il sortit en trombe du salon, s'arrêta au pied de l'escalier.

— J'en ai assez, Eleanor Ashton ! cria-t-il. Vous m'entendez ?

Il flanqua un coup de poing dans le mur, avec tant de violence qu'un miroir se décrocha de son attache et se brisa à ses pieds.

— J'en ai assez de devoir prouver que je suis digne de vous ! Ne comptez pas sur moi pour vous poursuivre de mes assiduités. J'en ai fini avec tout ça. Avec vous !

Il attrapa son chapeau sur le portemanteau et s'en coiffa avant d'ouvrir la porte d'entrée à la volée. Elle heurta le mur tandis qu'il dégringolait les marches du perron. Il avait besoin de trouver un pub, et vite. De s'enivrer jusqu'à l'engourdissement.

Si tout le monde continuait à le considérer comme un débauché et un bon à rien, quoi qu'il fasse pour prouver le contraire, alors autant l'être vraiment. Et au diable tout le reste !

Eleanor contempla le ciel par la fenêtre de l'église. Il était sombre, maussade, comme son cœur. Resserrant son châle autour de ses épaules, elle s'appuya au dossier du banc et s'efforça de se concentrer sur le sermon du pasteur. De quoi parlait-il ? De la nécessité de résister au vice ? Voilà qui convenait tout à fait ! songea-t-elle, l'esprit ailleurs.

À vrai dire, elle avait l'esprit ailleurs depuis son retour à Covington Hall, quelques semaines auparavant. Au point qu'elle aurait été incapable de dire combien de temps s'était écoulé.

Frederick avait tenu parole. Il ne l'avait pas poursuivie de ses assiduités. Il était resté à Londres, et avait envoyé un message à son père pour lui demander d'annuler le contrat de fiançailles. De son côté, Eleanor avait enfin trouvé le courage de parler à lord Mandeville, de l'avertir qu'elle n'épouserait pas Frederick Stoneham, fût-il le dernier célibataire d'Angleterre !

Lord Worthington avait été furieux, mais Lord Mandeville lui avait expliqué qu'il ne donnerait pas sa bénédiction à cette union si les deux parties n'étaient plus d'accord. Il avait également assuré qu'il n'en tiendrait pas rigueur à Frederick, ni sur le plan légal ni sur le plan personnel.

Eleanor avait embrassé son père, qui lui avait prouvé de manière éclatante que son bonheur lui importait plus que n'importe quel contrat. Il lui avait cependant paru triste, comme s'il jugeait avoir manqué à son devoir. Il se retirait dans son bureau de plus en plus souvent, désormais, et demeurait des heures entières plongé dans ses livres. Les philosophes grecs, surtout, qu'il affectionnait tout particulièrement. En tout cas, il n'avait plus parlé de mariage. Ni avec Frederick ni avec personne d'autre.

Eleanor jeta un coup d'œil à sa mère, assise près d'elle dans son élégante robe de soie, les lèvres pincées. Bien que fille de pasteur, elle n'aimait pas assister aux services religieux. Cependant, son statut social l'y obligeait, et elle n'était pas du genre à mettre son statut en danger. Ce matin, elle avait insisté pour qu'Eleanor l'accompagne. Celle-ci avait accepté sans se faire prier dans l'espoir que cela la distrairait.

Apparemment, elle s'était trompée. Depuis qu'elle était assise sur ce banc, elle n'avait fait que s'inquiéter de son avenir – une occupation dangereuse vu son état. Elle n'avait pas la moindre idée de ce que ses parents savaient à propos de ce qui s'était passé dans le Devon, puis à Londres. Elle avait catégoriquement refusé d'en parler avec quiconque, y compris Selina. Cela l'aurait obligée à ressentir des émotions qu'elle espérait bien ne plus jamais éprouver.

Elle avait donc enfoui ces souvenirs au plus profond d'elle-même, sachant que si elle s'autorisait à penser à Frederick et à sa trahison, elle risquait de perdre l'esprit. La blessure était trop récente, trop à vif.

Comme elle tripotait son réticule, elle songea soudain à la lettre que sa mère lui avait remise juste avant qu'elles ne partent pour l'église. Elle provenait de M. Whitby, avec qui elle correspondait depuis qu'elle avait quitté le Devon. Elle n'avait pas eu le temps de la lire, mais elle se doutait qu'elle y puiserait du réconfort, comme dans tous ses courriers. Ceux-ci avaient le mérite de lui rappeler qu'il y avait tout de même eu du bon dans son séjour à Whitby Hall, puisqu'il avait vu naître une amitié, si étrange soit-elle.

Ces dernières semaines, elle avait réfléchi à ce qu'elle répondrait si M. Whitby renouvelait sa proposition de mariage. Il y avait fait une brève allusion dans sa dernière lettre, et elle lui avait écrit qu'elle la prendrait peut-être en considération. Elle était à la fois impatiente et anxieuse de connaître sa réponse.

Si elle devait y donner suite, ce mariage de convenances la rendrait-il heureuse ? s'interrogeait-elle. Parviendrait-elle à oublier Frederick alors qu'elle ne lui avait jamais permis de s'expliquer ? Selina lui avait certes rapporté ses propos, selon lesquels Mlle Delacorte aurait menti, qu'il ne l'avait jamais trahie. Mais d'avoir rencontré cette femme dont il avait partagé le lit, à la subsistance de qui il avait participé en échange de faveurs sexuelles… Non, elle ne supportait pas d'y penser.

Il n'empêche, elle se demandait s'il ne lui avait pas *vraiment* dit la vérité. Elle ne le saurait sans doute jamais. Et puis, si Mlle Delacorte avait effectivement travesti les faits, il serait déjà venu s'expliquer à l'heure qu'il était, non ? Un homme amoureux l'aurait fait, en tout cas. Qu'il reste à Londres prouvait la faiblesse de ses sentiments. Il avait repris le cours de sa vie, et elle devait en faire autant.

Elle baissa les yeux sur le rectangle de papier dont elle sentait la forme sous la soie de son réticule. Et soudain, ses yeux s'emplirent de larmes.

Seigneur, elle n'avait pas pleuré une seule fois depuis son retour, et il fallait que cela lui arrive en public !

Profitant de ce que les fidèles se levaient pour réciter une prière, elle murmura à l'oreille de sa mère :

— Maman, je ne me sens pas bien. Je m'en vais.

— Mais je ne peux pas partir maintenant ! Je dois prendre le thé chez le pasteur après l'office. Ton père a insisté.

— Ça ne fait rien, je vais rentrer à pied. Marcher me fera du bien.

— Très bien, chuchota lady Mandeville en fronçant les sourcils. Mais dépêche-toi, on dirait qu'il va pleuvoir.

Eleanor hocha la tête et sortit rapidement, ignorant les regards curieux que lui jetaient les villageois.

Quelques secondes plus tard, elle descendait l'allée. Le ciel était menaçant, et elle n'avait d'autre protection que sa lourde cape de laine. Elle pressa le pas. Sortir avant la fin de l'office n'avait peut-être pas été une bonne idée, après tout. Covington Hall était à une bonne demi-heure de marche de la vieille église, et s'il pleuvait, elle serait trempée bien avant d'arriver à destination.

Un quart d'heure plus tard, une fine bruine commença à tomber. Eleanor s'arrêta en maugréant pour rabattre sa capuche sur sa coiffe de dentelle. La pluie glacée lui piquetait le visage, et bientôt, l'averse se transforma en déluge.

Non loin, de l'autre côté du pont de bois qui enjambait la rivière, elle distingua un boqueteau de saules sur le bord de la route. Elle s'y abriterait, faute de mieux.

Elle courut et arriva sous les basses branches au moment où un fracas de sabots résonnait, semblant surgir de nulle part. « Pourvu que ce soit quelqu'un que je connais ! », pria-t-elle. Quelqu'un qui aurait pitié d'elle et la ramènerait chez elle. Elle sortit du bosquet à l'instant où le cavalier apparut sur la crête. Quelques secondes plus tard, il traversait le pont, les sabots de sa monture martelant les planches de bois.

Eleanor se hissa sur la pointe des pieds et agita les bras, dans l'espoir qu'il la verrait en dépit de la brume. Mais il passa devant elle à toute allure, les pans de son manteau se gonflant sous le vent. Puis il tira brusquement sur les rênes de son cheval qu'il fit volter.

— Qu'est-ce qui vous prend ? cria l'homme en enfonçant son chapeau sur son front avant de sauter à terre.

Frederick ? Incrédule, Eleanor recula. Non ! Son imagination devait lui jouer un tour. Un tour bien cruel…

— Vous voulez vous faire tuer, à avancer ainsi sur la route ? hurla-t-il en la rejoignant. On y voit à peine à deux pas !

La pluie dégoulinait du bord de son chapeau, obscurcissant partiellement son visage. Eleanor scruta avidement ses traits : les épais sourcils froncés au-dessus du regard pénétrant, la mâchoire ferme, les lèvres sensuelles.

C'était bien *lui* ! En chair et en os. Grand, puissant, et d'une beauté ravageuse.

Il mit quelques instants à la reconnaître.

— Eleanor ? fit-il, et sa voix se brisa sur la dernière syllabe.

Un mot, un seul, mais prononcé avec tant d'émotion que le souffle lui manqua. Elle ne s'attendait pas à cela, ni à l'expression de souffrance et de désarroi qui avait brièvement assombri ses traits.

— Que diable faites-vous là ? reprit-il.

— J'ai… j'ai été surprise par la pluie, balbutia-t-elle. Et vous, que faites-vous là ?

Il ne dit rien pendant une longue minute. Eleanor demeura immobile, attendant, les yeux rivés sur son visage, le souffle dangereusement court. La pluie continuait à tomber à seaux. Trempés de la tête aux pieds, ils semblaient pétrifiés pour l'éternité.

— Comment va votre épaule ? demanda-t-elle enfin, incapable de supporter ce silence plus longtemps.

— Elle est presque guérie, merci.

— Et… votre sœur Maria ?

— Elle va bien. Ma sœur aînée et son mari ont accepté de l'accueillir chez eux avec ses enfants.

Eleanor hocha la tête.

— Je suis contente de l'apprendre.

Elle détourna les yeux, priant pour qu'il dise quelque chose, n'importe quoi, pour mettre un terme à cette situation embarrassante. La pluie gouttait de son nez, et elle s'essuya d'un revers de manche, sachant qu'elle devait être affreuse à voir.

— Frederick, je… je veux savoir pourquoi vous êtes ici.

— Vous voulez la vérité ? Parce que je ne supportais plus d'être loin de vous. J'ai pourtant essayé. Bon sang ! Vous êtes partie sans même me donner une chance de m'expliquer.

Elle secoua la tête.

— Il n'y avait rien à expliquer, Frederick.

— Vous vous trompez. J'avais beaucoup à dire, si seulement vous m'aviez écouté. Je vous aurais démontré que Molly est une fichue menteuse, que rien de ce qu'elle vous a raconté ce jour-là n'était vrai. Et que vous aviez été stupide de la croire.

— Comment osez-vous me traiter… commença-t-elle, indignée.

— Je ne vous ai jamais menti, Eleanor. Pas une seule fois, coupa-t-il, franchissant la distance qui les séparait en quelques enjambées rageuses. Ce n'est pas tout, et, cette fois, vous allez m'écouter. Si vous m'en aviez donné l'occasion, j'aurais pu vous dire que vous avez envahi mon cœur, mon âme, mes pensées. Que chaque matin, c'est à vous que je pense en m'éveillant, et à vous que je pense en m'endormant le soir.

— Non, je vous en prie, s'écria-t-elle. Ne dites pas cela. Pas maintenant.

Pas maintenant qu'elle avait trouvé une certaine paix, au prix certes d'un engourdissement de l'âme et de l'esprit, mais qui lui permettait de ne plus souffrir.

— Vous m'écouterez jusqu'au bout ! répliqua-t-il, haussant la voix pour dominer le vacarme de la pluie. Je suis resté loin de vous aussi longtemps que j'ai pu. Sans succès. Je suis vaincu, ajouta-t-il en écartant les bras. Vous m'avez arraché toutes mes défenses, me laissant à nu, et j'ai eu beau lutter, et lutter encore… je vous aime, Eleanor Ashton.

Les mots qu'elle avait si ardemment souhaité entendre arrivaient trop tard. Un flot d'émotions la submergea, une déferlante qui l'empêchait presque de respirer.

— Alors même que je prononce ces paroles, je vois le doute dans vos yeux.

Il s'approcha plus près encore, sa bouche à quelques centimètres de celle d'Eleanor dont il scrutait le visage.

En dépit de tout, elle mourait d'envie qu'il l'embrasse. À en perdre la raison.

Mais il recula en vacillant, les mains à plat sur la poitrine comme s'il avait reçu un coup. Elle cilla, stupéfaite. Ce n'était pas le Frederick qu'elle connaissait, le roué arrogant prompt à lancer des piques, et qui n'en faisait qu'à sa tête quelles qu'en soient les conséquences.

Non, l'homme qui se tenait devant elle était vulnérable, blessé. Il doutait de lui, et tentait de maitriser ses émotions. Était-ce là le *vrai* Frederick, celui qui se cachait derrière une façade désinvolte. Qui se *protégeait*, comprit-elle tout à coup.

Et il l'aimait. Il l'aimait !

— Il faut que nous parlions, dit-elle vivement, la voix pleine d'espoir.

— En effet, il le faut.

Elle crut un instant qu'il allait lui prendre la main, mais il se ravisa.

— Pas ici, ajouta-t-il. Pas sous la pluie, au milieu de la route.

Elle hocha la tête, vaguement consciente que la pluie s'était transformée en brouillard. Ses vêtements lui collaient au corps et elle claquait des dents.

— Venez, fit-il. Je vous ramène chez vous.

Elle le suivit en frissonnant jusqu'à sa monture et le laissa la hisser sur la selle. Tandis qu'elle serrait sa cape autour d'elle, il la contempla, les rênes à la main. Son regard avait la dureté de l'acier.

— Nous devons parler – seul à seule, déclara-t-il d'un ton coupant. Demain. Il y a un vieux cottage sur la propriété de mon père, et j'y réside souvent quand je suis ici. Henley vous dira où il se trouve exactement. Racontez à vos parents que vous allez voir lady Henley. Ou racontez-leur ce que vous voulez… Henley vous prêtera un cheval, il est facile de se rendre au cottage depuis chez lui. Si vous n'êtes pas venue au coucher du soleil, je rentrerai à Londres, et tout sera terminé.

Eleanor hocha la tête, la gorge serrée.

— Mais écoutez-moi bien, continua-t-il, un muscle tressaillant visiblement sur sa joue. Ne venez pas si vous n'êtes pas prête à remettre votre destin entre mes mains, à me faire confiance de tout votre cœur, de tout votre être. À reconnaître que je vous dis la vérité. Je ne veux pas de vous autrement.

Sur ces mots, il grimpa derrière la jeune femme, drapa un bras protecteur autour de sa taille, et éperonna sa monture qui partit au galop en direction de Covington Hall.

22

Eleanor passa les fontaines jumelles à l'entrée de l'allée bordée d'arbres où Frederick venait de la déposer un instant plus tôt. Sa jupe était souillée de boue, et son manteau dégoulinait lorsqu'elle gravit le grand escalier de pierre de la vieille demeure de Covington Hall.

Encore sous le choc sa rencontre, elle ne songeait qu'à se débarrasser de ses lourds vêtements humides et se plonger dans un bon bain chaud. Elle poussa la porte d'entrée, étonnée que le majordome ne soit pas venu ouvrir, et s'arrêta net en découvrant le beau jeune homme tranquillement appuyé contre le mur, les bras croisés, qui la contemplait d'un air amusé, ses yeux du même bleu que les siens.

— Que diable t'est-il arrivé ? s'exclama-t-il sans pouvoir réprimer un sourire.

— Henry ! s'écria-t-elle en s'élançant vers son frère. Que fais-tu ici ? Oh, ne me le dis pas, je suis tellement heureuse de te voir !

Elle se jeta dans ses bras, aux anges. Cela faisait si longtemps – trop longtemps, se rendit-elle compte en s'écartant pour le contempler.

— Tu devrais peut-être aller te changer, suggéra-t-il en époussetant les revers de sa veste. Tu es tombée dans la rivière, ma parole !

— Mais non, idiot ! J'ai été surprise par la pluie. Tu as remarqué qu'il a plu, n'est-ce pas ? Un vrai déluge.

— Heureusement qu'il n'y avait pas de tonnerre ! la taquina-t-il. Va vite te changer avant d'attraper froid, ajouta-t-il en la prenant par le coude pour la guider dans l'escalier.

— Combien de temps restes-tu ? demanda-t-elle, encore incapable de croire qu'il était là.

— Je dois repartir demain matin, malheureusement.

— Toute cette route pour une nuit ? Sûrement pas ! Si tu savais ce que tu m'as manqué !

— Ta dernière lettre m'a beaucoup inquiété. J'ai écrit à papa...

— Et il t'a tout raconté, je suppose ? répliqua-t-elle.

— Pas dut tout. Il ne m'a tout simplement pas répondu. D'où ma présence ici. Va vite prendre un bain. Tu me raconteras tout toi-même ensuite.

Eleanor contempla son frère et hocha la tête, émerveillée de voir à quel point il avait grandi. L'enfant malingre mesurait un bon mètre quatre-vingts, à présent, et avait une carrure athlétique, et cela la remplissait de joie.

— Je n'en ai pas pour longtemps ! promit-elle avant de pénétrer dans sa chambre, où elle sonna Solange.

Une heure plus tard, vêtue de propre, les cheveux attachés en une simple natte, elle rejoignait Henry dans son bureau, de l'autre côté du hall. Elle prit place sur la banquette de velours vieil or, face à son frère, installé dans un vieux fauteuil de cuir, ses longues jambes étendues devant lui.

Ils avaient passé tellement de temps ainsi, à se confier leurs espoirs et leurs rêves ! Henry parlait de sa passion pour la peinture, elle de son amour pour la poésie. La vie était tellement simple, alors...

Si elle avait su que ces années de bonheur passeraient si vite, elle les aurait savourées davantage.

Henry s'éclaircit la voix, l'arrachant à ses pensées.

— Alors, dis-moi ce qui te tourmente. Et, s'il te plaît, ne pleure pas ! Je ne comprends rien à ce que tu racontes quand tu sanglotes.

— Je ne suis pas du genre à pleurer, riposta-t-elle en lui jetant un regard noir.

— Si tu le dis… Bon, vas-y, commence par le commencement.

— Le commencement, c'est le contrat de fiançailles. Figure-toi que papa m'a trouvé un mari. Frederick Stoneham, pas moins !

— Le fils du baron Worthington ? Il ne doit guère avoir plus de vingt-trois ans.

— En effet.

Henry défit son nœud de cravate.

— Ma foi, tu pourrais trouver pire qu'un fils de baron. Worthington a d'excellentes relations, et il est fortuné. Il possède des propriétés de bon rapport dans l'Oxfordshire, l'Essex, en Irlande… Quel est le problème ? Tu espérais mieux ?

— Cela n'a rien à voir avec mes espoirs, Henry. Tu ne comprendras jamais, murmura-t-elle en se tournant vers les flammes qui dansaient dans la cheminée sans les voir. Peu importe, je ne peux pas t'en parler.

— Bien sûr que si. Je te signale que j'ai fait le voyage depuis Oxford pour entendre ton récit.

Elle lui jeta un bref regard.

— Tu vas rire et me traiter de sotte. C'est trop gênant.

— Je jure solennellement de ne pas rire, déclara-t-il en posant la main sur son cœur. Ça te rassure ?

— Tu as peint ? demanda-t-elle en voyant des traces de pigment sur les ongles de son frère.

— Oui, j'ai peint, mais ne change pas de sujet, veux-tu ? Allez, raconte-moi.

— Eh bien, voilà, quand… quand j'avais seize ans, j'ai embrassé Frederick Stoneham. Dans le labyrinthe du parc. Et depuis… je… je suis amoureuse de lui.

— Tu quoi ? s'exclama-t-il en se redressant. Tu ne parles pas sérieusement ? Toi, amoureuse ? C'est impossible.

— Je t'avais prévenu que c'était humiliant, souffla-t-elle, les joues cramoisies. Il n'empêche que c'est la vérité.

— Tu n'as donc pas vu à quoi l'amour a réduit notre père ? C'est ce que tu souhaites vivre ?

— Bien sûr que non. Je ne le voulais pas. Cela m'est… tombé dessus.

Il la dévisagea avec gravité.

— Et lui ? Partage-t-il tes sentiments ? risqua-t-il.

— À l'époque, il ne m'aimait pas. Il ne m'avait embrassée que pour… gagner un pari. Ne te mets pas en colère, Henry, ajouta-t-elle en voyant une veine palpiter à sa tempe, sinon, je m'arrête là.

— Parce qu'il y a autre chose ?

Elle acquiesça, et battit des paupières pour chasser ses larmes.

— Diable, Eleanor, ne me dis pas qu'il a abusé de ton innocence ? Je vais tuer ce vaurien…

— Seigneur, Henry ! s'exclama-t-elle en fronçant les sourcils. Calme-toi, ce n'est pas cela.

Il lui fallut près d'une heure pour narrer à son frère les événements des deux derniers mois. Évidemment, elle passa sous silence le rendez-vous nocturne dans le cottage… Henry en aurait fait une attaque ! Elle avait visiblement sous-estimé son instinct de protection dès lors qu'il s'agissait de sa vertu.

Elle termina son récit par leur récent échange sous la pluie. Henry se contenta de secouer la tête.

— Dis quelque chose, le supplia-t-elle.

— Je... je ne sais que dire. Je suis absolument stupéfait. Je te croyais tellement plus raisonnable que cela.

— Ne te risque pas à me critiquer, Henry Ashton !

— Tu dois pourtant admettre qu'il n'y a pas grand-chose de sensé dans cette histoire, insista-t-il en se passant la main dans les cheveux.

— Certes, admit Eleanor dans un soupir. Mon esprit me dit que le mariage, c'est la sécurité, le compagnonnage, se hisser dans la société. Mais mon cœur raisonne tout autrement.

— Alors que comptes-tu faire ?

— J'espérais que tu aurais la réponse, Henry. Je dois me décider demain.

— Je crains de ne pas pouvoir t'aider. Je ne crois même pas que l'amour romantique existe, alors...

— Moi non plus, je ne le croyais pas. Et pourtant, c'est une réalité. Une réalité à la fois merveilleuse et effrayante. Maintenant que je l'ai découvert, j'ai bien peur de ne plus pouvoir revenir en arrière.

— Je suppose que père a ressenti la même chose lorsqu'il a épousé mère. Ce qui me rappelle... Qui est son amant, en ce moment ?

— Ne sois pas vulgaire, Henry ! Tu sais que je n'aime pas entendre ces choses.

— Tu devrais peut-être. Tu as vu comme papa souffre, comme elle l'humilie encore et toujours. Tu veux courir le risque de te retrouver dans la même situation ?

— C'est différent, protesta-t-elle. Frederick n'est pas comme maman. Il m'aime, Henry !

— En es-tu sûre ? Es-tu sûre qu'il ne se lassera pas de toi au bout de quelques années ?

— Sûre et certaine !

— Alors je n'ai plus rien à dire, Eleanor, conclut-il en se levant. Il ne me reste plus qu'à te souhaiter bonne chance, ajouta-t-il en lui tapotant affectueusement l'épaule.

Frederick serra Maria dans ses bras avant de l'embrasser. Il était soulagé qu'elle se soit si bien remise. Il espérait seulement que si Eckford revenait la supplier de le reprendre – et il en était bien capable ! –, elle aurait le courage de le chasser.

— Merci, Frederick, murmura-t-elle en s'écartant pour essuyer une larme. Merci infiniment de l'avoir retrouvé et de l'avoir obligé à faire ce qu'il fallait pour nos filles et moi. Et de l'avoir épargné, même s'il ne le méritait pas. Je ne sais pas comment j'aurais fait sans toi, avoua-t-elle d'une voix chevrotante.

— Promets-moi juste de prendre soin de toi.

— Seulement si tu me promets la même chose. Je me fais du souci pour toi, tu sais. Vas-tu rentrer à Londres et reprendre le cours de ta vie ?

Il haussa les épaules.

— Non, j'irai peut-être en Irlande.

En fait, il avait déjà acheté son billet pour Dublin, au cas où.

Si les choses se passaient mal avec Eleanor – et il ne pouvait se permettre de trop espérer –, il irait se réfugier quelque temps à l'Abbaye, l'endroit le plus paisible au monde.

— Tu m'écriras, n'est-ce pas ? demanda Maria en nouant les rubans de son chapeau sous son menton.

— Toutes les semaines, comme toujours.

Il regarda ses deux petites nièces courir dans l'allée en direction de la voiture. Juste avant d'y grimper, elles se tournèrent vers lui et lui adressèrent un joyeux signe de la main.

— Au revoir, oncle Frederick ! crièrent-elles à l'unisson.

— Au revoir, mes poupées ! Bon voyage !

Sur ces entrefaites, sa sœur Katherine sortit d'un pas pressé en enfilant ses gants.

— Marcus, la voiture est prête ! lança-t-elle par-dessus son épaule. Oh, Frederick chéri !

Elle l'étreignit, puis se hissa sur la pointe des pieds pour déposer un baiser sur sa joue, retrouvant son parfum, mélange de savon et d'eau de rose, si réconfortant.

— Tu es un homme bien, lui murmura-t-elle à l'oreille, les yeux humides de larmes. Je l'ai toujours su.

Bon sang, comme il l'aimait ! Elle était une mère, pour lui. Une chance qu'il soit arrivé dans l'Essex avant le départ de ses sœurs...

— Tu nous écriras ? lui demanda-t-elle.

— Bien sûr ! File, maintenant. Occupe-toi bien de Maria. Et si tu as besoin de moi, écris-moi.

— Entendu.

Elle lui envoya un baiser, puis descendit les marches pour rejoindre la voiture, son mari sur ses talons.

— En route ! ordonna ce dernier au cocher.

Frederick regarda la voiture s'éloigner jusqu'à ce qu'elle disparaisse au détour de l'allée, puis il rentra dans la maison.

Comme il le craignait, son père l'attendait dans le hall.

— Ils sont partis ?

— Oui. Si vous voulez bien m'excuser.

Frederick s'inclina brièvement avant de se diriger vers l'escalier.

— Frederick, je... si cela ne t'ennuie pas, j'aimerais te parler, l'arrêta lord Worthington d'une voix étrangement tendue.

Le jeune homme s'immobilisa, la main sur la rampe, et retint un soupir. Il n'avait pas envie de se disputer avec son père. Pas maintenant. Tout ce qu'il voulait, c'était être un peu seul.

— Je t'en prie, mon fils.

— J'avais l'intention de passer la nuit dans le cottage.

— Ta mère adorait cet endroit, tu sais. Ce n'est pas étonnant qu'il t'attire autant.

Frederick tressaillit. Son père ne lui parlait *jamais* de sa mère ! Trop stupéfait pour répondre, il se contenta de le fixer.

— C'est là que nous avons vécu au début de notre mariage, reprit le baron. Nous ne nous sommes installés dans le château de l'Oxfordshire qu'après la mort de mon père. C'est Fiona qui a fait transporter le piano dans le cottage.

Son regard était embrumé, lointain, et un faible sourire flottait sur ses lèvres.

— Elle aimait jouer de la musique, et peindre aussi. Le cottage était son domaine privé. Il y a encore un de ses paysages au mur si je ne me trompe.

Au-dessus de la cheminée, songea Frederick. Un tableau plein de hardiesse qui lui avait toujours fait penser au jardin de l'Abbaye. Ce qui était probablement le cas, découvrait-il, puisque c'était l'œuvre de sa mère... Il avait passé des heures à le contempler, comme s'il avait le pouvoir de le transporter de l'autre côté de la mer d'Irlande, dans ce lieu où il se sentait chez lui plus que dans tous les domaines de son père réunis.

— Peu importe, poursuivit lord Worthington d'un ton bourru. Je me rends compte que je n'ai pas toujours été le meilleur des pères. Avec toi, en tout cas.

Frederick se contenta de hausser les épaules, mal à l'aise.

— J'ai essayé, insista le vieil homme. Mais tu n'imagines pas ce que c'est que de perdre une femme qu'on aime si tendrement, puis un fils.

— Tu n'es pas obligé de m'en parler, articula Frederick, les dents serrées.

En fait, il n'avait aucune envie de l'entendre !

— Si, il le faut. Tu lui ressembles tellement, vois-tu.

Son regard se posa sur le portrait de son épouse, accroché dans le hall, et Frederick l'imita. Pendant une bonne minute, les deux hommes demeurèrent silencieux, admirant la jolie jeune femme brune au regard espiègle. Elle se tenait près d'une chaise de velours rouge et souriait pour l'éternité.

Enfin, le baron se racla la gorge et tourna de nouveau son attention vers son fils.

— Ce que j'essaye de te dire, et bien maladroitement, j'en conviens, c'est… merci. Merci d'avoir fait pour Maria ce que j'aurais dû faire moi-même. Je n'ose penser à ce que serait la situation à l'heure qu'il est si tu ne t'en étais pas mêlé.

— J'ai toujours tenu mes sœurs en haute estime, observa Frederick doucement. Mais peut-être ne l'as-tu jamais remarqué.

— Touché.

Le baron lissa sa moustache d'un air songeur. Celle-ci ainsi que ses cheveux étaient complètement gris, à présent. Son père avait vieilli, constata Frederick dans un sursaut.

— Je t'ai sous-estimé, Frederick, reprit le baron. Et j'en suis désolé. J'espère que tu reconsidéreras ta position vis-à-vis de lady Eleanor.

En entendant prononcer le nom de la jeune femme, Frederick tressaillit.

— J'ignore pourquoi cet accord a été rompu, continua lord Worthington, mais je souhaite de tout cœur que ce ne soit pas définitif. Je sais que tu me trouves cruel et dur, pourtant, je te jure que j'ai conclu cet accord avec les meilleures intentions du monde.

Frederick se contenta de le dévisager, incrédule.

— Oui, enchaîna son père en enfonçant les mains dans ses poches. C'est une jeune femme exceptionnelle, un diamant de la plus belle eau.

— C'est vrai, reconnut Frederick.

Au moins, ils s'accordaient sur une chose.

— J'espérais qu'avec une petite intervention de ma part, vous pourriez vivre heureux, tous les deux. Comme je l'ai été avec ta mère, paix à son âme. J'espère vraiment que tu réfléchiras et reviendras sur ta décision.

— J'ai déjà réfléchi, je ne suis pas si stupide. Si tu veux savoir, le seul obstacle à cette union, c'est que la jeune personne en question est peu disposée à m'épouser.

— Ah... En effet, c'est ennuyeux ! Je suis toutefois sûr que tu es capable de te montrer fort persuasif quand tu le souhaites. N'est-ce pas un talent que te prête la rumeur ?

— Vraiment ? Je dois avouer que je m'intéresse peu à ce qu'on dit de moi.

— Hum... Eh bien, je suppose que tu peux rejoindre le cottage, à présent. Je suis content que nous ayons eu cette conversation. J'espère qu'un jour, peut-être... enfin, peu importe. Je te souhaite bonne chance pour conquérir ta fiancée.

De la chance, il en aurait besoin, en effet. Et d'un petit miracle !

— Je suis désolée, ma chérie, mais je ne peux pas te laisser la voiture, déclara lady Mandeville en étalant une généreuse couche de beurre sur son toast. Je dois rendre visite à la duchesse de Warburton cet après-midi. J'espérais d'ailleurs que tu m'accompagnerais.

— Impossible, maman, j'ai promis à Selina...

— Tu passes beaucoup trop de temps à Marbleton ! Et puis, tu sais que la duchesse aime t'entendre jouer du piano.

— Mais c'est que... Selina ne se sent pas bien, mentit-elle, quoique à contrecœur, et j'ai promis de lui faire la lecture.

— Elle est malade au point de ne pas pouvoir lire toute seule ? s'étonna lady Mandeville. Dans ce cas, mieux vaut ne pas y aller. Je ne voudrais pas que tu attrapes sa maladie.

— Elle n'est pas contagieuse, maman, insista Eleanor en se servant du café d'une main tremblante. Elle se sent… faible, c'est tout.

Lady Mandeville fixa sa fille d'un regard soupçonneux.

— Cela aurait-il un rapport quelconque avec Frederick Stoneham ? hasarda-t-elle.

Dieu du ciel, elle était donc aussi transparente ? Mortifiée, Eleanor baissa les yeux sur sa tasse.

— Ne sois pas si gourde, s'agaça lady Mandeville. Tu ferais mieux de tout me dire, tu n'as jamais su mentir.

— Très bien, répliqua Eleanor, devenue cramoisie. J'espérais voir Fred… je veux dire, M. Stoneham à Marbleton aujourd'hui.

« Encore un mensonge », se dit-elle en tentant d'ignorer sa conscience.

— Nous avons à parler de quelque chose d'important, ajouta-t-elle. Et c'est très urgent.

— Je m'en doutais. Je suppose que c'est pour cela que ton frère est passé si brièvement à Covington Hall. Tu voulais lui demander conseil, n'est-ce pas ?

Eleanor ne savait trop que répondre. Parler de Henry irritait sa mère, et elle ne tenait pas à l'énerver, au contraire. Elle voulait la persuader de lui laisser la voiture.

— Eh bien, je peux peut-être te donner un conseil de femme, suggéra lady Mandeville en jouant avec la dentelle de son châle. Mais je dois d'abord te faire une confession. Tu sais, ma chérie, ce n'était pas vraiment futé de cacher ton journal sous ton lit.

— Que… que voulez-vous dire ? bégaya Eleanor.

Lady Mandeville se contenta de hausser les sourcils d'un air ironique. Le cœur d'Eleanor manqua un battement. Seigneur, sa mère avait lu ses propos enflammés sur Frederick ! Des commentaires stupides de gamine !

— J'ai voulu te faire une faveur en suggérant à ton père le nom de M. Stoneham. Dieu sait pourtant qu'il y a des partis plus convenables. Mais il a fallu que tu gâches tout. Tu pouvais avoir l'homme que tu aimais. Toutes les jeunes filles n'ont pas cette chance, tu sais !

— Je... je ne comprends pas, balbutia Eleanor.

— Ne sois pas sotte. Quand j'ai lu ton journal, il y a quelques mois, j'ai compris que Frederick Stoneham serait le seul homme capable de te satisfaire, alors j'ai fait en sorte que tu l'épouses. Dieu merci, ton père s'est facilement laissé convaincre, comme toujours.

Pourquoi sa mère aurait-elle fait ça ? Certes, cela lui ressemblait d'être indiscrète et de lire le journal de sa fille. Mais qu'elle pense à son bonheur ! Cela paraissait inimaginable. D'autant que cette union n'était pas des plus prestigieuses.

— Mais vous avez toujours dit que je devrais faire un beau mariage, s'étonna Eleanor. Et Frederick n'est que le fils d'un baron.

— Il héritera du titre, et j'ai vu le château familial dans l'Oxfordshire. Je peux t'assurer qu'il est grandiose. Rien à voir avec leur propriété dans l'Essex. Quoi qu'il en soit, voici mon conseil : tu as la chance de pouvoir épouser l'homme que tu désires, celui qui t'enflamme les sens et te fait battre le cœur, si j'en crois ton journal. Une telle occasion ne se présente qu'une fois dans une vie, et je te suggère de ne pas la laisser passer, quelles que soient tes objections. Autrement, tu ne seras jamais heureuse, je peux te l'assurer.

— Mais si Frederick...

— S'il ne t'aime pas ? Peu importe, Eleanor, répliqua-t-elle. Tu t'en feras aimer.

— Ce n'était pas ma question, maman. Frederick m'aime, j'en suis certaine.

— Alors je ne comprends pas. Si vous vous aimez, pourquoi avez-vous fait annuler le contrat de fiançailles ?

— C'est trop compliqué à expliquer. Mais c'est pour cela que je veux le voir aujourd'hui. Je voudrais tenter d'arranger les choses.

— Tu aurais dû me le dire tout de suite, au lieu d'inventer cette histoire ridicule sur Selina. Enfin, soupira-t-elle en enveloppant sa fille d'un regard froid, je devrais être contente que tu sois une si piètre menteuse.

— Je suis vraiment désolée, maman.

Elle l'était d'autant plus qu'elle n'avait pas mentionné son rendez-vous au cottage.

— Et je vous remercie, ajouta-t-elle, sincère. Sans ce contrat de fiançailles, je n'aurais sans doute jamais croisé le chemin de Frederick.

— Probablement pas, en effet. J'ai été amoureuse, moi aussi, avoua sa mère en se radoucissant. Désespérément et passionnément amoureuse. C'était le fils d'un notaire, un très beau jeune homme… Et puis, ton père m'a remarquée. Un marquis n'épouse pas la fille d'un pasteur, et pourtant, ton père a demandé ma main. Bien sûr, mes parents ont accepté sans hésiter. Mon amoureux et moi n'avions aucune chance… Enfin, le passé est le passé, soupira-t-elle. Cependant, je ne peux m'empêcher de souhaiter que *tu* aies ta chance…

— Merci, maman, murmura Eleanor en s'emparant de la main de sa mère.

— Oh, regarde-moi, maintenant ! Toute larmoyante ! s'écria lady Mandeville en feignant d'essuyer une larme. Allez, file ! Va enfiler ta plus belle robe et fais-toi conduire à Marbleton. Je ne peux tout de même pas t'y envoyer à pied, au risque que tu arrives toute crottée et les joues rouges devant ton fiancé, n'est-ce pas ?

23

Le soleil était haut dans le ciel lorsque Eleanor quitta Marbleton sur une des juments de lord Henley. Il lui avait donné des indications très précises, lui assurant qu'il ne lui faudrait pas plus d'une demi-heure pour arriver à destination.

Elle devait traverser un grand champ, longer la rivière et emprunter un étroit sentier qui serpentait dans les bois séparant le domaine de lord Henley de celui de lord Worthington. C'était une belle journée pour monter à cheval. Le ciel était d'un bleu parfait, sans le moindre nuage, la température agréable pour la saison. Les couleurs d'automne commençaient à s'estomper, annonçant l'arrivée prochaine de l'hiver, mais la campagne était encore superbe, et ce spectacle apaisait les nerfs d'Eleanor.

Qui trouverait-elle au cottage ? L'ancien Frederick, rieur, taquin, et tellement sûr de lui ? Ou celui qu'elle avait découvert la veille – triste, furieux et plein de doutes ? Parviendrait-elle à le convaincre qu'elle l'aimait ? Qu'elle lui ferait confiance quoi qu'il arrive ? Il avait affirmé qu'il ne voulait pas d'elle autrement, et elle savait qu'il le pensait.

De même qu'il était sincère lorsqu'il lui avait dit qu'il l'aimait. La nuit passée, allongée dans son lit, elle n'avait cessé de se répéter ses paroles encore et encore, jusqu'à atteindre une incroyable sérénité. Elle s'attendait à ne pas dormir, comme cela lui était arrivé si souvent depuis qu'elle avait renoué avec Frederick. Or, elle avait sombré dans un sommeil sans rêves, et s'était réveillée fraîche et dispose.

Oui, elle prenait la bonne décision en se rendant au cottage, même si elle ne respectait pas les convenances. Car c'était ce qu'elle voulait au plus profond d'elle-même.

Elle lança son cheval au galop, pressée d'affronter son destin.

Trente minutes plus tard, elle trouvait sans mal le vieux cottage de pierre. Il était niché dans une clairière, et de la fumée sortait de sa cheminée. Cela ressemblait à Frederick, cet endroit isolé, sans prétention et pourtant plein de charme. La maison était plus grande qu'elle ne l'aurait cru – elle comptait sûrement plus d'une pièce. Rien à voir avec la chaumière du Devon.

Elle mettait pied à terre lorsque de la musique lui parvint. Elle conduisit sa jument à l'abreuvoir où elle l'attacha. Oui, quelqu'un jouait du piano dans le cottage. Se serait-elle trompée de maison ?

« C'est absurde », se dit-elle en se dirigeant vers la porte d'entrée. Elle avait suivi à la lettre les instructions de Henley. Et il ne pouvait y avoir plusieurs cottages de pierre grise dans les bois entre les deux domaines !

Après une hésitation, elle gravit les marches du perron, sa curiosité piquée. Ce morceau... Était-ce... ? Non, impossible. La mélodie se fit plus forte, et plus claire comme elle posait la main sur le loquet. Elle retint son souffle. Mais oui, c'était la sonate de Beethoven ! Celle qu'elle avait jouée pour Frederick à Whitby Hall. Intriguée, elle tira le loquet vers le haut et ouvrit la porte sans bruit.

Elle se figea sur le seuil, médusée : Frederick était assis devant un piano d'acajou, la tête inclinée.

Ses cheveux lui cachaient en partie le visage, mais Eleanor était certaine qu'il fermait les yeux. Ses grandes mains, si fortes et si puissantes, couraient légèrement sur les touches comme s'il avait joué ce morceau toute sa vie.

Eleanor demeura immobile, captivée par son jeu si sensible, jusqu'à ce qu'il plaque les derniers accords.

Il leva les yeux. Il ne semblait pas le moins du monde surpris de la voir là. Il la fixait d'un regard si intense qu'elle en frissonna.

— J'ignorais que vous saviez jouer, remarqua-t-elle dans un murmure.

— Les nonnes m'ont appris, en Irlande. J'ai acheté la partition à Londres.

Mais le pupitre était vide.

— Et vous la jouez déjà de mémoire ? s'étonna Eleanor.

— Les nonnes étaient de bons professeurs, répliqua-t-il avec un haussement d'épaules. Et cette mélodie me hante depuis que vous l'avez interprétée.

— Frederick, je…

Eleanor secoua la tête, les larmes aux yeux et la gorge serrée.

— Je suis tellement désolée de ne pas vous avoir fait confiance, de ne pas avoir cru…

— Chut ! Taisez-vous, mon amour. Et venez ci, ordonna-t-il d'un ton bourru.

Eleanor dénoua les liens de sa cape, qu'elle laissa tomber par terre en même temps que son réticule. Puis elle traversa la pièce pour rejoindre Frederick, le cœur prêt à éclater.

Frederick demeura assis et l'entoura de ses bras, la tête pressée contre son sein. Leurs deux cœurs battaient à l'unisson sur un rythme furieux.

— Vous êtes venue, murmura-t-il d'une voix étouffée.

Elle enfouit les doigts dans les mèches brunes, et le serra contre elle, les jambes flageolantes.

— Bien sûr que je suis venue. Mais comment me pardonnerez-vous jamais ? J'avais tort…

— Ne dites plus rien.

— Je vous aime tellement, Frederick Stoneham. Je… je ne pourrais supporter de vous perdre encore une fois.

Il ne dit rien, se contenta de resserrer son étreinte. C'est alors qu'elle vit, incrédule, ses puissantes épaules s'agiter tandis qu'il s'accrochait à elle comme un homme qui se noie. Puis elle entendit ses sanglots étouffés.

Il pleurait comme un enfant, le corps secoué de spasmes.

Le cœur chaviré d'émotion, Eleanor fit la seule chose qui lui vint à l'esprit : elle le serra contre elle en lui caressant tendrement les cheveux. Elle s'efforça de réprimer ses propres larmes, d'être forte… pour lui.

— Vous êtes venue, répéta Frederick au bout d'une éternité, la voix rauque.

— Vous pensiez vraiment que je pourrais ne pas venir ? fit-elle d'une voix tout aussi rauque.

Il leva enfin les yeux vers elle, et la souffrance qu'elle lut sur son visage la bouleversa.

— Pourquoi croiriez-vous en moi ? fut sa réponse. Vous seriez la seule.

— Parce que c'est ainsi, Frederick. J'ai foi en vous.

— Merci, souffla-t-il en prenant ses mains tremblantes dans les siennes. Je ne vous mérite pas, mais merci.

— Non, c'est moi qui vous remercie de m'avoir donné une autre chance. J'aurais dû vous écouter, vous laisser vous défendre au lieu de vous rejeter d'emblée. J'ai été si lâche !

Frederick prit une profonde inspiration. Bon sang, il s'était complètement effondré ! Il s'essuya le visage d'un revers de manche, gêné d'avoir pleuré, et soulagé qu'elle ne se soit pas enfuie, horrifiée. Il lui effleura la joue. Elle était veloutée et tiède sous ses doigts.

— Vous êtes tout sauf lâche, Eleanor, assura-t-il.

— C'est juste que... Mlle Delacorte semblait si convaincante. La seule pensée qu'elle et vous...

Elle se tut et détourna les yeux, soudain incapable de soutenir son regard.

— Elle appartient à un passé dont je ne suis pas fier. Mais je vous jure que je n'ai plus rien à voir avec l'homme que j'ai été.

Dieu sait qu'il avait pourtant essayé ! Après le départ d'Eleanor, il avait passé deux jours à boire et à gémir sur son sort. Espérant trouver le réconfort dans les bras d'une autre, il était même allé à Covent Garden. Mais il était revenu seul à l'hôtel particulier de son père, à Grosvenor Square. Aucun des aspects de sa vie antérieure ne l'attirait plus : l'alcool, les femmes, le jeu... tout lui paraissait insipide. Finalement, il s'était dégrisé, avait mis ses affaires en ordre et avait acheté la petite maison de Mayfair.

Non pas qu'il s'attendait à regagner le cœur et la confiance d'Eleanor. Loin de là. Mais il ne voulait pas reprendre sa vie d'antan. Cette page-là était bel et bien tournée.

Eleanor se risqua enfin à croiser de nouveau son regard.

— Je vous jure quant à moi de ne plus jamais douter de vous, déclara-t-elle. Jamais.

Ses yeux brillaient comme des saphirs.

Des saphirs... Se rappelant soudain quelque chose, il se leva et s'approcha du divan de velours rouge où était posé son manteau. Il fouilla dans la poche, en tira une bourse.

— J'ai quelque chose pour vous. Venez ici, que je fasse les choses dans les règles.

Eleanor s'exécuta, le sourire aux lèvres. Une bûche craqua dans l'âtre et l'éclat des flammes se refléta sur le visage de Frederick tandis qu'il mettait un genou en terre devant elle et s'emparait de sa main.

Puis il lui présenta un énorme saphir de forme carrée, flanqué de diamants et enchâssé dans une monture d'or massif.

— J'espère que vous accepterez cette bague comme gage de mon amour éternel, déclara-t-il. Je fais le serment de vous aimer et de vous honorer jusqu'à mon dernier souffle.

— Mais... vous m'avez déjà offert un rubis ! balbutia-t-elle. Il est là, dans mon réticule.

— Peu importe ce que vous ferez de ce bijou. Je l'avais acheté avant de vous revoir, avant de savoir qu'un saphir vous conviendrait bien mieux. Celle-là, je l'ai choisie pour vous et vous seule... Eleanor Ashton, voulez-vous m'épouser ?

— Oui, murmura-t-elle, les yeux humides. Bien sûr, Frederick !

Il se releva et elle ôta ses gants afin qu'il glisse la bague à son doigt. Tous deux admirèrent le bijou, puis Frederick embrassa sa fiancée. Tendrement, d'abord, savourant l'instant. Comme elle répondait à son baiser avec ardeur, il sentit la passion fuser dans ses veines.

Il l'enlaça et ils reculèrent en titubant. Eleanor heurta le piano, puis s'appuya sur le clavier, lui tirant quelques notes discordantes. Déjà Frederick caressait ses courbes affolantes avec avidité. Il la désirait tellement ! S'il ne se ressaisissait pas, il allait commettre l'irréparable.

Au prix d'un effort surhumain, il la lâcha.

— Vous me rendez fou, Eleanor, murmura-t-il.

— Je vous en prie, ne vous arrêtez pas, cette fois, haleta-t-elle en s'asseyant sur le banc devant le piano.

Fébrile, elle sortit la chemise de Frederick de son pantalon et fit glisser ses mains sur sa peau nue, lui arrachant un frisson de volupté.

— Non, Eleanor, souffla-t-il. Je ne dois pas aller plus loin.

— Pourquoi ?

— Pour vous prouver que j'en suis capable. Je ne veux pas vous compromettre. Pas maintenant, et même si j'en meurs d'envie.

Pour une fois, il songerait aux conséquences de ses actes. Il ne se contenterait pas de prendre ce dont il avait envie.

Seulement, c'était compter sans Eleanor.

Se relevant, elle dégrafa sa robe, qui glissa à ses pieds dans un chuchotis.

Muet d'étonnement, Frederick la contempla. Elle ne portait rien d'autre qu'une fine chemise, et un corset qui mettait délicieusement en valeur sa gorge crémeuse.

— Je veux que vous me compromettiez, décréta-t-elle d'une voix caressante. C'est bien vous, n'est-ce pas, qui disiez que je devais faire ce dont j'avais envie pour cette seule raison ?

Il ne pouvait décemment pas la repousser davantage. Pas alors qu'elle s'offrait ainsi à lui…

Il s'approcha et effleura des lèvres la peau douce de son décolleté. Craignant que ses jambes ne se dérobent sous elle, Eleanor se laissa tomber sur le tabouret. Tandis que l'une de ses mains remontait sur sa cuisse, Frederick tira de l'autre sur les lacets de son corset, sa bouche se promenant toujours sur sa gorge frémissante.

Le cœur battant, Eleanor l'aida à ôter le corset qui tomba à ses pieds. Puis, les doigts enfouis dans ses cheveux, elle le guida plus bas, et réprima un cri lorsqu'il saisit la pointe durcie d'un sein entre ses lèvres.

Une vague de volupté la submergea, au point qu'elle fut prise de vertige. D'un mouvement sec, il dénuda ses seins, et les contempla d'un regard avide avant de leur prodiguer de la langue des caresses qui la laissèrent haletante.

D'instinct, elle serra les jambes en sentant ses doigts s'insinuer à l'endroit le plus intime de son anatomie. Quelques secondes après, elle s'abandonnait à ses caresses comme une dévergondée. Seigneur, c'était incroyablement osé! Et merveilleux, elle devait l'avouer…

Comme il poursuivait sa lancinante exploration, elle commença à trembler de la tête aux pieds.

— Frederick, je… Que m'arrive-t-il? Je… Oh!

— Chut, mon amour, souffla-t-il en redressant la tête pour la contempler, les pupilles dilatées de désir. Dieu que vous êtes belle… Je veux que vous sachiez que je n'ai jamais rien voulu de ma vie comme je vous veux.

— Alors prenez-moi… avant que je ne devienne folle.

Sans la quitter des yeux, il se leva et s'écarta. Il fit passer sa chemise par-dessus sa tête, se débarrassa de ses bottes et de son pantalon. En quelques secondes, il était nu devant elle…

Eleanor parcourut avec curiosité son corps splendidement musclé, s'attarda sur son sexe érigé, puis revint à son visage qu'éclairait un sourire amusé. Elle lui adressa en retour un sourire appréciateur, et se leva, les jambes tremblantes.

En deux enjambées, il fut près d'elle. Il lui ôta sa chemise de batiste, qu'il jeta derrière elle. Ne sachant trop ce qui allait suivre, elle posa les mains sur les touches du piano pour garder l'équilibre tandis qu'il se positionnait entre ses cuisses, se pressait à l'orée de son intimité.

Réprimant un grognement, il s'empara de sa bouche avec fièvre. Elle était quasiment assise sur le clavier lorsqu'il commença à entrer en elle. Elle retint son souffle, se crispa contre cette intrusion.

— Je ferais de mon mieux pour ne pas vous faire mal, mon ange, promit-il en s'immobilisant.

Elle hocha la tête, respirant par à-coups de crainte de s'évanouir. Et soudain, d'un mouvement fluide, il la pénétra entièrement. La douleur la prit de court et elle ferma les yeux. Mais déjà son pouls s'accélérait, et une onde de pure volupté la submergeait, lui arrachant un gémissement.

— Je vous ai fait mal ? s'inquiéta-t-il, le regard à la fois soucieux et débordant d'amour.

Pour toute réponse, elle se cambra contre lui. Alors il la souleva de terre et, tandis qu'elle nouait spontanément les jambes autour de sa taille, s'abandonna à la force primitive qui grondait en lui. Ils ne faisaient plus qu'un, désormais, pris dans la même transe passionnée, ils ondulaient au même rythme effréné. Il entendit Eleanor crier son nom, encore et encore.

Puis la terre s'ouvrit sous ses pieds, et il bascula dans l'abîme en criant à son tour.

— Mon Dieu, Eleanor… haleta-t-il en la reposant sur le banc.

Le cœur d'Eleanor battait si violemment et le plaisir vibrait encore si fort en elle qu'elle demeura un long moment incapable de dire un mot.

— C'est toujours aussi magnifique ? balbutia-t-elle enfin.

— Jamais, souffla-t-il. Pour moi, c'est la première fois…

Avec un sourire ravi, elle tendit la main pour attraper sa chemise sur le pupitre.

— Vous vous rendez compte que nous ne pouvons pas attendre Noël pour nous marier, reprit-il.

— Vraiment ? répliqua-t-elle d'un ton taquin.

— Vraiment. Nous avons peut-être conçu un enfant, Eleanor. Bon sang, j'espère bien que c'est le cas ! ajouta-t-il en récupérant son pantalon.

— Si tôt ? J'ignorais que vous étiez si pressé d'être père.

— La pensée que vous pourriez porter mon enfant… commença-t-il avant de se racler la gorge. Vous n'êtes pas pressée d'être mère ? Si vous ne vous sentez pas prête, nous pouvons prendre des précautions, vous savez…

— Je suis tout à fait prête, Frederick, n'ayez crainte, s'esclaffa-t-elle en passant sa chemise. Mais j'ai toujours rêvé de me marier à Noël.

— Ah bon ?

— Oui, fit-elle en se baissant pour ramasser sa robe. À l'église de la paroisse, avec Selina comme demoiselle d'honneur, du houx et du lierre en guise de décorations…

— Et un ventre rond ? ajouta-t-il en riant.

— Non, espèce de gredin ! Pouvez-vous m'agrafer ? ajouta-t-elle en lui tournant le dos.

— Déjà ? Je ne suis pas certain d'en avoir fini avec vous.

— Il le faut. Du moins si je ne veux pas avoir une silhouette trop enrobée à notre mariage. Notre mariage à *Noël*.

— Vous seriez à ce point cruelle ? Savez-vous combien de semaines il reste avant Noël ?

— Pas mal.

— Seigneur, vous êtes bel et bien cruelle ! gémit-il en attachant les agrafes avec dextérité.

— Je suis une mégère, je sais, fit-elle en haussant les épaules. Mais peut-être pourrez-vous essayer de me faire changer d'avis. En dépit de ce que vous clamez, je suis certaine qu'on ne peut chasser *entièrement* le naturel…

24

Exactement neuf mois plus tard

— Regarde-la, Frederick ! As-tu jamais vu pareille merveille ?

Frederick s'assit sur le lit, près de sa femme et de leur petite fille qui dormait paisiblement. De fins cheveux couleur d'ébène dépassaient de son bonnet de dentelle.

— Non, jamais, assura-t-il. Et elle est née huit mois à peine après notre mariage. Pense un peu au scandale.

Eleanor se redressa pour déposer un baiser sur les lèvres de son mari.

— De la part d'un débauché tel que toi, cela n'étonnera personne, répliqua-t-elle.

— Si je suis un débauché, qu'est-ce que cela fait de toi ?

— La plus heureuse des femmes, répondit-elle tranquillement. As-tu prévenu Henry ? Et les Henley, à Marbleton ?

— Oui. Encore que je ne suis pas certain que Selina soit ravie que tu l'aies coiffée au poteau.

— Elle va accoucher d'un jour à l'autre. Selon toi, dans combien de temps pourrons-nous nous rendre dans l'Essex ? Ou elle ici, dans l'Oxfordshire ?

— D'ici peu, à mon avis.

Il contempla sa fille et sourit en effleurant la main minuscule. Les cinq petits doigts se refermèrent autour du sien.

— Elle semble facile à transporter, non ? remarqua-t-il. Mais comment allons-nous l'appeler, notre scandaleuse petite fille ?

Eleanor baissa les yeux sur son enfant.

— J'aimerais la prénommer Katherine, comme ta sœur. Katherine Fiona.

Il hocha la tête, visiblement ému. C'était bien d'Eleanor de suggérer les deux prénoms qui signifiaient tant pour lui, celui de sa sœur et de sa mère.

— Va pour Katherine Fiona Stoneham, murmura-t-il.

Inclinant la tête de côté, Eleanor le dévisagea.

— Viens t'allonger, Frederick. Encore que je doute que nous dormions beaucoup. Notre Katie ne va pas tarder à réclamer le sein !

Il serait volontiers resté toute la nuit à contempler sa fille, mais il doutait que ce soit convenable, vu les circonstances.

— Il vaudrait mieux que vous vous reposiez toutes les deux, dit-il à contrecœur. Le médecin m'a conseillé de ne pas vous déranger…

Elle lui jeta un regard étonné.

— Le médecin ? Et qu'en est-il de ce que tu veux, *toi* ? Tu préfères rester seul dans ta chambre, où tu n'as pas dormi une seule fois depuis notre mariage, je te le rappelle ? Je croyais qu'il n'y avait pas de mal à faire quelque chose simplement parce qu'on en a envie.

Présenté sous cet angle, comment pouvait-il refuser ?

Épilogue

Oxfordshire, 1817

Frederick regarda Eleanor déposer un bouquet de fleurs sauvages sur la tombe gravée au nom de *Fiona, lady Worthington*, puis s'approcher des tombes de son père et de son frère.

De l'autre côté de la barrière, Katherine et Emily cueillaient des fleurs sauvages, le petit Freddy sur leurs talons. Leurs rires cristallins flottaient dans la brise, et Frederick ne put s'empêcher de sourire en dépit de la solennité du lieu.

Des années durant, il avait haï cet endroit. Jamais il n'avait pu oublier ce jour détestable où son frère Charles avait été enterré, et pendant plus de dix ans, il avait refusé de mettre les pieds au cimetière.

Maintenant, pourtant, entouré de sa famille, il y trouvait une paix surprenante. Il sourit à sa femme, sachant que c'était elle qui avait fait entrer la paix dans sa vie et le bonheur dans son cœur.

Grâce à elle, il savait désormais qu'il valait quelque chose.

S'essuyant les mains sur sa jupe, Eleanor lui sourit.

— Il te tarde de partir ? demanda-t-elle en le rejoignant. Nous avons encore du temps avant l'arrivée de nos invités.

— Non, répondit-il en lui entourant la taille du bras. Je suis bien, ici. Les filles cueillent des fleurs pour les tombes, et Frederick ne va pas tarder à venir réclamer à manger. Attendons encore un peu.

Il embrassa le sommet du crâne d'Eleanor avant d'enchaîner :

— Dis-moi, pourquoi était-ce si important de quitter Londres au beau milieu de la saison ? Pourquoi une partie de campagne maintenant ?

— Je te l'ai dit, Frederick. C'est pour Henry. Il est amoureux !

— Henry, amoureux ? Je ne peux pas le croire.

— Lui non plus, figure-toi. D'où la partie de campagne !

Frederick adressa un regard perplexe à sa femme.

— J'ai parfois du mal à te suivre, ma chérie.

— Tu ne comprends donc pas ? J'ai invité la femme qu'il aime sans le savoir. Il s'agit de Lucy Abbington, je t'en ai déjà parlé. Elle séjourne chez les Rosemoor. Elle s'intéresse beaucoup aux animaux.

— Ah, oui ! La fille très chevaline…

— Elle n'est pas chevaline ! Et elle n'a rien d'une jument, ajouta Eleanor avec un sourire entendu. En fait, elle est ravissante, et serait parfaite pour Henry, même s'il refuse de l'admettre. Elle est fille de médecin, et tu sais combien il tient à faire un mariage prestigieux. Surtout, ne lui dis pas un mot de tout cela. Contente-toi de lui faire comprendre que tu approuves cette jeune fille sans réserve. Sa famille, ses centres d'intérêt… Même si c'est faux.

— Pourquoi serait-ce faux ? Elle m'a l'air très bien. Quel âge a-t-elle, au fait ?

— Pas encore vingt et un ans.

Frederick émit un petit sifflement.

— Elle est bien jeune ! Tu es sûre qu'elle conviendra à ton frère ?

— Certaine ! Sinon, pourquoi aurais-je recours à des méthodes aussi désespérées ? Il l'évite, et je ne vois pas d'autre moyen de... disons de le pousser dans la bonne direction. Crois-moi, un jour il me remerciera. En attendant, tu me promets de parler d'elle en bien à nos invités ?

— Je te le promets. Cela risque d'être une partie de campagne très intéressante, finalement ! Lucy Abbington, tu dis ?

— Oh ! Mlle Abbington sera là ! s'écria Katherine en les rejoignant, hors d'haleine, Emily et Frederick dans son sillage. Et oncle Henry aussi ? Youpi !

Frederick regarda sa fille aînée en fronçant les sourcils.

— Que sais-tu de cette affaire ? s'enquit-il.

— Juste qu'oncle Henry est amoureux de Mlle Abbington, mais qu'il ne le sait pas encore.

— Il lui a envoyé des fleurs, expliqua Freddy. Mais je suis sûr qu'elle aurait préféré des gâteaux.

— Mon Dieu, mais c'est une véritable conspiration ! s'exclama Frederick. Le pauvre Henry n'a aucune chance.

Eleanor haussa les épaules.

— Je veux juste que mon frère trouve le bonheur. Qu'il soit aussi heureux que nous.

— C'est romantique, non ? renchérit Katherine d'un air rêveur. Rien à voir avec un mariage arrangé comme le vôtre.

— Une petite minute ! s'indigna Frederick. Je tiens à ce que tu saches...

— Que tu es tombé amoureux, je sais, répliqua Katherine avec un soupir de lassitude, comme si elle avait entendu l'histoire un millier de fois. Mais au début, c'était *quand même* un mariage arrangé, non ?

Frederick regarda Eleanor, qui leva les mains d'un air impuissant, une lueur espiègle dans ses yeux indigo.

— C'est vrai, reconnut-il.

— Ce n'est pas très romantique, intervint Emily. Moi, je veux me marier par amour.

— J'ai faim, déclara Frederick.

Un jour, Eleanor et lui auraient une drôle d'histoire à raconter à leurs enfants, songea Frederick. Mais pas aujourd'hui.

Tous deux connaissaient la vérité et, pour l'instant, cela suffisait amplement au vaurien chanceux qu'il était !

Découvrez les prochaines nouveautés de nos différentes collections J'ai lu pour elle

AVENTURES & PASSIONS

Le 2 décembre :

Folies et passions **Patricia Hagan (n°3272)**

De la plantation familiale, il ne reste que des ruines. La guerre de Sécession a tout ravagé. Son père et son fiancé sont morts. Kitty Wright pleure ses illusions perdues et un passé révolu de fêtes et de joie de vivre. Mais la guerre, c'est aussi sa rencontre avec Travis Coltrane, le bel officier yankee. Elle l'a d'abord haï, méprisé, elle a même souhaité sa mort. Mais ses caresses expertes ont su la faire gémir de désir, son courage et sa tendresse ont conquis son cœur à jamais. Travis est reparti au front, Kitty doit survivre dans un pays où une femme ravissante et seule constitue une proie de choix. Elle se battra jusqu'au bout. Pour retrouver l'homme qu'elle aime. Pour protéger l'enfant qu'elle porte en son sein…

La saga des Montforte –4. Le diabolique **Danelle Harmon (n°9110)**

Chef d'une famille de noble lignée, le duc Lucien de Blackheath passe son temps à manipuler la vie des autres sans même songer à se trouver une épouse. Cependant, il reconnaît que l'exquise Eva de la Mourière est fascinante. Quel homme ne serait pas troublé par une beauté à la chevelure de feu qui surgit dans ses appartements pour exiger qu'il lui fasse l'amour ? Cette irascible coquine serait une agréable maîtresse – mais assurément pas une épouse. Eva, de son côté, sait que Lucien est la cause de ses présentes infortunes. Cependant le cœur de la jeune femme s'avère être son pire ennemi ; elle tombe sous le charme du jeune homme. Combien de temps pourra-t-elle renier sa propre passion ?

Le trésor **Iris Johansen (n°9111)**

Quand le séide Kadar a fui la Syrie avec la petite Sélène, l'arrachant à sa triste vie d'esclave pour la ramener en Écosse, il savait déjà que leurs destins seraient à jamais liés. Maintenant, Sélène est presque une femme, mais, conscient que son enfance l'a traumatisée, Kadar s'oblige à patienter en dépit de sa passion pour elle. Une retenue que la belle enjôleuse a du mal à accepter ! Avec malice, elle s'ingénie à le rendre fou de jalousie et il se sent devenir chaque jour plus faible devant la tentation. C'est alors que le passé se rappelle brutalement à lui sous la forme d'une vieille promesse faite à Nasim, le chef des Assassins, qui exige son retour en Terre sainte pour une ultime mission. Et, pour s'assurer l'obéissance inconditionnelle de Kadar, Nasim décide d'enlever Sélène…

Nouveau ! 2 rendez-vous mensuels aux alentours du 1er et du 15 de chaque mois.

Les aventuriers des Bahamas **Patricia Cabot (n°7691)**

Ayant grandi avec ses frères à bord de navires appartenant à leur père, Payton Dixon n'a guère eu l'occasion d'apprendre les bonnes manières. À dix-neuf ans, elle jure comme un charretier, sait affaler une voile et se sent plus à l'aise au milieu d'une rixe avec des pirates à La Havane que dans un dîner à Londres. Les mondanités l'insupportent. Son souhait le plus ardent est de se voir offrir le commandement d'un bateau pour son anniversaire. Et que le capitaine Connor Drake renonce à épouser Mlle Whitby ! Payton serait bien incapable de dire pourquoi – et quand – lui est venue cette faiblesse coupable, mais le résultat est évident : elle aime cet homme. Malheureusement, il en épouse une autre… Non, C'est impossible. Il faut empêcher cela !

Le trésor des Highlands —2. Une séduisante épouse
May McGoldrick (n°8345)

1535. Depuis qu'il est devenu laird, William Ross est censé gérer les affaires du clan mais préfère s'amuser à courir la gueuse. Au demeurant quelle demoiselle de bonne famille voudrait partager la vie de ce débauché ? Sûrement pas Laura Percy, jeune Anglaise contrainte de se réfugier en Écosse pour échapper à ceux qui veulent lui arracher le secret du trésor caché ayant déjà coûté la vie à son père. Chargé d'enlever la jeune fille pour la protéger, William est foudroyé par l'éclat de ses yeux couleur d'améthyste. Pourtant, loin de le remercier, la jeune lady l'assomme ! Tour à tour horripilé et séduit, William ne sait pas s'il doit l'étrangler... ou la dévorer de baisers !

Et toujours la reine du roman sentimental :

Barbara Cartland

Le 2 décembre :
Aventure au bord du Nil (n° 1498)
L'explosion de l'amour (n° 2833)

Nouveau ! 2 rendez-vous mensuels aux alentours du 1er et du 15 de chaque mois.

9107

Composition
CHESTEROC LTD

Achevé d'imprimer en Italie
par GRAFICA VENETA
le 18 octobre 2009.

Dépôt légal octobre 2009.
EAN 9782290009321

ÉDITIONS J'AI LU
87, quai Panhard-et-Levassor, 75013 Paris
Diffusion France et étranger : Flammarion